漫時光 006

長公主 二

墨書白 著

高寶書版集團

◆目錄◆

第三十五章　禮物

「相思不見，許期桃花。」裴文宣抬眼看了上面的字一眼，低頭看著茶杯輕笑了一聲：「上一世妳同我一起南巡，蘇容卿給妳寫的情詩，現在還練筆呢？」

裴文宣是個眼尖的，一眼就看出上下句哪句是李蓉真寫的。

李蓉輕咳一聲，神色鎮定道：「隨手一寫，有印象的詩詞都寫過。」說著，李蓉趕緊道：「你的也寫過。」

裴文宣淡淡瞟她一眼，沒有深究，只是道：「〈洛神賦〉原名為〈感甄賦〉，許多人說此為曹植感傷甄夫人之死所作，洛神暗指甄夫人，妳如今已要出嫁，他人眼裡，妳怕就是這個洛神了。」

「水榭相約，不得洛神。」裴文宣嘲諷一笑，「還好妳藏得緊，不然今個兒妳就跳進這湖裡，怕也洗不清風言風語了。」

「所以我心裡有數嘛。」李蓉知道裴文宣也是惱她大膽，搖著扇子道，「不早讓你給我留了書信嗎？後宮手段就那麼點兒，不是下藥就是捉姦，你放心，出不了大事。」

「還記得自個兒怎麼死的嗎？」裴文宣見她這模樣，忍不住提醒。

李蓉輕輕一笑：「所以我不是吸取教訓，重在清理身邊人嗎？」

裴文宣沒說話了，李蓉往前探過去拿杯子，舉了小杯放到唇前，就聽裴文宣突然道：

「妳覺得蘇容卿為什麼會來？」

李蓉沒說話，她飲著茶，聽裴文宣道：「以他的才智，怎麼會冒險到深宮裡來？」

「你到底想說什麼？」李蓉放下杯子，笑得有些無可奈何。

裴文宣看著她，只道：「妳有沒有想過……」

「沒有。」李蓉打斷他，看著他，認真道：「我知道你要說什麼，你想說蘇容卿喜歡我，可無論上一世還是這一世，這時候，他喜不喜歡我，都不重要。」

「因為妳嫁給我。」裴文宣平靜看著她。

李蓉有些煩了，她搧著扇子：「對，這已經是事實了，所以，裴文宣，我請你把你那聰明的小腦袋瓜放在水裡清洗一下，不要總想一些有的沒的。別說蘇容卿不可能喜歡我，就算他喜歡我，」李蓉抬眼看他，只道，「他的喜歡，也一定只在他心裡，他絕對不會做出任何有損他家族的事，清楚了嗎？」

裴文宣不說話。

李蓉抬手扶額：「你要沒什麼其他事趕緊走吧，我看著你頭疼。還有，」李蓉抬起頭來，盯著他，「你我吵架歸吵架，別回去亂用錢。」

其他她不擔心，李蓉就對自己的錢比較擔心。

她雖然有封地，但並不算豐厚，平日養著公主府那麼多人，如今要給裴文宣鋪暗網、養暗衛，都是花錢的事。

裴文宣默不出聲，站起身來，行禮準備離開。

走到門口時，裴文宣突然頓住步子，他背對著李蓉，看著長廊之外，突然道：「李蓉，妳覺得妳一直對嗎？」

李蓉愣了愣，裴文宣只道：「如果蘇容卿當真是妳以為的人，他今日不會進宮來。妳真的知道，二十歲的蘇容卿是什麼樣子嗎？」

「他什麼樣子，都和我沒關係。」李蓉冷了聲，「你若再提一個蘇字，我今日就讓人把你扔湖裡去！」

「蘇容卿蘇容卿蘇容卿。」裴文宣極快出聲，還念了三遍，轉頭看她：「妳可以讓人來扔我了。」

李蓉：「……」

「裴文宣，」李蓉笑起來，她忍不住捏緊了扇子，「有種你不要娶我。只要你進了我公主府……」

「我自己去跳靜心湖。」裴文宣轉身就走，淡道：「每天跳一遍。」

靜心湖是公主府後院的湖，李蓉聽了這話，頓時氣得頭腦發昏，撐著自己就起身想要追著裴文宣罵過去。只是她一起身，又清醒幾分，自己在御花園裡，又不是什麼潑婦，和他一般見識什麼？

李蓉用扇子快速搧著風，想用冷風讓自己冷靜一些。

靜蘭走進來，看見李蓉的樣子，忍不住笑了：「您又被裴大人氣到了？」

「刁民。」李蓉搖了搖頭：「本宮不能和刁民一般見識。」

刁民裴文宣從水榭一路走出來，走到林間小道上時，他突然又頓住步子。

他回頭看了一眼水榭，見李蓉正和人說笑著走出來，一時有些後悔。

本來今日清晨他出來，還想去問問她選了哪套嫁衣，今日見了面，又爭執蘇容卿的事情，他竟然也就忘了。

早上想著這事還有些高興，但不知道怎麼的，此刻他卻也覺得，有些不想再想了。

他選那套嫁衣，就是上一世她穿的。

上一世他們成婚早兩個月，禮部只準備了一套，如今禮部準備時間多上許多，便又多製了一套。他喜歡熟悉的事物，便選了熟悉的，就不知道李蓉選的是什麼，只是李蓉無論選什麼，他此刻想起來，不知道怎麼的，都覺得有些不重要了。

他清晰的知道，其實不管李蓉穿什麼，嫁給他，最後都會和他分開。

這並不是一場婚禮，只是一場交易。

這場交易裡面，李蓉想要的只是權力、庇護，其他的都無關緊要。

裴文宣深吸了一口氣，也不再多想，回到官署去，就反復翻看著自己的摺子。

李蓉和裴文宣吵完，一路回了自個兒宮裡。她到宮裡時氣還沒消，將人都叫了過來，讓人一一將今日情況報了上來，隨後賞了一批、罰了一批，把秋鳳拖出來打了板子，審了不到一下午，秋鳳就招了出來。

果然是長樂私下買通了秋鳳，讓秋鳳沒有將柔妃的命令報給李蓉，還將李蓉平日沒有燒盡的手稿偷了出來。

李蓉聽得哭笑不得，她也不知道該說秋鳳是運氣好還是不好，恰恰都就偷到她寫蘇容卿那張。若是偷到其他的，或許裴文宣就沒那麼大脾氣，她日子也好過些。

李蓉頗有些無奈，讓人把秋鳳帶下去，她歇了片刻，聽著院子裡哭哭啼啼的聲音。

靜蘭走上前來，給她端了碗甜湯，試探著道：「殿下，處理完宮裡的人，可還要做些什麼？」

長樂雖然禁足，但是李蓉之前已經明確說過這事和柔妃脫不了干係。

李蓉想了想，緩聲道：「今天長樂惹了麻煩，陛下心情一定不大好。今個兒殿下還去柔妃那兒？」

「是。」靜蘭低聲道，「陛下心煩的時候，總是去柔妃那裡的。」

「妳把之前華樂親手抄的那份孝經裱起來，」李蓉立刻道，「等一會兒給太后送過去，就說，聽說太后最近身體不好，之前陛下說華樂公主抄的經文有靈氣，我這兒給她送一幅過去。」

「殿下的意思是？」

「柔妃送了我這麼個禮，」李蓉輕笑，「總得敲山震虎，給她提個醒兒才是。妳當兔子太久了，人家就以為妳不會咬人。」

靜蘭應了聲，按著李蓉的說法，將這份《孝經》裝裱之後給太后送了過去。

太后就看了一眼，直接就把這份《孝經》賜給了柔妃，當天夜裡就傳來了李明將長樂禁足並讓她抄經一百遍的消息。

李蓉得這消息時正在泡腳，聽了靜梅繪聲繪色的描述：「陛下一進去，看見牆上的《孝經》時神色還挺好的，後來看了落名是長樂殿下，頓時就發了火。罵著說『一個個兒的都不學好，連份經都不會抄，還要找人代』，長樂殿下當場就被罵哭了。」

「多大點事。」靜蘭在旁邊聽著，嘆息道，「長樂殿下也是太嬌氣了。」

「可不是嗎？」靜梅心直口快，「寵慣了。」

話剛說完，兩人立刻快速看了一眼李蓉，就見李蓉撐著腦袋，洋洋得意的哼著戲。

見李蓉沒有不痛快，兩人這才鬆了心。

一天把人收拾了乾淨，李蓉心裡暢快得很，每日吃得好、睡得香，裴文宣卻有些難受。

他日裡辦公倒還好，一到夜深人靜時分，思緒便有些散漫了。

連兩晚，他都會夢到前世，他夢見自己聽到李蓉被罰的消息，匆匆跑過去，每一次他都跑得很快，夢裡他不知道發生什麼，但卻就是知道自己得快一點，只是每一次他瘋狂跑過去，都會看見一跪一站的兩個人。

那兩個人站在一起，周邊似乎誰都沒有了。

他像是游離在他們身邊的孤魂野鬼，一晃就是半生。

他有時會看見他們在長廊上飲酒，有時候看見他們下棋，有時候會看見大雨，蘇容卿撐著傘，李蓉小跑過去，擠到他身邊，抬手挽住他的臂彎。

夢不長，所以他總是會在夜裡醒過來，一醒過來，就是空蕩蕩的屋子，月光照進來，和上一世無數個夜晚，一模一樣。

他會在這種孤寂裡感覺害怕和羞愧，隨著婚期臨近，這種羞愧越發的明顯。

他隱約知道自己在意什麼，又有些不想面對。

他覺得自己像是一個小偷，好像偷走了什麼東西。

上一世的李蓉，其實和他不一樣。

他越活越狹隘，直到重生過來，看見雲月、山雀，聽見少年的微風，在拓跋府一場幻夢的追逐裡，恍然醒悟自己走上的歧路。

可上一世的李蓉，從心境上，卻是比他開闊了太多的。

除了死之前那一刻，李蓉的後半生，約莫也是幸福的。

他見過蘇容卿照顧李蓉，見過他們相愛。

李蓉說自己這輩子不會和蘇容卿在一起，因為她老了，她喜歡不了一個二十歲的蘇容卿，但其實裴文宣知道，李蓉內心深處，或許有著一種骨子裡的害怕。

她害怕重蹈覆轍，她想像裡的蘇容卿，冷靜到不知感情。

可裴文宣卻知道，這種偏見，骨子裡不過是李蓉一種極端的自我保護罷了。

一個能因書信亂了心神的蘇容卿，哪是李蓉所以為，除了家族一無所有的冷血工具？

蘇容卿很好，比李蓉想像得更好。

只是李蓉不敢想，只是他裴文宣剛好鑽了這個空子，得到了一紙賜婚。他這段婚姻，本身就是以李蓉的不幸換來的，而在李蓉的這種不幸裡，他又怎麼能安穩入睡，視若不見？

裴文宣在夜裡越想越清醒，白日撐著自己去辦公。所有人見著他都對他說著恭喜，裴文宣面上不動，笑著統統應下，按著大夏慣來的習俗，給了每個來祝福的人散了錢。

只是沒想到他一路散到最後，竟然會見到蘇容卿。

他見到蘇容卿的時候，不由得愣了。

蘇容卿笑了笑，攤著手道：「裴大人莫不是不想給在下這個喜錢吧？」

「哪裡？」裴文宣趕緊回過神來，忙道，「只是沒想到蘇大人會在這裡，蘇大人不在辦公嗎？」

「順道路過，看見大家都在這裡，便湊個熱鬧。」

裴文宣聽著，將喜錢交到蘇容卿的手裡，而蘇容卿看著手裡的銀子，認真道：「百年好合。」

「謝謝。」

「成婚了，」蘇容卿半開著玩笑，「可要和其他姑娘劃清界限，千萬別得罪公主。」

裴文宣愣了愣，他呆呆看著蘇容卿。

蘇容卿見他呆住，趕緊道：「開個玩笑，千萬別當真。」話是玩笑，卻的確是他當年和李蓉決裂的開端。

蘇容卿行了禮，轉身打算離開人群，裴文宣突然叫住蘇容卿：「蘇大人。」

蘇容卿回頭，就聽裴文宣認真道：「若你的妻子，同你的家族起了衝突，你會如何？」

蘇容卿沒想到裴文宣會突然問這個問題，旁邊人忙道：「裴大人不是在取經吧？若是公主和家裡人起了衝突，還是忍忍吧。」

被這麼打岔，裴文宣的問題倒不顯奇怪，裴文宣注視著蘇容卿，蘇容卿想了想，最後道：「看誰有理，我就站在誰那邊。」

「不當更看重家人嗎？」裴文宣急急追問。

「妻子不是家人嗎？」蘇容卿反問。

裴文宣沒說話，蘇容卿笑著行了個禮，便朝外走去。

「裴大人。」旁邊人推裴文宣，「快，早生貴子。」

裴文宣笑起來，頗有些無奈，又開始發錢。

等發完錢，也差不多入夜，裴文宣從官署出來，便見公主府詹事站在門口。

裴文宣看見公主府詹事，心裡就咯噔一下。

平日見著倒也沒什麼，今日見著，他便覺得有些慌。

但他強作鎮定，走上前去，朝著對方行了個禮：「什麼風將大人吹來了？」

「明日你要和公主成親，想你今日忙，還要去公主府的話不方便，我就過來了。」對方笑了笑：「公主給你帶了話。」說著，對方就交了一封信給裴文宣。

信裡是李蓉的訓誡，大意就是要成婚了，沒事幹，她感覺有些煩躁，希望他明日成婚能夠好好表現，不要給她丟臉，不然她就不是讓他跳湖，直接把他沉湖。

裴文宣看著李蓉的信，不自覺就笑了。

公主府詹事站在一旁看著，忍不住道：「殿下可是又說了什麼可喜的事？」

「沒呢。」裴文宣收起信，直接道，「她罵我。」

「殿下一直是這個脾氣，」對方倒是十分理解，「看得上的人她才罵，不喜歡的根本不搭理。」

「那我得謝謝殿下賞識。」

「殿下是個很好的姑娘。」對方不知道怎的，話鋒突然一轉，似是長輩一般，溫聲囑咐，「雖是公主，但殿下並非驕縱無禮之人，就算沒有公主身分，也是一個極好的妻子。雖然平時看似罵著裴大人，但殿下也常吩咐我們，說裴大人胃不好，要我們多做軟食，您來的時候喝的茶，也是殿下單獨囑咐，說是您一貫愛喝的茶。」

裴文宣靜靜聽著這些瑣事，片刻後，他低笑了一聲：「平日總罵著我，我還以為她多討厭我呢。」

「裴大人說笑了。」對方搖頭，「殿下以往說過，您如今對他不錯，她也希望，您這輩子過得好。」

裴文宣沒說話，他聽著這句「這輩子過得好」，對於普通人來說，聽在耳裡，或許只是一句隨意之言。可裴文宣卻清楚知道，當李蓉說這話，她是真的，希望他這一生過得好。

他們上一世，誰都過得不開心，而他尤其是，孤家寡人，孑然一身。

李蓉這個人，遇強則強，你對她不好，她便針尖對麥芒。

可你對她稍微好那麼一點，她便百般柔軟纏心房。

裴文宣心裡有些難受，他覺得有什麼哽在胸口，吐不出來，咽不下去。

好久之後，他才低啞出聲：「我也是。」

「我希望殿下，這輩子，能過得好。」

「你們都這麼想，那我就放心了。」詹事輕笑。他抬頭看了看天，隨後道：「若無他事，大人先回去準備吧。」

「大人。」裴文宣叫住他，「能否勞煩您，幫我給公主帶句話？」

「嗯？」

「就說，」裴文宣笑起來，「我有一個禮物，她大約期待了很久，明日我送給她。等她見了，」裴文宣聲音溫和，「讓她不必太感激我。」

第三十六章　成親

成婚前夜，整個宮裡上上下下忙活，誰都睡不好，只有李蓉，一覺睡到天亮，整個人生機勃勃、容光煥發。

她沒什麼可擔心的，唯一有些憂慮的就是昨夜公主府給她消息，說裴文宣要給她一個禮物，讓她不必感謝。

她聽這話就有點慌，總覺得裴文宣要幹出點什麼不可靠的事來。不過既來之、則安之，她也沒有多想。

清晨起來，她按著流程開始梳妝，而後依次拜見太皇太后、皇帝、皇后，用過午膳之後，她便換上嫁衣，等候吉時。

這一切和上一世沒有什麼太大不同，只是上一世的時候，其實她並不知道自己嫁的是什麼人，她內心忐忑、期盼，又帶著幾分對未來的惶恐。於是她總在詢問旁邊人，裴文宣是個怎樣的人，他是不是當真像畫上那麼好看，他家裡人怎麼樣，他……

想到上一世的自己，李蓉忍不住笑出聲來，這時候外面傳來禮官唱喝吉祥之詞的聲音，靜蘭走進來，笑著道：「公主，時辰到了，起身吧。」

李蓉應了聲，抬手用一把繡了金線牡丹的金團扇擋在面前。

團扇遮住了她眼前所有視線，李蓉垂下眼眸，感覺有人從左右兩邊將她扶起來，李蓉移步往前，一身華服厚重，若是常人，怕早已是壓得巍巍顫顫，可李蓉卻是極為輕鬆，身似修竹，步若生蓮，姿態端莊優雅，帶著常人難以企及的華貴。

天家皇族，百年高門，士族平流，平日或許看不出區別，但在華服加身那一刻，便會察覺出那其中微妙的不同。似如清泉煮茶，何處山水，於唇齒之間，便有高下之分。

李蓉隨著旁人的引領往前，她感覺自己踩在柔軟的紅毯上，感覺周邊似乎有花瓣落在自己身上，聽見旁邊兩側站著的禮官，在她走過時唱誦的祝福之詞，不遠處傳來的，歡喜的、遙遠的樂聲。

她走了許久，不知停在什麼地方，旁邊靜蘭提醒道：「殿下，到宮門前了。」

李蓉應聲，而後就傳來禮官讓她拜謝皇帝、皇后的聲音。

李蓉由旁邊侍女扶著，轉身朝向盛裝的李明和上官玥，而後李蓉由旁人扶著，緩緩跪下，朝著李明和上官玥叩首行禮。

她的動作很穩，哪怕在低頭彎腰，身上墜飾都不動半分，李明看著李蓉叩拜，他聲音含啞，說了早已準備好的祝福之詞。

而後禮官再唱拜見上官玥，李蓉便又朝著上官玥方向再拜了一次。

上官玥看著李蓉，便紅了眼，可她還是顧著儀態，帶著哭腔將對女兒的祝詞念了出來。

而後又等禮官念完祝詞，侍從才將李蓉扶起來。

李蓉剛剛起身，正隨著侍女的動作要轉身離開，感覺有人上前來，突然握住了她的手。

「蓉兒。」上官玥聲音哽咽，「妳要過得好，答應母后，妳要過得好。」

李蓉聽得這話，有一陣酸意忍不住泛上來，她克制著情緒，溫和道：「母后勿憂，兒臣日後可以日日回來探望母后，與過往無異，母后勿要太過傷懷，失了儀態。」

聽著李蓉的勸解，上官玥才緩緩放手。

李蓉轉過身去，由人扶著到了馬前，她便感覺一雙沉穩的手伸過來，扶住她道：「阿姐，我為妳清理障車。」

婚宴在公主府舉行，裴文宣會帶著裴家人提前到公主府去安排。

按著大夏的風俗，她從宮裡到公主府的路上，會有百姓攔車索要錢財，是為障車，宮裡會專門派一個人在前面，撒錢給這些百姓清道。李蓉本以為會安排個普通禮官，沒想到居然是太子親自前來撒錢清道。

李蓉也不知道怎麼了，她明明覺得，自個兒活了這麼多年，不該有這麼多情緒，可在她聽到李明喑啞的聲音，感覺上官玥握住她的手，被李川扶著她進車輦那一瞬間，她感覺，自己突然像是回到了十八歲。

她還以為自己萬千寵愛，還會因為家人的幾句話，歡喜悲哀。

她坐在車輦，同宮門帶著歲月時光吱呀打開，她一直在努力克制自己情緒，讓自己想一想會讓自己冷靜高興的事。

比如說，宮門開後，裴文宣就會站在宮門前等他。

裴文宣這個狗東西，等一會兒就會說點好聽的話給她聽。

其實迎親這事本該裴文宣的兄弟來做，裴文宣在公主府門前帶著裴家人跪迎她就可以。

可是上一世裴文宣沒有一個兄弟可靠，裴文宣不敢把這麼大的事交給兄弟辦，也或許是沒有兄弟願意辦，於是裴文宣就自己來了，然後寫了一篇廣為流傳的〈引鳳詞〉，在宮門前當祝詞誦讀，大概意思就是他能娶她是上天給的福分，他不敢辜負此福分，所以想自己親自過來接她。

當時她也沒細想，如今想來這是什麼鬼扯邏輯。

那時候她坐在花轎裡，聽著他誦詩，覺得害羞中又帶著歡喜，竟也沒有多想。

若當時多想想，便會知道，那時候的裴文宣有多難。

若非孤身無依，又怎會如此嘩眾取寵？

李蓉心裡想著，一時竟然覺得裴文宣也有些可憐起來，這樣的情緒稍稍沖淡了她的傷感。她深吸一口氣，聽見外面傳來感覺前方簾子被人捲起，而後就聽正前方傳來一個熟悉的聲音：「微臣蘇容卿，替義弟裴氏文宣，迎平樂公主。」

聽到這話，李蓉猛地睜大了眼，她僵在原地，隨後就聽蘇容卿開始念誦由裴文宣執筆的讚美之詞。

蘇容卿來，裴文宣自然不會像上一世一樣再寫〈引鳳詞〉，規規矩矩的駢文，由蘇容卿在前方靜靜念著。

從最開始的驚訝快速冷靜下來，李蓉聽著蘇容卿念誦著對她的讚頌之詞，直到最後，她聽見蘇容卿的聲音頓了頓，但他極快又念了下去：「相思兮可追日月，許期兮來年桃花。」

這是裴文宣將上一世蘇容卿給她的情詩融進了這駢文之中。

駢文雖不是蘇容卿所寫，卻帶了蘇容卿的影子。

李蓉心裡說不上是什麼感覺，遺憾、酸楚，夾雜著幾分難言的無奈，以及隱約的、說不出的圓滿。

她上一世與蘇容卿相伴二十五年，她說不明白這是一段怎樣的關係。

但是偶爾一瞬，也的確會有那麼幾分遺憾，覺得或許應當給蘇容卿一個身分。

然而這種遺憾，卻在這一刻，以一種無形的方式，似是填補，又似如告別。

這情緒太過紛雜，同之前的情緒一層一層的疊加，讓她少有的亂了心神。

好在她不需要做太多事，她就手裡握著團扇，靜靜坐在車輦裡，而後聽禮官和蘇容卿按著流程問答過後，她面前車簾放下。

車簾放下前，她悄悄放低了些團扇，便見到了不遠處的蘇容卿。

他和記憶裡一樣，白衣玉冠，靜靜看著她的馬車。

他似乎察覺她偷看了他，李蓉忙恢復了動作，覺得有些心慌。

好在馬車往前緩緩挪動而去，讓她沒來得及心慌，就聽周邊百姓喧鬧聲起，大聲叫著她的名字，她目不斜視，只聽前方李川似是高興，撒著錢說著吉利話，請百姓讓開。

等到了黃昏時分，她終於到了公主府門口，她坐在馬車裡，聽見裴文宣熟悉的聲音響起：「微臣裴文宣，見過殿下。」說著，便聽一堆人嘩啦啦跪下的聲音。

李蓉不動，就聽面前簾子被人拉開，而後侍女上前來，一左一右扶著她下了馬車，接著裴文宣走上前來，在她手裡放了一段紅綢。

裴文宣在前面領著她，旁邊侍女左右扶著她，領著跨過火盆之後，一路走進大堂。

而後他們並肩而站，手裡各拿著一段紅綢，裴文宣放低了聲，小聲問道：「我送妳的禮，喜歡麼？」

「回去再說。」李蓉一聽他語氣裡還帶了幾分邀功的意味，便怒氣上來，克制著情緒冷聲警告他。

裴文宣心裡咯噔一下，有了那麼幾分不祥的預感。但他認真想了一下，便覺李蓉估計就是一時想不開，這本也是需要他點撥的事，現下怪他倒也正常，等說開了，李蓉就想通了。

他無聲嘆息，聽得禮官唱喝，就同李蓉如同前世一般，拜了天地君親，而後對拜。

裴文宣清楚記得，上一世對拜的時候，李蓉的鳳冠紮了他的頭，於是他這一次早有準備，離她遠了一些。

而李蓉心裡有火想要發洩，便比正常彎腰的幅度大些，努力讓鳳冠往前戳一點，想著能像上一世那樣戳了他，他又不得不忍比較好。

裴文宣在她彎腰時，便感覺了她的意圖，想小幅度地再退一步，李蓉直接壓低了聲道：「你敢！」

裴文宣也知大庭廣眾，他不敢再動，只能硬著頭皮接了李蓉鳳冠一擊。

李蓉知紮了他，心裡頓時開懷了些，她起身來後，由侍女攙扶著去了後院，裴文宣這才被放出去陪酒。

裴文宣不由自主抬手捣了被紮的額頭，李川走到他身後來，瞧了他一眼道：「你捣頭做什麼？腦子壞啦？」

裴文宣：「……」

這姐弟真的如出一轍損人，不虧是一個娘胎出來。

「殿下說笑了，」裴文宣放下手來，「殿下先入席吧，微臣等會兒來招待。」

「招待什麼呀。」李川撩起袖子，「走，今個兒孤幫你招待他們，你控制些，千萬別喝醉了去見我姐。」說著，李川就拽起裴文宣，同一旁早已和人寒暄著的蘇容卿一起，招呼著眾人入席。

今日滿朝文武幾乎全部都來了，蘇容卿是裴文宣請的儐相，他與朝中眾人熟識，再加上李川，一時倒沒有人敢為難裴文宣，也不會故意多灌酒。但耐不住來的人實在太多，蘇容卿和李川先喝倒下，就留裴文宣一個人，一個一個敬完最後一桌。

起初他還會悠著，但蘇容卿和李川一走，沒有人勸著，後續他只要聽著人祝他和李蓉，不知道怎麼的，他就滿杯喝完，不帶半點含糊。

他喝酒無論醉不醉都看不出來，面上一直帶笑，神色從容，看上去就和個沒事人一樣，等一圈敬完，眾人都驚嘆裴文宣酒量了不得，裴文宣知道自己是有一點醉，但應該也沒有什麼大事，同所有人寒暄過後，去見了在一旁休息的李川和蘇容卿。

蘇容卿緩過來一些，李川還捣著頭有些難受，裴文宣看了兩人，不由得道：「你們先休息一下，我先回去了。」

蘇容卿點了點頭，擺手沒說話，裴文宣猶豫片刻，行了個禮：「今日多謝蘇兄。」

「去吧。」蘇容卿終於開口，只道：「莫要辜負佳人就是了。」

裴文宣笑起來：「也不當我辜負的。」

蘇容卿聽他這話，有些茫然抬頭，裴文宣行了個禮，轉頭同李川道：「殿下，微臣告退。」

「你好好對我姐。」李川沙啞出聲，「我就一個姐，你好好對她，知道了嗎？」

裴文宣聽到這話，哪怕知道李川說的是醉話，還是抬手在身前，鄭重行禮道：「微臣遵旨。」

李川有些難受，他扭過頭去，擺了擺手，示意裴文宣趕緊走。

裴文宣由下人掌燈領著去了後院，其實他對這個公主府很是熟悉，但所有人都當他第一次來，小心翼翼指引著，他覺得也有些新奇。

等到了門口，他看見靜蘭、靜梅守在門口，抬頭見他來時，兩人都抿唇笑開，那一幕和上一世瞬間重合，裴文宣不由得愣了愣。

旁邊侍女輕喚：「駙馬？」

裴文宣才恍惚回神，點頭道：「通報吧。」

「殿下，」靜蘭轉頭朝裡，「駙馬爺來了。」

「進吧。」李蓉聲音從裡面傳來，裴文宣不知道怎麼的，聽見李蓉的聲音，忽地就有些緊張起來。

靜蘭推開了門，領著裴文宣進去，而後一堆人進來，端了許多盤子，逐一站在邊上。

裴文宣被領到李蓉面前，他看著面前的姑娘，她穿的是和上一世不一樣的嫁衣，原本的牡丹改做了鳳凰，這樣的改變，讓他一時覺得，這場婚禮並非一場重演，似乎是一場嶄新、不一樣的婚禮。因為它與裴文宣記憶中相似又不似，裴文宣突然就有了幾分期待。

他看著李蓉，不由得有了幾分愣神。

所有人笑著對視了一眼，侍女將第一個盤子端過來，裡面放著筆墨與宣紙，送到裴文宣面前。

「駙馬，」靜蘭恭敬道，「請賦詩卻扇。」

裴文宣聽到這話，這才回過神來，李蓉舉著扇子，淡道：「好好寫，寫的不好，我讓你好看。」

一聽這話，室內姑娘們哄然大笑，裴文宣有幾分無奈，他取了筆來，猶豫片刻後，落下筆來。

半醒半醉半生夢，明月明心明此期。
若得佳人半回顧，蒼山不老我不離。

裴文宣本是想隨便寫寫，然而落筆之後，卻又有些控制不住，寫完這些，旁邊侍女來拿，裴文宣又忍不住一把按住了紙頁，侍女疑惑抬頭：「駙馬？」

裴文宣僵著沒動，他覺得有些尷尬，好似被人窺探了什麼內心，又覺得此時的動作，更有那麼些尷尬。

他不動，侍女也不敢動，李蓉見旁邊沒動靜，直接道：「詩寫好了？」

「回稟殿下，寫好了。」侍女說著，抬眼看向裴文宣，小心翼翼道：「駙馬？」

裴文宣頗有些無所適從收回手去，李蓉已經知道他寫好了，再重新寫便顯得太刻意了。只是卻扇詩一般都是誇誇姑娘美貌，他總覺得自己上來就山盟海誓的，有那麼幾分太過尷尬，尤其是前面還寫了「半醒半醉半生夢」，在李蓉看來，會不會是暗示他們的前世。

裴文宣越想越有些心慌，他也不敢多想，故作鎮定等著李蓉拿了詩，李蓉一手舉扇，一手看詩。

裴文宣鮮少寫這樣的詩，與他平日水準有差，但是不知道為什麼，看到的時候，她還是有那麼幾分說不出的動容。

或許是那句「半醒半醉半生夢」，讓她有所共情。

又或者是那句「蒼山不老我不離」，讓她有些許嚮往。

李蓉收斂了情緒，笑道：「倒的確不錯。」說著，李蓉緩緩放下了扇子。

首先露出的是她的眼睛，她有一雙靈動又美麗的眼，似乎是筆墨勾勒的鳳眼，帶了幾許笑意。

那笑意和上一世不同，上一世她在這一刻瞧他，羞怯裡帶著歡喜，如今她看他，全然就是個老熟人一般，隱約帶了調笑。

而後是她高挺的鼻子，是染了顏色的薄唇，是她整張臉的線條，美麗中帶著華貴，讓裴文宣一時不由得有些看呆了。

旁邊侍女想笑不敢笑，李蓉看著裴文宣久不說話，又忍不住笑起來：「駙馬可還滿意？」

「滿意。」裴文宣下意識回神，脫口而出。

旁邊人頓時大笑出聲來，李蓉從旁邊抄了床上的花生就扔過去砸他，笑道：「大膽，敢對本宮這麼說話。」

裴文宣聽著李蓉聲音含笑，慢慢緩過神來，忙道：「是我錯了。」裴文宣笑著行個禮，「還望公主恕罪。」

「懶得與你多說。」李蓉嗔他一眼，站起身來。

旁邊侍女又端了盤子上來，李蓉端起酒杯，朝裴文宣揚了揚下巴，裴文宣低頭輕笑，走了過去，也拿起酒杯，兩人當著眾人將手環過，舉杯到自己唇邊。

裴文宣抬眼看了距離自己近在咫尺的李蓉一眼，李蓉見他瞧她，挑眉道：「看我做什麼？」

「佳人奉酒，」裴文宣輕輕一笑，「豈能不看佳人？」

「那要不多喝幾杯？」李蓉笑著再問，「給你奉一罈好不好？」

「罷了、罷了，」裴文宣忙道，「一杯就夠。」

說完，兩人便將酒一飲而盡。

而後順著流程說些吉祥話，終於才走完了整套流程，所有人都退了出去。

眾人一退，兩個人頓時泄了氣。

李蓉整個人都軟了，直接坐在床邊，往床欄上一靠，嘆了口氣道：「好累。」

裴文宣坐到她邊上來，靠在了另一邊，嘆息道：「我也是。」

兩個人靜默著不說話，過了一會兒後，李蓉忍不住道：「他們為什麼不幫我把鳳冠拆了、衣服脫了，讓我好睡覺？」

「這大概是丈夫的事情吧。」裴文宣脫口而出，李蓉聽了這話，忍不住看了過來。

裴文宣察覺到李蓉的目光，轉頭看了過去，對視之間，裴文宣感覺到了一種不祥的預感：「妳想幹什麼？」

「你知道我鳳冠多少斤嗎？」

「妳知道，我頭上這個多少斤嗎？」裴文宣抬手指向自己的髮冠。

「有我重嗎？」李蓉問完，裴文宣沉默了。

李蓉靠在床欄上，招了招手：「快，來拆了。」

「我的天。」裴文宣痛苦哀鳴出聲，但他還是認命，畢竟現在他們也不想再把人叫進來幫他們拆冠、脫衣服了。

裴文宣打起最後一點精神，先抬手把自己的髮冠卸了，厚重的外衣脫了，然後爬到床上，跪到李蓉背後去，開始幫李蓉拆卸鳳冠。

他也不是第一次做了，上一次做過，隱約記得些順序，一面打著哈欠一面拆。

李蓉感覺他在她背後和鳳冠做著鬥爭，撐著最後一絲神智，艱難道：「裴文宣。」

「嗯？」

「你為什麼讓蘇容卿來接我？」

「這個問題，我們能不能明天再討論？」

裴文宣把李蓉的鳳冠取下來，連著各種固定的髮釵一起搬下了床，放到桌子上。

李蓉靠在床上，看著精疲力盡走回來的裴文宣，又道：「裴文宣。」

裴文宣還沒坐上床，只是應了一聲：「嗯？」

「我還有衣服沒脫。」

「衣服也要我脫？」裴文宣苦著臉回頭，「妳自己脫吧？」

「我好疲憊哦。」李蓉扭頭看他：「而且你說的，這是丈夫脫的。」

裴文宣哽住了，李蓉注視著他，眼神裡頗有些可憐的樣子。

裴文宣嘆了口氣，只能道：「妳站起來。」

李蓉撐著自己站起來，裴文宣幫她把腰帶先卸了，然後把所有衣服抓成一把，一起扒了，就剩下了一件單衫在裡面。

李蓉感覺自己瞬間解脫，直接就往床上倒了下去。

裴文宣抓著一堆衣服，看著已經自覺爬到床上的李蓉，他感到從未有過的心累，忍不住道：「妳睡床，我睡哪兒？」

「愛睡哪兒睡哪兒。」李蓉鑽進了被窩：「本宮要休息了。」

他也想休息！

裴文宣一想到這時候他還要去打地鋪，就感覺絕望。

他深呼吸，讓自己不要太焦躁，把李蓉的衣服放好之後，轉身去翻櫃子。

李蓉聽見裴文宣翻櫃子的聲音，她想了想，探出頭來，看向裴文宣道：「你要不一起睡吧？」

裴文宣僵住了動作，結巴道：「不……不好吧？」

李蓉想了想，她是不在意這些，但裴文宣在這種事上還是非常謹慎。如今他們說好是盟友，裴文宣肯定是要守身如玉到底。雖然她的想法也只是分他一半床，但是裴文宣或許連同一張床都覺得是玷汙了自己的貞操。

於是李蓉決定尊重他，便道：「哦，那我先休息了。」

說完，李蓉閉眼就睡了，她真的太睏、太累了。

裴文宣背對著李蓉，有些詫異，這就完了？李蓉不再勸勸他？

其實他還是……還是……很想去睡床的。他現在真的太累了，一點都不想去打地鋪，他可以保證不碰李蓉一根手指頭，絕對不越界。

李蓉平穩的呼吸聲很快傳了過來，裴文宣猶豫了片刻，他做出了一個重大決定。

他決定去睡床。

就算李蓉把他踹下來，他也要睡床。

做下這個決定，他心裡頓時輕鬆了很多，把被子一抱，快樂回到床上。

床很大，李蓉蜷縮在最裡面，用被子將整個人包裹著，小小的一個人，失了平日裡那樣張揚驕傲的氣質，看上去便顯得可憐又可愛。

一種無形的柔軟在裴文宣心中緩緩鋪開，他在最邊上鋪了被子，然後睡進被子裡。

他們中間隔著很遠的距離，他在最外側，似乎就為她隔絕了所有風雨，給她環出一片小小的天地。

有那麼一瞬，他突然有一種甜蜜、驕傲、難以明言、甚至自己都不曾發現的感覺。

他覺得他在守護她。

他的長公主殿下。

第三十七章　夜談

李蓉迷迷糊糊睡了一會兒，她無意抬手摸在自己臉上，而後她在半醒半夢中突然想到什麼，猛地驚醒坐了起來。

不行，她還沒卸妝，就這麼睡下去，她一定會悶出面瘡來。

這一嚇讓她瞬間清醒無比，方才那片刻小憩給了她力氣，她正準備下床，就注意到旁邊睡了一個人，裴文宣躺在被子裡，正睡得暢快。

李蓉愣了愣，她未曾想裴文宣居然真的上了她的床，可見這人當真是累極了，不然以他的性子，打死也不可能做這麼失禮的事。

裴文宣睡得太舒服，舒緩的呼吸聲聽得李蓉一下有些犯睏，她趕緊一巴掌拍打在裴文宣身上，將裴文宣叫了起來：「裴文宣！」

裴文宣猛地坐起來，驚道：「何事？」

李蓉抬手捧住他的臉，將他的臉扭朝自己的方向，盯著裴文宣道：「咱們還沒洗漱，淨室裡還有水，你趕緊去洗個澡。」

裴文宣愣了愣，片刻後，他鬆了口氣，有些無奈道：「殿下，這麼晚了，就別折騰了吧？」

李蓉近來是吃得好、睡得香，方才隨便睡上片刻就能立刻恢復戰鬥力，可裴文宣打從前些天和李蓉在水榭一別，幾乎就沒好生睡過，今日總算將心事了了，好好睡上一覺，就這麼一會兒將他叫起來，比不睡還難受。

可李蓉哪兒顧得著他？她滿腦子只想著，他們倆穿了一天禮服，裴文宣今個兒也上了妝，若是不清洗，不僅滿身是汗，還會長面瘡。她花容月貌，怎能毀在這種事上？而裴文宣也是她要日日看著的人，若是那張神仙臉被幾顆面瘡毀了，那實在是可惜。

於是她擠著裴文宣的臉，盯著他：「裴文宣，你還是不是個男人？」

裴文宣一聽她這麼問，就知她要折騰了，頓時痛苦得用手捣住了臉，哀號著朝著旁邊倒過去：「我不是，殿下您明個兒把我送宮裡閹了吧，我想睡覺……」話沒說完，他就被李蓉整個人往外猛地一掀，直接滾了下去。

裴文宣抱著被子躺在地上，李蓉居高臨下從床上走下來，低頭瞧了他一眼道：「趕緊去淨室把自個兒清洗乾淨，我回來前沒洗乾淨，別怪我收拾你。」

裴文宣聽得這話，抱著被子蜷縮在地上，頗為委屈。「殿下，水是冷的。」

「你是熱的呀。」李蓉披上外套，嫌棄瞧他一樣，似用看傻子的眼神瞧他，「你把水捣熱不就好了？」說著，李蓉輕輕踹了他一腳：「趕緊的。」

李蓉說完之後，將頭髮往後一撩，便開門出去。

守在房門口的丫鬟忙提燈上來，恭敬道：「殿下。」

「讓人去準備一下，我要去御泉湯洗浴。」

聽到這話，丫鬟們對視一眼，似乎了然了什麼，抿唇笑道：「是。」

對於李蓉和裴文宣要半夜起來洗澡這件事，公主府似乎早有準備。公主府有個天然溫泉，專門建了一個浴室，李蓉進去時，所有人早準備好，替李蓉更衣之後，伺候著李蓉入了湯池。

李蓉躺在湯池裡閉著眼小憩，旁邊侍女一個幫她卸妝，一個幫她用皂角清理了頭髮，細緻按摩著頭皮。

李蓉享受躺在裡面，聽著給她卸妝的靜梅笑著道：「殿下今日感覺如何？」

「什麼感覺？」李蓉一時沒反應過來，旁邊侍女暗笑，李蓉頓時反應過來，她有些無奈，她身邊這些個侍女，一個個雖然沒出嫁，懂得倒是很多。

但她也不能把實話告訴她們，只能敷衍道：「挺好。」

「駙馬應當很溫柔吧？」靜蘭給李蓉按著頭皮，忽地來了這麼一句。

李蓉頗有些奇怪：「妳們怎麼關心起這個來？」

她這麼一問，所有人又是一笑。

「殿下，」靜梅笑著道，「我們剛才一直在等著呢。本想著，會來御泉湯的是駙馬，沒想到居然是您走過來，把駙馬留在了淨室。」

李蓉：「……」

李蓉一時有些尷尬了，她都不知道，這時候該說是裴文宣身體不好，還是她身體太好。

好在這裡的都是還沒出嫁的小姑娘，她輕咳了一聲，隨意道：「也沒妳們想像的那麼浮誇，這裡水暖和，別問這麼多了，把那澡豆給我一下。」

李蓉這番欲蓋彌彰，把眾人都惹笑了，但大家也沒多說什麼，侍奉著李蓉洗完澡，起身替她將頭髮擦乾，便送著李蓉回了房。

李蓉回房的時候裴文宣已經洗乾淨了，他讓人換過房間裡的水，但因著他洗浴時間更短，李蓉回來時，他正盤腿坐在床上給自己擦頭髮。

李蓉走進門來，他抬頭瞧了一眼，什麼都沒說，低下頭去繼續給自己擦著頭髮。

侍女在後面關了大門，李蓉走到床邊來，裴文宣動作就有些僵了。

李蓉往床邊盈盈一坐，裴文宣趕緊起來想走，李蓉抬手按在床欄上，直接攔住了裴文宣的出路，淡道：「坐下，我有事和你談。」

「現在夜深了……」裴文宣看李蓉臉色不是很好，勉強一笑：「要不先睡？」

「頭髮還沒乾。」李蓉雙腿往床上一挪，整個人就橫在了床邊，靠著床柱將裴文宣的去路攔了個嚴嚴實實。

裴文宣跪坐回去，深吸一口氣道：「我可以下床再談。」

「我想和你床上談。」

「不……」裴文宣結巴起來，「不好吧？」

「你都在這兒坐著了，還有什麼好不好？你這麼緊張做什麼？」李蓉將他上下一打量，湊過身去，「你是不是覺得自己做虧心事了？」

李蓉將身子探過去時，帶著一股清香湧過去，裴文宣嚇得往後急急一仰，整個人呼吸都有些急了。

李蓉和他相近咫尺，李蓉盯著他，他故作鎮定看著李蓉，片刻後，李蓉輕輕一笑，那一笑在昏暗的燈光裡，映著周邊鮮紅之色，顯出幾分豔麗。

她溫柔抬手，將他黏在面上的頭髮拂到耳後：「你別怕呀。」她拖長了聲音，平日一貫嬌軟中帶了幾分清冷的聲音，此刻在裴文宣聽來似是帶著勾子一般，而後她的手停在他臉上，在裴文宣意亂神迷之前，突然就一下一下輕拍在他臉上，「坦白從寬，本宮大度得很。」

這一拍讓他清醒了一些，他忙收回神，正襟危坐，冷靜道：「殿下要微臣坦白什麼？」

「蘇容卿怎麼回事？」李蓉盯著他，「我大婚，你讓他來接我，你在諷刺我？」

「殿下，」裴文宣目不斜視，「妳能不能離我遠點說話？」

「我離遠點你就回答我？」

裴文宣沉默，李蓉當他默認了，便直起身子，換了個稍微優雅的姿勢，跪坐在裴文宣對面。

夫妻兩個一人一頭橫跨在床兩邊跪坐著，李蓉盯著裴文宣，裴文宣垂著眼眸，猶豫了片刻後，他組織了語言，才道：「我也只是希望，妳能高興些。」

「我大婚，」李蓉用扇子敲在床板上，怒道，「你讓蘇容卿來接我，你羞辱誰呢？你還想讓我高興？」

「妳和他只是沒有緣分。」裴文宣抬起頭，認真看著李蓉，「上一世沒有合適的機會，這一世，妳可以有，不是嗎？」

李蓉聽著裴文宣的話，有些驚到了，她緩了半天，都感覺自己似乎聽懂了裴文宣的每一個字，卻還是不理解他的意思。

李蓉皺起眉頭，「你能不能，用一個，我能聽懂的語言，和我說一下你在想什麼？」

「我的意思是，這輩子，妳可以和蘇容卿重來。」

「我為什麼要重來？」李蓉下意識反問。

「因為妳愛他。」裴文宣答得認真。

「我……我愛他？」李蓉被裴文宣嚇結巴了，她抓著扇子，茫然開口，「我……我怎麼不知道？」

「妳和他在一起二十五年，」裴文宣垂下眼眸，「我都看在眼裡。他對妳很好，把妳保護得很好。妳和他在一起的時候，很高興，哪怕是這一世，妳看見他時，也是不一樣的。」

李蓉聽著裴文宣的話，一時有一種茫然升騰起來。

裴文宣抬眼看她，輕聲道：「李蓉，其實妳這個人，最擅長的就是自欺欺人，每一次，不僅會騙別人，妳還會騙自己。年輕的時候，妳騙自己說妳不喜歡我。如今，妳也騙自己說妳不喜歡蘇容卿。但其實妳不是不喜歡，妳只是害怕。」

「我……我害怕什麼？」李蓉聽著裴文宣的話，她有些緊張。

她隱約覺得裴文宣說得對，又覺得似乎不太對，她只覺這一番對話令她窘迫又尷尬，尷尬到甚至有那麼幾分後悔為什麼要去問這件事，可她又想聽下去。

她想知道，在裴文宣眼裡，她是什麼人，她怎麼想。

「妳害怕他和以前一樣，害怕他這輩子給妳的愛情和上一世一樣，家族重於妳，權勢重於妳。李蓉，妳嘴上總說著妳理解蘇容卿，妳明白蘇容卿的選擇，妳並不怨恨，可是，妳不怨，為什麼從一開始，妳就要放棄他？」

李蓉愣在原地，裴文宣笑起來：「妳還是怨的。因為他殺妳，讓妳看清了，他和妳是相似的人，可妳心知，一份會在家族面前毫不猶豫放棄妳的感情，妳寧願不要。所以妳明知道這一世已經重來，明知道蘇家的命運會轉變，妳有無數個機會可以和他在一起，可以有更好的一世，可一開始，妳就選擇了放棄。」

「所以你說這麼多，」李蓉苦笑起來，「到底是想說什麼？」

「可蘇容卿不是這樣。」裴文宣話語裡全是誠懇，「妳覺得，他在妻子和家族裡一定會選擇家族，妳覺得，他不會真心愛誰，可是妳瞭解二十歲的蘇容卿嗎？如果他心裡沒有妳，如果他真如妳說的那樣冷靜，愛情不占據他生命裡那麼重要的位置，那麼在水榭那天，他就不可能來。」

「成婚之前，我問過他，」裴文宣面上帶了些笑容，「我說在妻子和家庭裡，如果出了衝突選誰，他和我說，妻子也是家人，他選擇道理。他並不是妳想像那樣，他可以給妳一分妳想要的愛。」

「他可以給，我為什麼要要？」李蓉覺得有些無奈。

「因為妳想要過很好的一生。」裴文宣看著她的眼睛，「妳不想像上一輩子一樣過，妳想要太子殿下未來好好的，妳想要一個美好的家庭，妳也想要一個人愛妳且妳愛著，想要孩子承歡膝下，想要晚年的時候，能有一個互相依靠著，一起共赴黃泉，不是麼？」

李蓉說不出話來，裴文宣深吸了一口氣：「妳想要這一切，他是妳曾經最可能愛上的人，妳和他之間本來可以好好的，這一世再來，為什麼不試著去爭取，去努力一次呢？」

「不要總想著自己老了，妳現在就是十八歲啊。妳現在就在大好年華，為什麼妳要把所有可能性都堵上呢？今天蘇容卿去接妳，那一刻妳難道沒想過，如果有一天，你們可以成親，妳不會很開心嗎？」

「我……我倒也沒想過……」李蓉見裴文宣說得慷慨激昂，一時竟有幾分愧疚，覺得自己腦子裡什麼都不想，好像有些太辜負裴文宣的好意。

而且裴文宣說的，她倒也覺得有幾分道理，只是道理是道理，卻不知道為什麼，沒有什麼想立刻實踐的欲望。

裴文宣見李蓉還在抗拒，頗有些恨鐵不成鋼，立刻道：「那妳現在想，妳現在幻想一下，如果你們成親，你們會不會過得好一點？」

「我……我有點睏了。」李蓉覺得這個話題不能說下去了，她趕緊道：「明天還有事，咱們先睡吧。」

「不行。」裴文宣伸手攔住要倒下去睡覺的李蓉，將她扶正，「我好不容易和妳正經談一次心，我們得把這個問題說清楚。」

「什麼問題？」李蓉滿臉茫然。

裴文宣一臉認真，「妳怎麼嫁蘇容卿的問題。」

「還是睡吧。」

李蓉立刻又倒下去，裴文宣再一次半路攔住，把李蓉扶正：「妳別鬧，妳聽我說，正視妳對蘇容卿的感情，是妳打開自己心房的第一步。妳只有開始學會面對自己，妳才能過好這一生。」

李蓉聽著這些話，頭都大了，她深吸了一口氣，盤腿一坐，撩起袖子：「行，你說，我聽著，我倒看今晚誰熬得過誰。有什麼大道理，你放馬過來！你就先說說，我嫁給蘇容卿，我有什麼好處？」

「其一，妳與蘇容卿身分相符，想法相近，在一起時可如知己、如好友，一生琴瑟和鳴，成神仙眷侶。」

「其二，蘇容卿身分高貴，本為貴族，妳與他在一起，可謂如虎添翼，未來太子殿下無論想要做什麼，有蘇容卿在，都方便許多。」

「其三，妳本來就與他情投意合，有感情基礎……」

裴文宣充分發揮了他在朝堂上的本能，一條一條給李蓉說著蘇容卿的好，描繪著他們倆成婚後的美好未來。

李蓉瞪大了眼睛，就一直盯著裴文宣。

她不相信，裴文宣剛才這麼睏，現在就不睏了。

然而裴文宣已經充分意識到李蓉的意圖，他這個人，慣來是遇強則強，李蓉想熬他，他絕不會讓李蓉得逞。於是他打足了精神，和李蓉對視著，費盡腦汁，款款而談，充分論證著李蓉嫁給蘇容卿的必要性。

裴文宣太能說，他一個人一個舞臺，就慢慢說到了公雞打鳴，李蓉用手撐著頭，打著盹，聽著裴文宣魔音入耳。而裴文宣越說越精神，看見李蓉有倒下去的意圖，就立刻把她搖醒，認真道：「殿下，妳考慮好了嗎？」

然後李蓉就一個激靈，馬上清醒過來，滿臉認真再提出問題：「且不說你這些真實性都有待商榷，就算是真的，如今我已經嫁你為妻，我又如何嫁他？」

「這個我為殿下想好了。」裴文宣說著，立刻從床上下去，李蓉見他跑了，舒了口氣，正打算往旁邊倒去，裴文宣又回到床上來，恭恭敬敬呈上一份摺子，「這是我為殿下擬定的計畫，我想過了，讓殿下和蘇容卿再續前緣，我們需要分成個步驟，第一步，知己。殿下需要正確認知自己的心態，放下對前世的戒備，正確認知蘇容卿。」

李蓉接過摺子，在黑夜中聽著裴文宣的話，震驚拉開了那寫著詳細解決如何嫁給蘇容卿這個問題的摺子，那摺子拉開來足足有李蓉手長，李蓉藉著月光，看見上面密密麻麻的字，聽著裴文宣繼續道：「第二步，知敵。我們要確定蘇容卿如今對殿下、對感情，是一個什麼態度，這一點交給我，」裴文宣手放在胸口，神色認真，讓人十分放心，「我先去和蘇容卿打好關係，確定蘇容卿對殿下的心思。」

「在確認蘇容卿心思之後，我們開始第三步，縱敵。這一步也是我來完成，主要是要讓蘇容卿知道，我和殿下乃盟友關係，他其實還有機會。」

「第四步，擒敵。蘇容卿有機會之後，我們就製造一些機會，讓殿下和蘇容卿有一些往來，以殿下之能，區區蘇容卿手到擒來，必拜石榴裙下，到時候殿下再和他許約。」

「你……」李蓉聽得目瞪口呆，「你對我……是不是太有信心了？」

「不。」裴文宣認真道，「這是我對殿下的綜合評估，以殿下之容貌、手段、性情，若有合適機會，這天下男子，誰不傾慕？殿下切勿妄自菲薄。」

「你說得這麼好聽……」李蓉喃喃，「我都快信了。」

「殿下是不信我嗎？」裴文宣一副文臣死諫的樣子，讓李蓉倒吸了一口涼氣。

她聽著外面公雞打鳴，拿著手裡的摺子，她突然意識到，裴文宣是有備而來，這一場熬鷹大賽，她怕是贏不了了。

她深吸一口氣，決定採取將計就計的制敵之策，以敵之矛、攻敵之盾，讓裴文宣也體會一下她的心情，於是她點頭道：「裴大人說得很有道理，本宮恍然大悟，如醍醐灌頂，重來一世，就是為了彌補遺憾。裴大人如此為本宮著想，本宮不勝感激，為報裴大人之拳拳之心，本宮決定，你的姻緣，我包下了。」

裴文宣愣在原地，重複了一聲：「我的姻緣？」

「對。」李蓉認真點頭，「裴大人與秦二小姐當年也是天公不作美，如今重來一世，秦二小姐尚未入宮，裴大人應當鼓起勇氣，奮起直追！」

「不……不必了。」裴文宣一聽李蓉提秦真真，頓時有些坐立不安，「我們就說說殿下……」

「不行。」李蓉一把按在裴文宣肩上，誠懇道，「裴大人如此為我著想，我怎能不為裴大人著想？裴大人不必推辭，若裴大人推辭，那本宮就不明白，你為什麼一定讓我謀劃嫁給蘇容卿了。」

裴文宣一聽這話，頓時僵住，片刻後，他咬牙道：「殿下說的是，不過當務之急，還是蘇大人，秦二小姐不急。」

「其實蘇大人也不是很急。」

話說到這裡，兩人都沉默了。

裴文宣深吸了一口氣：「殿下放心，蘇大人的事交給微臣去辦，一定能為殿下辦妥。」

「裴大人放心，」李蓉立刻道，「秦二小姐的事，交給本宮去辦，一定能幫裴大人辦好。」

裴文宣：「……」

李蓉：「……」

公雞又一次打鳴，裴文宣猶豫著道：「既然殿下已經應下此事，不如……我們睡吧？」

李蓉點點頭，兩人趕緊鑽進被窩，抓緊時間閉眼。

閉眼之後，李蓉忍不住又問：「裴文宣。」

「嗯？」

「你說你做這些，是圖什麼啊？」

裴文宣不說話，李蓉想了想，其實不需要裴文宣說，她也能猜到，裴文宣的確是為她好。或許方式有些不對，但是裴文宣心裡，的確是想要她過得好。

她忍不住在夜色裡無聲笑起來：「你說咱們這關係，夫妻不是夫妻，同盟也不是純粹的同盟，三十年風風雨雨走過來了，一面埋汰對方，一面又想對對方好。成了婚，還要幫對方謀劃與其他人的姻緣，這算個什麼關係？」

裴文宣沉默著，他聽李蓉說這些，心裡有些說不出來的發悶，他背對著李蓉，低聲道：「妳要看得起我，可以把我當個哥哥。」

「那免了。」李蓉立刻否定，「我沒這找哥哥的愛好。」

「那隨妳。」裴文宣懶得理她。

李蓉想了想，突然轉過身來，湊到裴文宣身邊，高興道：「你是不是能算我的閨中密友了啊？」

「妳離我遠點兒。」裴文宣縮了縮，「別過來我嚇我。」

李蓉笑起來，翻過身離他遠了些。她不知道怎麼的，好似突然找到一個新詞，定義了她和裴文宣的關係。

「裴文宣。」她用手戳了戳裴文宣的背，「我覺得這詞特別適合你。今個兒開始，你就是我閨密了。」

「那妳算我什麼？手足兄弟嗎？」

裴文宣反擊，李蓉頓時笑出聲來，一時也不睏了，繼續念叨道：「你現在可是在我的閨房，你……」

「哎喲，我的姑奶奶。」裴文宣忍不住，翻過身來，抬手就捣住她的嘴，認真道，「睡覺了，好不好？」

李蓉眨眨眼。

裴文宣深吸一口氣：「好，我是妳閨密，睡覺了？」

李蓉笑著閉眼，心滿意足。

看著李蓉閉上眼睛，裴文宣嘆口氣，竟也忘了回身，就和她面對面睡了過去。

睡過去前，他隱約想著——明個兒得多要幾床被褥，打地鋪的時候，好軟和一些。

再這麼熬下去，他怕就要英年早逝了。

第三十八章　宮宴

兩個人大約睡了不到兩個時辰，外面就傳來了敲門聲，靜蘭站在外面，恭敬道：「殿下、駙馬，今日午時陛下在太和殿設宴，您得起了。」

李蓉聽著這話，用著毅力撐著自己睜開眼睛，推了裴文宣：「起了，快起了。」

裴文宣抬手捣住眼睛，痛苦皺起眉頭，緩了片刻後，他撐著自己起身來，甩了甩頭道：「起吧。」

兩個人互相鼓勵著爬起來，正打算離開，李蓉一動，就帶著床上的白絹落了下來。

兩人一起注視著這個白絹，李蓉抬頭看向裴文宣：「你處理。」

裴文宣無奈上前，將白絹撿了起來，從旁邊割了手指染了血，便扔回床上，同外面道：「進來伺候吧。」

靜蘭推門進來，一行丫鬟上前，伺候著兩人梳洗，兩人換上了宮裝，便坐上馬車往宮裡過去。

他們路上都睏得厲害，各自靠著馬車一邊小憩，等睡到了宮裡之後，兩人感覺馬車停下，這才恍惚回了神來。

兩人在馬車裡緩了片刻，終於一前一後出去。

此時太和殿已經坐滿了人。

李蓉和裴文宣一路朝著殿中官員見禮，一面走到大殿後方，大殿後方有一個小房間，皇帝、皇后領著皇室之人在裡面單獨開宴。

李蓉和裴文宣進了小殿，先朝著皇帝和皇后行了禮，皇帝、皇后給他們賜了禮物，便讓他們起身來，夫妻倆一起落坐到皇帝邊上。

這宮宴辦得熱鬧，後宮的人都在這裡，所有人不說話，都暗暗打量著裴文宣，裴文宣面色不動，假作不知旁邊人的視線，同李明有一搭、沒一搭說著話。

李明對裴文宣也算熟悉了，平日都說的是公事，此刻少有說起家常來，問候的都是些日常小事，但李明肯如此照顧裴文宣，在眾人眼裡，便是另外一種意味。

李明和裴文宣說了幾句，又問了李蓉公主府的情況，李蓉順著答了，沒聊一會兒，便到了開宴的時間。

菜肴一道一道端上來，之前李蓉將幾位公主收拾乖巧之後，現下她們也不敢鬧事，一頓飯倒也算吃得和睦。

等差不多用完飯後，所有人坐著閒聊，貴妃們挨個將裴文宣問了一圈，裴文宣滴水不漏的答話，答完之後，柔妃輕聲笑道：「沒想到一轉眼孩子就長這麼大了，如今平樂殿下的婚事了結了，姐姐，」柔妃轉過頭來，看向皇后，溫和道，「不知太子殿下的婚事，姐姐有準備嗎？」

李川比李蓉小兩歲，如今李蓉成了親，所有人目光就落在李川身上。

皇后笑了笑，平穩道：「川兒還小，暫且不考慮這些。」

「太子殿下也不小了。」梅妃在一旁接了話，「陛下當年這麼大年歲，也已經和娘娘定下親事了吧？」

皇后聽了這話，不著痕跡看了一眼梅妃，帶了幾分警告：「妳對太子倒是關心得很。」

「太子的事，」柔妃在旁邊笑了，「誰不關心呢？不過姐姐說得倒也是，太子還有四年才加冠，倒也的確是不急的，但這四年也不能閒著，慢慢挑選，看看哪家合適才是。」

「妳這麼說，」皇帝聽柔妃說得熱切，目光落到柔妃身上，面上沒有喜怒，「妳可是有什麼想法？」

「太子的事，」柔妃頗有些不好意思，「都是姐姐做主的，臣妾能有什麼想法？」

「太子雖然是皇后的兒子，但也算是妳看著長大的，」皇帝端了茶，抬了抬手，「但說無妨。」

「臣妾是這麼想的。」柔妃將頭髮挽在耳後，抬眼看向李川，「太子殿下身分尊貴，若要說身分，這世上哪位女子都難以般配。不必以身分作為婚配第一打算，最重要的還是品性。臣妾家中有一小侄女，性情溫婉賢淑，與殿下年紀相仿，臣妾斗膽引薦，覺得這小侄女適合。」

這話說出來，李川冷眼掃過去，皇后神色也十分難看。

皇帝抬眼看了李川一眼，見他面色不善，皺起眉頭，轉頭看向李蓉，見李蓉正低頭吹著茶杯裡的茶葉，一副怡然自得的樣子，他不由得有些奇怪，詢問道：「平樂，妳弟弟的婚事，妳不過問嗎？」

李蓉被點了名，抬起頭來，一臉茫然道：「這有什麼好問？」

李明被李蓉逗笑了，「這麼大的事，妳都不管的？」

「父皇。」李蓉放下茶杯，滿臉認真，「宮裡有宮裡的規矩，柔妃娘娘不知道，兒臣還不知道嗎？川兒雖然是我弟弟，但也是一國儲君，他的婚事，除了父皇、母后能做主，誰敢能多說什麼？而且父皇如此英明，肯定能給川兒覓得良緣的，我就不操這個閒心了。」她抬眼看向柔妃，笑咪咪道：「柔妃娘娘也是，管這麼多做什麼？」

柔妃得了這話，面色不變，華樂搶了聲：「姐姐這話就不對了，咱們都是一家人，我母妃也是為太子殿下好，您這話當真讓人寒心。」

「唉，妹妹非要我把話說得這麼明白嗎？」李蓉嘆了口氣，她轉過頭，看向李明道，「父皇，兒臣也不想傷了柔妃娘娘的心，畢竟柔妃娘娘在兒臣心中，也是看著兒臣長大，放在普通百姓家裡，那就是奶娘、庶母一樣的位置，只是有些話，兒臣覺得說出來不太好，不知父皇覺得，兒臣當講不當講？」

奶娘、庶母這樣的詞用出來，華樂臉色頓時變了。

李明看了雙方一眼，隨後道：「妳說吧。」

「川兒乃國儲，他選妻之事干係甚重，家世、容貌、品性都缺一不可，這貴族之中女子眾多，何必去挑一個小門小戶的姑娘？若當真迎娶了柔妃娘娘的侄女為太子妃，這讓朝臣如何想？讓百姓如何想？川兒要娶姑娘，那至少也得像我一樣，」李蓉笑著挽過裴文宣的手，

「至少該是個世家大族的嫡小姐不是？」

李蓉這話說得一派天真爛漫，李明原本聽著前面臉色還不大好，等李蓉把裴文宣的手一挽，李明頓時又放下心來，覺得這個女兒的確只是骨子裡瞧不上柔妃出身罷了。

這事雖令他不大喜歡，但也能理解，畢竟柔妃的出身的確上不得檯面，以李蓉的性子，見不慣也是常事。柔妃還想將自己的侄女送來當太子妃，李明也覺得不妥。

李明點點頭，將話題繞過去：「川兒還小，這事以後再談。有合適的姑娘稍作留意，告知皇后即是。」

這一番話說出來，皇后面色好些，一行人又閒散聊了幾句。

太監從外面回來，在李明身邊附耳說了幾句，李明應了一聲，隨後抬頭同眾人道：「時候也差不多，朕還有事，先散了吧。」

李明說完，所有人跪送了他出去，李明到了外殿，又和群臣說了幾句，便先行離開。

等李明走後，皇后宣布散席，李蓉便上前去同皇后和李川道別，然後同裴文宣一起離開。

兩人一路打著招呼退席，上了馬車。

剛進馬車裡，李蓉就舒了口氣，人往桌邊一坐，整個人就癱了下去。

裴文宣坐到她對面，也頗為疲憊，一面給自己倒茶，一面出聲道：「和你們一家子吃飯太累了，一頓飯下來像上了個早朝，還都是你們女人的話題，我難受死了。」

「你以為我不難受啊？」李蓉接過他倒的茶，有些生氣起來：「柔妃什麼東西！就憑她侄女兒也想攀附川兒？也不照照自個兒，癩蛤蟆想吃天鵝肉，今個算便宜她了！」

「那妳還想怎麼樣？」裴文宣端茶抿了一口，一臉認真，「把她毒死？」

「我倒是想啊。」李蓉轉頭瞧他，「你能嗎？你要能，我千金買人頭。」

「貴妃娘娘的人頭就值千金？」裴文宣笑了。

李蓉嘲諷一笑，轉過頭去：「千金都算高估她了。」

「不過，」裴文宣思索著，認真道，「殿下的婚事，的確該考慮。」

上一世李川的婚事就在明年開春，也就是候選人大約就是這時候定下來的。皇后如今心裡其實早已經是有了太子妃人選，物色的不過是側妃罷了。

李蓉思索著，聽裴文宣道：「不知道太子殿下的婚事，公主如何打算？是按著上一世，以婚姻聯絡世家穩固太子權位，還是另有打算？」

「你怎麼想？」李蓉端起茶杯，輕抿一口。

其實兩人都心裡明白，他們討論的並不是李川的婚事，而是李川太子之位到底要怎麼爭下去。

「上一世，皇后娘娘為太子物色了一位正妃、四位側妃，倒的確是穩固了太子和世家的關係。如果殿下覺得，今生太子還要走上一世的老路，借助世家之力，再輔助以西北的兵權，與陛下正面抗爭，這的確是一條路。」

李蓉不說話，她用金色摺扇輕輕敲打著手心：「另一條呢？」

「殿下可記得上一世，太子殿下是如何被廢？」

裴文宣突然問了這麼一句，李蓉知道他不會隨便問問題，於是她認真想了想，回答道：「川兒手中並無兵權，全權依仗世家，而父皇用了肅王當傀儡，暗中扶持普通士族，凡是投靠肅王的世族，都得以提拔，用以抗衡川兒。」

李明是一個極其有耐心的皇帝。

他對李川的圍剿，近乎是全方位的，他扶持普通世族，暗中支持著這些二流世族與一等世家的交手，打壓李川朝中的支持著。

他謀劃搶走楊家兵權，交給肅王舅舅，給了肅王用以抗衡李川的軍權。與此同時，他挑撥了李川後宮幾個妃子的關係，以其中一個側妃之死，加重了李川和他姻親世家的割裂。從內院到朝堂，幾乎沒有一處安寧的地方。

「太子殿下被綁死在這些大貴族身上，可是殿下之心思在天下，而非哪一個世家，後期太子與這些世家貌合神離，雙方互有爭執，而後上官丞相病逝，上官氏隨之衰敗，太子被迫與其他世族聯繫越發密切，但那些士族並非絕對聽命於殿下，於是秦臨在邊境打了勝仗之後，陛下對太子猜忌到了頂峰，便有了泰州案。」裴文宣聲音平和，提醒著李蓉上一世的經過。

泰州案是李川被廢其名義上的原因，是太子側妃之一的聶氏，其家族以太子名義，在泰州家鄉侵占他人良田近千畝，為此殘害近百人性命，其中一位受害者僥倖逃脫，上華京伸冤。

此案震驚大夏，天下人無不憤慨，而在此之前，與李川有牽扯的貴族枉法之事已經不止一樁，加上此案，於是大夏上下民怨沸騰，各地書生紛紛寫文章討伐李川，上百官員跪在御書房門口以死諫求廢太子，李川手無兵權，又失人心，被廢也就順理成章。

李川下獄之後，李明為顯公正，宣布徹查上官氏。於是李蓉下獄，秦真真遠赴西北，裴文宣遊說四方。

最後裴文宣說動那些大貴族，讓這些貴族恐於青睞普通的肅王登基，並許以重利，終於聯合各大豪門，連同秦臨一起攻入華京，扶持李川登基。

敗也世家，成也世家，李川清晰看明白世家是怎樣的存在，它像一隻吸血的巨獸盤桓於這個國度，皇帝是手中傀儡，他們可以立他，也可以廢他。

於是終其一生，李川又走上了李明的老路，用一生與世家對抗。

「所以，這一世，太子何不離世家遠些？」

「離世家遠些？」李蓉皺起眉頭，「那日後誰幫著川兒？」

「不是有妳我嗎？」裴文宣轉頭看向李蓉，「如今我們已經將秦臨送到西北，他和崔清河聯手，我們再暗中協助，幫他們控制住西北的軍權。」

「然後呢？」

「我投靠陛下，配合陛下成為他想培養對抗上官氏的普通世家。而太子殿下，他什麼都不用做，他只要當好一個太子，不結黨，不要有任何汙點，贏得民心，這就足夠了。」

「那若父皇有心害他，他豈不是孤立無援？」

李蓉頗有些擔心，聽到這話，裴文宣不由得笑起來。

「殿下還看不明白陛下到底為什麼要廢太子嗎？」裴文宣發問道。

李蓉沒有立刻回話，她看著裴文宣，沉思片刻，只道：「你覺得是為什麼？」

「陛下要廢的不是太子，而是貴族手中的太子。」

李蓉聽著裴文宣的話，翻弄手中的扇子，垂下眼眸。

許多事年少時候想看不清楚，老來想，便有幾分明白。

當年的李明這麼執著的想要廢太子，不僅僅是不希望上官氏做大，或許也是清楚意識到了這些豪門貴族，對於他政權所帶來的壓力。

李明是一個比李川更好戰的皇帝，統一北方邊境是他一生的夙願，而如果試圖對外開戰，這些嚮往和平的貴族，這些上下盤踞的家族勢力，一定就是戰場上最難以解決的核心問題。

年少時李川崇尚仁德治世，又在上官家出身，他所謂的仁德，就是豪門世家最愛的君主，李川與世家聯繫越密切，李明就越會認為，這是一個世家培養出來的傀儡，一個被世家養廢了的皇族太子。

她大概明白了裴文宣的想法，抬眼道：「所以，你希望川兒能從世家與皇上的交戰中抽身出來，不要成為他們兩方對戰的靶子。」

「對。」裴文宣肯定道，「然後我會當陛下那把刀，我幫陛下把那些世家的膿瘡挖出來，讓陛下目光放在世家而非太子上，那麼太子暫時就安全的。」

「可川兒不能手裡一點人都沒有。」李蓉仍舊不放心，「他得有幫他做事的人。」

「不是有科舉制嗎？」裴文宣看著李蓉，李蓉微微一愣。

如果不是重活一世，裴文宣說出這三個字，李蓉恐怕就笑了。

科舉制推行至今，且不說挑選出來的人絕大多數都是貴族子弟，就算是偶有真正的寒門進入，也都是在邊邊角角當一些小官，根本進入不了權力鬥爭的視野之中。

然而李蓉見過裴文宣如何利用這個制度，也見過這個制度下所產生的新力量為君王所用時的效果，於是沉吟片刻後，她總結道：「川兒獨善其身，暫避鋒芒，暗中提拔寒門做事，得天下民心。你成為普通貴族的領頭，和一等世家鬥爭，削弱父皇和現有豪門的權力。我聯繫上官氏等大族平衡雙方關係，若有朝一日，父皇回頭想要清算太子……」

「滿朝從一等世家到科舉出身的寒門，大半都會是殿下的人。」裴文宣截斷李蓉的話，認真道：「不僅如此，太子日後也不會與世家有太過激烈的鬥爭，上一世太子殿下早期鐵血清洗世家的情景，也不會再出現了。」

李蓉沉默無言，裴文宣見她不說話，稍作猜想，便知她是在猶豫什麼。

「妳還是不喜歡寒族出身的人。」

「出身於微末的人，」李蓉抬眼看他，目光銳利，「大多對權勢有嗜血的貪婪。給了他們權力，他們控制不住自己對金錢的欲望。鐘鼎之家尚且如此，何況他們？」

「人皆如此，何分貴賤？」裴文宣冷靜道。

「這話你同我說了多少年？」李蓉嘲諷一笑，「你的人多少貪汙受賄被查，還需我說嗎？」

「那妳的人多少素餐尸位、欺上瞞下以致事敗，又要我說嗎？」裴文宣下意識回聲。
李蓉冷眼看他，裴文宣得了那目光掃來，頓了頓之後，也不知道怎麼的，突然有了幾分氣短。
他輕咳了一聲，扭過頭去，緩聲道：「我也不過就是給個建議，反正結果由殿下決定。您選第一條路，咱們就按著原來的老路走下去，後續，太子殿下和上一世一樣，也是常事。」
李蓉不說話，敲打著手心，裴文宣斜瞟他，繼續道：「或者呢，咱們就走第二條路試試，沒什麼風險，而且一旦成功了，太子殿下日後登基，也就沒了什麼障礙，不必和世家鬥法，您也不必苦苦維護上官氏和陛下之間的關係，陛下開心些，您和陛下的關係也能好一點……」
李蓉聽著裴文宣拚命說著後面的好處，忍不住低頭笑出聲來，裴文宣見她笑了，湊過身去：「殿下以為如何呢？」
「裴文宣，」李蓉扭頭瞧他，「不送你進宮侍奉，真是可惜了你這張巧嘴。」
「不可惜，」裴文宣朝著李蓉一笑，「侍奉殿下，也一樣的。」
「按你說的先做吧。」李蓉淡道，「但如若這樣，川兒如今便不能成婚，就算成婚，也絕不能娶貴族。其他幾位側妃還好說，但是上官氏……」
裴文宣知道李蓉和上官雅情誼非凡，他挑起眉頭：「妳打算如何處理？」
「我得去見見上官雅。」李蓉抬眼，扇子往手心一合，平靜道，「這件事，得由上官氏來提。」

不然上官家耗費那麼大心血幫忙，李川出爾反爾，日後怕是再沒有人敢幫李川了。

裴文宣得話，抬手鼓掌：「好計謀。」

李蓉淡淡瞟了他一眼：「浮誇了。」

「那就這樣定下了。」裴文宣恢復了平日神色，端起茶來從容道，「我負責在陛下這裡幫著陛下，妳負責聯絡上官氏和蘇氏等貴族，不要讓他們覺得太子和他們澈底割裂。」

說著，裴文宣想起什麼來，抬頭看向李蓉，遮掩著心裡那點隱約不明的酸澀道：「殿下趁著這個機會，也能和蘇大人好好培養些感情。」

「那我也得好好拜託你，」李蓉神色平淡，「好好聯繫一下秦二小姐，多培養點感情，她和川兒是孽緣，就別碰面了。」

裴文宣聽到這話就頭疼，一時恨自己嘴賤，忙轉移了話題道：「等一會兒到裴府，妳見著我家裡人，若有什麼不高興的地方，妳放開了來就是。」

李蓉聽裴文宣提到他家裡人，她早已有了準備，點了點頭。

兩人一時沒有說話，靜靜坐在馬車裡，坐了一會兒後，李蓉不知道怎的，突然就想起裴文宣昨夜的話來。

她不敢和裴文宣深談那個話題，在裴文宣驟然提起時，她只能以玩鬧的方式假作不在意的岔開。

只是裴文宣這個人太執著，逼著她去想，去看。

她用金扇挑起簾子，看見外面飛過的鳥雀。

「裴文宣。」她突然叫裴文宣的名字，裴文宣茫然抬頭，就看李蓉轉過頭來，靜靜瞧著他：「我這輩子信你一次，要是你給我帶歪了路，我就把你斬了拖出去餵狗。」

裴文宣一時有些茫然，他也不知道李蓉是信他些什麼。

他想了片刻，猜測著應該是他給李蓉規劃這套爭儲計畫，於是他自信笑開，頗為瀟灑將手往前一放，微微頷首道：「殿下放心，萬事我都想過了，絕對沒問題。」

李蓉見著裴文宣那自信滿滿的笑容，一時不知他是真的想過了，還是想差了……但李蓉也沒想和他計較。

裴文宣這個人，在某些細節上出其不意，她已經習慣了。

第三十九章 裴家

兩人從宮內直接去了裴府。

本來按著規矩，正常的新嫁娘第二日該在清晨就去公婆那裡奉茶。但因為李蓉是公主，李明為彰顯對她的寵愛，早上在朝堂宴請群臣，於是拜見裴家人這件事，就落到了下午。

兩人在馬車裡商議完朝堂上的事，本想各自睡一會兒，沒曾想就直接到了。

裴文宣扶著李蓉下來時，踏進大門，忍不住低聲道：「我家裡人妳還記得吧？」

「記得。」李蓉答得很快：「你二叔裴禮賢是個笑面虎，你三叔裴禮文是個草包，你有三個堂兄，許多妹妹，三個堂兄分別為大嫉妒、二缺德、三兔爺，你娘……」

「可以了。」裴文宣怕她繼續說下去，能把自己全家罵一遍，他趕緊打住李蓉，「我知妳記得很清楚，我不介紹了，除了我娘，妳隨意。」

李蓉抬眼瞧了他一眼，裴文宣見她看過來，趕緊討好一笑：「我回去給妳按肩。」

「那本宮就給裴大人這個面子。」李蓉聽裴文宣的交換，立刻笑起來。

兩人由下人引著進了正堂，一進去，李蓉就看見烏壓壓一批人，這批人站起來，由裴禮賢帶頭，同李蓉請安。

李蓉點了點頭，讓所有人起來，隨後由旁邊侍從引著，坐到了主座下第一排左手邊。

裴文宣坐在李蓉旁邊，裴禮賢坐在李蓉對面，而裴文宣的母親溫氏和裴文宣的爺爺就坐在正上方左、右兩邊，溫氏的椅子要靠下一些，區分出和裴文宣爺爺裴玄清的身分來。

這樣的場合明顯讓她有些不習慣，李蓉坐在她邊上，雖然也沒做什麼，溫氏卻就覺得有種無形的壓迫感傳了過來，她抬眼求助性的看向裴文宣，裴文宣趕緊道：「娘，這就是公主殿下了。您別拘謹，今兒個是是家宴，您和殿下聊聊天就好。」

溫氏得了這話，放鬆了一些，李蓉笑著沒說話，仍由所有人明裡暗裡悄悄打量。

這些目光是她看慣了的，只是裴家略誇張了一些，上上下下，連內院丫鬟、奴僕都來了，就擠在所有縫隙裡偷瞧李蓉。

裴文宣略有一些尷尬，上一世其實也差不多是這樣的狀況，他記得那時候李蓉是有些笑話他的，他忙轉頭看向外面，低聲道：「將院子裡清一下，怎麼什麼人都能過來？」

旁邊奴僕得了這話，下意識看了一眼裴禮賢，裴禮賢輕咳了一聲，旁邊管家才出去清人。

李蓉看了一眼裴文宣，轉頭瞧向裴禮賢道：「看來家裡裴大人主事啊。」

「家兄不在，」裴禮賢恭敬道，「大嫂平日身體不好，也就是我幫忙管著。」

「這樣。」李蓉點點頭，「那倒是辛苦了。」

裴禮賢神色不變，恭敬道：「本也是應當做的。」

兩個人說著這個話題，在場所有人都有些害怕，就怕李蓉一個不懂事，就提出裴文宣管家這種事來。

讓裴文宣管是不可能的，但是李蓉又是公主，到時候免不了一番衝突。

裴玄清也瞧出這個苗頭，輕咳了一聲，看向李蓉道：「孫媳婦兒今個兒還好吧？昨日可是累著了？」

裴玄清如今已經不在朝中，但當年他也曾官至尚書，雖然和裴禮之不能比，但也算是當過大官的人，加上他年紀又長，便率先將李蓉公主身分摘去，當成家宴談起來。

李蓉矜笑著微微頷首，只道：「尚好。」

這樣簡潔的話，倒有些讓人接不下去了，所有人都意識到李蓉不是個善茬，怕不是個溫順的，一時有些不知所措，裴禮賢見狀便笑起來：「要不先敬茶吧？昨日成親，今日宮中設宴，殿下想必勞累。文宣，」裴禮賢看向裴文宣，「你須得懂事些，多多照顧公主。」

裴禮賢這話讓李蓉頗有些高興了，她瞧了裴文宣一眼，裴文宣笑著起身，領著李蓉上前，給裴玄清和溫氏敬了茶。

李蓉敬茶是不必跪的，只要奉上去就好，只是上一世的時候，李蓉怕裴家因為她身分太過拘謹，覺得她壓人，日後同裴文宣生了間隙。於是她便軟著性子，用普通新婦的規矩跪了溫氏和裴玄清。

如今想來，只覺得年少幼稚得可笑。

裴家這樣的人家，你若是示軟，他們便當你好欺。本身在高處，便不必低就，有勢不仗，那才是傻子。

李蓉給奉完茶，溫氏和裴玄清給了李蓉紅包，接著裴文宣領著李蓉走了一圈，一一介紹了人。

李蓉氣勢太盛，往裴家人面前一站，對方便說不出話來，慌忙給了紅包，說幾句吉祥話，便讓李蓉趕緊往下去，於是整個流程過得極快，一圈走完之後，全場靜默著，誰也不敢聊天。

李蓉喝了一口茶，轉頭看向裴文宣道：「可還有他事？」

裴文宣轉頭看向裴禮賢：「二叔，可還有其他事？」

「倒也沒了。」

「那便走吧。」李蓉懶洋洋道，「本宮乏了。」

這話說得像是隨意到哪家哪戶賞臉吃個飯一樣，裴家人臉色都不太好看。

裴文宣面色不動，上前扶起李蓉，轉頭同裴玄清道：「爺爺，」又轉頭看向溫氏，「娘，孩兒便先退下了。」

裴玄清面色不大好看，溫氏愣了愣，李蓉矜雅朝著眾人稍稍點頭，便往外走去。

溫氏這才反應過來，趕緊起身道：「不……不在家裡住嗎？」

按著溫氏的想法，就算是迎娶公主，日後要住在公主府裡，來裴家拜見也當要留一晚的。

畢竟裴文宣雖然是娶公主，但不是入贅，多少也要有些顏面。

本來溫氏也是沒有這個膽量說這些話的，只是二房、三房的夫人給她搧了風，讓她覺得若是兩人就這樣走了，面子有些掛不住，於是如今見李蓉領著裴文宣離開，溫氏便有些忍不住了。

李蓉停下腳步，看向裴文宣。

她是瞭解溫氏性子的，要的是個面子，她答應了裴文宣給溫氏面子，於是倒也沒有直言，她就看著裴文宣，轉頭又瞧了瞧溫氏，隨後笑起來：「也不是不可，我都聽文宣的。」

聽這話，溫氏瞬間舒了口氣，抬頭看向裴文宣道：「文宣，那就……」

「娘。」裴文宣知道李蓉是這麼說，要他真敢留下，她能扒他一層皮。於是裴文宣笑了笑道，「公主府還有許多事安排，改日我再回來陪您。等過些時日不忙了，我和公主一起來看妳。」

溫氏面上有些僵了，但話說到這份上，溫氏也說不了什麼，只能結巴道：「那……那你們先忙。」

裴文宣和眾人行了禮，便同李蓉一起走了出去。

等上了馬車，李蓉打著哈欠道：「終於可以休息了。」說著，她抬眼看向坐在對面想著事的裴文宣道：「你在想什麼？怎麼，覺得我打你臉了？」

「沒。」裴文宣反應過來，笑道，「不是應當的嗎？」

「哦？」李蓉有些好奇了，撐著下巴道，「你不覺得丟面子啊。」

「妳有妳的人生，」裴文宣倒了茶，平和道，「總不能因為嫁了我就委屈了自個兒。想怎麼過怎麼過，他們也不能拿妳怎麼樣。」

「你娘那邊……」

「我自個兒會去說。妳嫁的是我，不是她。」

「我突然發現，」李蓉同裴文宣這麼一談下來，思量著道，「其實嫁你也挺舒服的啊。你說我要嫁盧羽那些個人家，他們那些高門大戶規矩多得很。到時候就算我丈夫容得我，這些高門大戶的長輩也容不下我，明個兒怕就一張摺子告父皇那兒……」話沒說完，李蓉突然想起來：「等等，裴禮賢不會明天上摺子吧？」

「上什麼摺子？」裴文宣笑起來，「說妳喝完茶就走了？」

「倒也是。」李蓉點點頭：「面子我給的，是他們自個兒受不住。」

兩人說到這兒，就忍不住笑了，一想到李蓉往那些親眷面前一站，個個都嚇得想讓李蓉趕緊走，兩人便覺得有些高興。

李蓉搧著扇子，歡快道：「今日總算有了個舒心的事。不過這個裴家，」李蓉轉眼瞧他，「你打算什麼時候拿回來？」

裴文宣端起茶杯喝茶，平淡道，「該拿回來的時候，便拿回來了。」

李蓉應了一聲。

兩人一路閒聊著回了公主府，便一同回了房，吩咐了下人不要打擾，回到房間裡打算暢快一睡。

裴文宣本想打地鋪，然而房間裡只多了一床褥子，他讓人再拿一床時，下人一臉茫然道：「駙馬是覺得冷嗎？怎的要這麼多褥子？」

裴文宣一時說不出話來，於是他也沒再多要，直接回了房。

剛進房間裡，他便看見李蓉已經卸了妝髮、脫了外衣，正打算鑽被窩。李蓉睡在最裡側，床上外側還放著他昨晚上搬過來的被子，被人疊得整整齊齊著放在一邊。

李蓉見他進來，抬頭看了他一眼：「怎麼，沒拿到褥子？」

「他們問我是不是冷。」裴文宣有些無奈，走到盆邊洗手道：「我不好答話，便回來了。」

「那就睡唄。」李蓉在斜躺著，撐著頭，抬手輕輕搭在自己的臀上，溫柔道，「反正我信裴大人正人君子，柳下惠轉世，我都不介意，裴大人介意什麼？」

「妳這個人……」裴文宣有些無奈，「能不能……」

「能不能矜持些。」李蓉翻過身，拉長了聲，「你能不能換句話？我矜不矜持，你不知道麼？」

「李蓉！」裴文宣低喝了一聲。

李蓉也不玩鬧了，躺在床上道：「行了，以後還有這麼長日子呢，你能天天打地鋪？每天一套床套送出去清洗，早上起來收拾被子，你不累啊？」

裴文宣遲疑片刻，李蓉閉上眼：「行了、睡了，咱倆又不是沒睡過，裴大人就不要自己找事了。」

李蓉說完，閉眼就睡了。

裴文宣遲疑了片刻，還是解了外套走過去。他坐到床邊，猶豫了片刻，躺到床上去，他想了想，隨後道：「妳放心，我對妳沒什麼興趣的。」

李蓉背對著他，「噗哧」就笑出聲來。

裴文宣皺起眉頭：「妳笑什麼？」

李蓉轉過頭來，和裴文宣各自一床被子，將手枕在臉下，笑咪咪道：「你對我沒興趣，我對你有興趣怎麼辦？」

「胡說八道。」裴文宣頓時紅了臉，翻過身道，「妳又沒個正經逗弄我。」

「裴文宣，」李蓉撐著頭瞧他，「我發現，你這輩子，容易害羞得很。」

「誰和妳一樣，」裴文宣閉上眼，「沒羞沒臊。」

「人有情欲，我何須羞臊？」李蓉說得坦蕩。

裴文宣蒙住耳朵，催促她：「睡了睡了。」

李蓉笑著瞧他，見他背對著自己，她笑咪咪看了一會兒，也不知道怎麼的，覺得這樣逗弄裴文宣有意思極了。

她看了一會兒，也覺得睏了，閉上眼睛就躺了下去。

裴文宣慢慢睜開眼睛，他看著前方，反復提醒著自己。

李蓉這個人愛玩笑，當不得真的。

第四十章　賭場

兩人累得厲害，一覺睡醒就是第二天清晨。

這一覺時間睡得太長，醒來就餓，李蓉和裴文宣醒來洗漱過後，就立刻宣膳。

公主府裡的人李蓉大多熟悉，裴文宣上輩子也早已知道，只是如今重新來一世，就算心裡清楚，面上也要假作第一次見面。

於是吃過飯後，兩人又花了一個早上熟悉公主府裡的人事，隨後兩個人才有了獨處時間。

裴文宣婚假一共九天，九天後才正常上朝，兩人該拜見的人都已經拜見了，剩下時間，李蓉想了想，便同裴文宣道：「我們先去找上官雅吧？」

當下李蓉最記掛的便是李川的婚事，裴文宣得了話，倒也沒反對，直接叫了人來，準備了馬車，便同李蓉一起往上官府過去。

裴文宣在路上寫帖子，一面寫也一面不由得道：「妳怎的知道她來了？」

「成婚前就讓人時刻打聽著，」李蓉坐在一旁看著閒書，懶散道，「她成婚前就到了，只是那時候忙，來不及管她。」說著，她抬眼瞧裴文宣：「帖子寫好沒？寫好了我瞧瞧。」

裴文宣笑起來：「一張拜帖，有什麼好瞧的？」

「阿雅這人講究，你帖子寫不好，她指不定懶得見。」

「這妳可就放心了。」裴文宣將寫好的帖子遞過去，「她敢不見我，可不敢不見妳。」

這話李蓉聽得高興，但她還是將裴文宣帖子看了一遍，裴文宣這帖子寫得，就算只論字也是極漂亮了，李蓉不由得稱讚了一聲：「你呀，金玉其外、敗絮其中，人漂亮得很，字也漂亮得很。」

「妳這話，是損我還還是損妳自個兒呢？」裴文宣哭笑不得。

「我怎麼損我自個兒了？」李蓉奇怪抬頭。

裴文宣將帖子從她手裡抽回來，離遠了些，笑咪咪道，「畢竟妳字也不好看。」

李蓉得了這話，扇子敲著手心：「你是不是覺得這馬車大得很，能給你什麼保護？」

「但是，」裴文宣話鋒一轉，立刻道，「殿下的人，那可是外美內秀，完美無缺。」

李蓉「噗哧」笑出聲來，和裴文宣倒也沒繼續貧下去。

裴文宣想了想，有些擔憂道：「我們這麼直接過去，要是上官小姐不在怎麼辦？」

「她若不在家裡，那肯定在什麼茶社、詩會，她以前入宮前去的地方就那麼幾個，我們有的是時間，好找得很。」李蓉說得很有信心，裴文宣點點頭，倒也不在操心。

兩人一路到了上官府，上了拜帖，門房將帖子往上官府一送，沒了一會兒，上官家的管家便親自出來，恭敬道：「殿下，對不住了，今日我家小姐受集文詩社相邀，去參加茶會了，您看看，您要不先回公主府中，等我家小姐回來，老奴請小姐親自上公主府賠罪可好？」

「本就是我們冒昧前來，」李蓉笑起來，「哪裡能怪罪小姐？既然她在集文詩社，我過去就是。」

華京中的貴族子弟，盛行成立詩社，平日在茶樓相約開個茶會，作詩清談，算得上是華京中一項高雅的社交活動。

只是這樣的活動不僅身分門檻高，而且對參與者本身的學識要求也極高，上官雅能在入京後這麼幾天時間裡就拿到集文詩社的帖子，可見本事非凡。

李蓉倒也不奇怪，坐在馬車上同裴文宣笑道：「我說她不是在家，就是在詩社，你可信了吧？」

裴文宣點頭：「妳倒是瞭解她。」

「畢竟認識了這麼多年。」李蓉想著馬上要見到上官雅，不由得有些開心，扇子在她手裡打著轉。她回憶起當年初見上官雅的時候，頗有些感慨，「說起來，當年沒這麼早認識她，倒也是件憾事。她這人雖身為女子，但不失世家風流，與她交談，端莊有禮不失風趣，讓人愉悅至極。唯一可惜，」李蓉嘆了口氣，「太守禮了些。」

裴文宣靜靜聽著，並不說話，低頭喝茶，倒沒多加評論。

李蓉一路散漫談著和上官雅當年一些趣事，便到了集文詩社。

集文詩社是華京中最有名氣也最有錢的詩社，這詩社單獨經營了一家集文茶館，平日清談茶會，就在這茶館之中。

李蓉同裴文宣直接下了馬車，報了裴文宣的名字，便走了進去。

剛入茶樓，便有侍從上前接待，問他們是接了哪一波人的邀請，李蓉笑了笑，直接同接待人道：「聽聞今日上官雅小姐在這裡，不知可否勞煩通報一聲？」

「上官小姐？」那詩社中人聽了這話，有些茫然，「上官小姐今日不在啊。」

得了這話，李蓉頓住步子，她扭過頭去，有些詫異道：「她沒來？」

「沒來。」接待的人笑起來：「上官小姐前些時日才到了華京，也就來過一次。」

李蓉得了這話，立刻知道不對。

裴文宣站在旁邊，輕咳了一聲，笑道著看向李蓉道：「我說她應當是去另一個地方了，妳還不信，這位小哥，」裴文宣轉頭看向那侍從，「你可知上官小姐平日常去什麼地方？」

「這我可……」

話沒說完，那侍從便看裴文宣從袖子裡亮了一錠銀子，那小哥抬頭看了一眼裴文宣，裴文宣點點頭，小哥猶豫了片刻，終於道：「上官小姐的行蹤，我們是不知道的。不過，小的聽人說過，有人看到上官小姐有聚財館的通行牌，二位不妨去那兒找找？」

得了這話，李蓉面露震驚，裴文宣倒也不算奇怪。他將銀子給了那侍從小哥，便將滿臉不可置信的李蓉拉了出去。

他出了門，便吩咐了下人，去找了一位朋友借聚財館的權杖，然後拉著李蓉上了馬車，往聚財館行了過去。

李蓉在馬車上好半天才回過神來，立刻道：「你還真要去聚財館？」

聚財館是華京最有名的賭坊，李蓉緩過神來便覺不可靠，立刻道：「那人絕對胡說，別去那種地方浪費時間了。」

「來都來了，」裴文宣端了茶，笑著抬眼，看了李蓉一眼道，「去一趟也無妨，說不定別有驚喜呢？」

「不可能。」李蓉見裴文宣笑中帶幾分看好戲的神色，她頓時有些不高興，冷聲道，「你別浪費時間了，我知道你對阿雅有意見……」

「停停停。」裴文宣抬手，打住李蓉說的話，「我對上官小姐一點意見都沒有，妳別胡說。」

「那以前我一誇她你就損，」李蓉嘲諷，「你這叫什麼？」

「我對她當真沒什麼意見。」裴文宣喝了口茶，拿茶碗蓋子往李蓉方向隨便一指，「我是對妳有意見。」

李蓉：「……」

一時竟然覺得似乎有這麼幾分道理。

裴文宣見李蓉沉默，趕緊回過神來，頗有些心虛換了話題。

「我不是和妳唱反調，我就只是好奇，」裴文宣笑起來，「重活一輩子，是不是能看點不一樣的風景。」

「有可能不一樣，」李蓉信誓旦旦，「但絕對不是這種事。」

「那殿下同我賭一把？」裴文宣抬手搭在窗邊，笑著道，「今個兒要是上官小姐在聚財館裡，殿下如何？」

「要是阿雅在聚財館，我回去就給你買輛馬車。」李蓉十分豪邁。

「殿下。」裴文宣搖著扇子，「我如今都進公主府了，您覺得我還記掛一輛馬車？您是瞧不起我，還是瞧不起您自個兒呢？」

裴文宣這話說得中聽，李蓉點頭道：「你說得很有道理，那你想怎麼樣？」

裴文宣想了想，一時竟也不知道該要什麼。

他以前也不是沒和李蓉打過賭，年輕剛在一起的時候，賭輸了就讓李蓉親他，如今是萬萬不能賭這些的。

裴文宣左思右想，隨後道：「暫且想不出來，不如賭大些，公主答應我做一件事吧。這事只關於公主本身，和朝堂無關，不違背公主道義，例如洗衣做飯、打水穿衣，」裴文宣說著，突然忍不住笑起來，「當個小丫鬟侍奉我，倒也不錯。」

「還沒入夜呢，你倒敢想。」李蓉挑眉出聲，「要她不在呢？」

「唔，」裴文宣想了想，「殿下想如何？」

「你暗衛建好了後，把裡面鷹隊給我當侍衛。」

李蓉獅子大開口，裴文宣一時無奈，覺得這個人好生沒有情趣。

他的暗衛分成鷹、虎、狼、狐四隻隊伍，李蓉開口就要一整隊精銳，裴文宣嘆了口氣。

李蓉以為裴文宣不願賭，正打算開口嘲諷，就看裴文宣豎起兩根手指：「鷹隊二十個人，行不行？」

「天字隊的人？」

「可以。」裴文宣點頭。

李蓉頓時笑起來，好似占了什麼便宜：「那本宮先謝謝裴大人了。」

裴文宣轉著手中摺扇笑而不語。

馬車很快到了聚財館門口，兩人一下馬車，就見之前去借通行令的侍衛已經在門口等著。那人拿了通行令上來，交給裴文宣，裴文宣點了點頭，便領著李蓉往聚財館一起進去。

兩人不想太過張揚，就讓侍衛等在門口，一起走向聚財館，聚財館門口站著個門童，兩人剛到門口，便聽門童大聲吆喝：「聚財門口向東開，有錢沒錢都進來，二位貴人是有錢還是沒錢啊？」

裴文宣聽著這暗語，將通行令遞上去，笑道：「有錢。」

門童拿過通行令，認真一打量，隨後轉頭道：「天字貴客，請——」

門童喊完，便有一個中年人從裡面進來，邀請著李蓉和裴文宣進去。

那中年人同兩個人一路介紹著聚財館，兩人聽得心不在焉，等走進大廳之後，裴文宣點頭道：「不必管我們了，我們自己玩會兒。」

中年人笑著應下，便轉身離開。

兩個人在人群中閒逛，這裡十分熱鬧，人來人往，無論男女，都顯得極為亢奮。

裴文宣怕人衝撞李蓉，不得不抬手將李蓉護在中間，給她清道，他一面護著她往前走，一面道：「我這都是幫著妳，妳可別多想。」

李蓉淡淡瞟了一眼裴文宣：「越說不多想的人想得越多。」

裴文宣：「……」

倒有的確是這個道理了。

兩個人在人群中轉了一圈，李蓉的心漸漸放下來，說話也多了幾分底氣：「我說的，阿雅怎麼可能來這種地方，裴大人……」

話沒說完，兩個人就隱約聽到人群中傳來一個熟悉的聲音，激動大喊著：「大！大！大！」

李蓉聽到這個聲音那一瞬間，感覺自己彷彿被驚雷劈了一般。

兩個人一起回過頭去，就看見人群中隱約有一個像極了上官雅的影子，趴在賭桌前，玩命敲著桌子上的「大」字，一雙眼死死盯著即將開的篩盅，眼睛像是能發光。

但那個人穿著男裝也看不清面容，李蓉一時之間也不能確定，聲音到底是她聽錯了，還是……

她還來不及反應，那一桌就開了篩盅，在一片歡呼和哀嘆聲中，那矮個兒少女喊著「承讓承讓」，一面說一面將錢攬到自己身前。

只是她攬錢的動作只到一半，她似乎就意識到了什麼，站起身來，同旁邊人說了幾句話，便往旁邊的小門走了過去。

李蓉頓時反應過來，立刻道：「追上她。」

她一定得搞清楚，這個到底是不是上官雅。

要是不是上官雅還好，要是是上官雅……那上輩子，上官雅給她裝了一輩子？

李蓉內心滿是震驚，她急急朝著那少女跑過去的方向追去，裴文宣趕緊跟上她一起擠出了人群。

對方十分聰慧，她明顯發現李蓉已經追上她，便加快速度，一路朝著外面狂奔出去。

李蓉一時也顧不得儀態，追著那少女就往前跑，一面跑一面催促裴文宣：「追啊！連個姑娘都跑不贏嗎？」

裴文宣無奈，他有些不想追，但李蓉較起了真，他只能加快速度追著姑娘趕了過去。跑在前面的上官雅意識到裴文宣的逼近，她心知這麼跑下去肯定要被抓，於是她往周邊一掃，突然抬手往旁邊窗戶一撐，就從那個小型圓窗戶跳了過去。

這窗戶太小，裴文宣鑽不過去，一時僵在在原地，李蓉遠遠看見，低罵了一聲：「這是猴精嗎！」說完就從裴文宣身邊直接越過，稍顯笨拙撐著自己，也從圓形窗戶跳了過去。

裴文宣睜大了眼，他彷彿是見了鬼一般，緊接著就聽李蓉大聲道：「繞路追啊傻子！」

裴文宣反應過來，他意識到李蓉是真的不肯放棄追上官雅這件事，只能稍微打量了一下路線，趕緊繞著牆轉到旁邊院子，繼續追著兩人趕過去。

李蓉一路追趕上官雅，她雖然距離上官雅有一段距離，根本不可能捉住她，但是她十分有韌性，而且追人這件事，只要還能看見一個影子，就將這場遊戲繼續下去。

上官雅為了甩開她，乾脆竄上後院一座專門用來休息的小樓，李蓉趕緊也跟著鑽上去，裴文宣進入院子時，剛好看見兩個姑娘一前一後上了樓，他心裡略一思量，就選擇朝著一樓一路小跑過去，上官雅不可能一直在樓上打轉，她一定會找路從樓上出來跑出聚財館。

上官雅的確是這麼想，她一上去，就從二樓找了路，這個小樓二樓有一個窗戶比較矮，跳下去後再爬樹翻過一面牆，她就能離開聚財館。只要不被抓個正著，她就有爭辯的餘地。雖然不知道為什麼駙馬要帶一個極有可能是平樂公主的女人追著她跑，但不能在這裡被抓，上官雅還是清楚的。

上官雅算盤打得好，但李蓉緊追不放，她匆匆甩開李蓉一截路，衝向那窗戶，本打算慢慢爬下去，結果還沒到窗戶，就聽李蓉暴喝了一聲：「上官雅妳給我站住！」

上官雅嚇得腳下一滑，一個哆嗦，就從窗戶上直接摔了下去。

她用來束髮的頭巾早就跑散了，落下時被旁邊探出來的樹枝一勾，滿頭青絲瞬間散開。

上官雅輕輕「呀」了一聲，失重感讓心中大慌。

也就是那一瞬間，樓下正閉眼靠在樹邊小憩的青年一睜眼，就看見一個姑娘從天而降，青年下意識抬手一攬，就將人抱入了懷中。

夏日陽光照在人身上，渡得那青年自帶了一身華光，那青年面容俊美端正，微微一笑：「本是小憩，不想竟有天降佳人。」

上官雅瞬間反應過來，「啪」的給了對方一巴掌，而後從那青年懷中往外一跳，轉身就想跑。

那青年愣了愣，隨後立刻意識到發生了什麼，一把拉住她。

上官雅怒喝出聲：「放手！」

青年微微一笑，只道：「躲人？我幫妳啊。」

上官雅呆了片刻，對方便將她往旁邊草堆一塞，直接將旁邊一個竹筐倒扣在她頭上。

青年剛扣完竹筐，李蓉便跑到了窗邊，她一眼就看到站在樓下青年。

她微微一愣，隨後詫異出聲：「蘇大公子？」

蘇容華笑著一回頭，看見李蓉便有些驚了，他目光極快往旁邊竹筐一掃，又迅速收回來，笑道：「殿下怎會在此？」

「公子可看見一個男裝打扮的姑娘？」

「看見了，跑了。」蘇容華扇子往院外一指。

李蓉抿了抿唇，她看了看窗戶和地面的距離，當機立斷：「大公子可能幫個忙？」

「殿下請說。」

「我現在跳下來，你接我一下。」

蘇容華愣了愣，片刻後，才反應過來道，有些茫然道：「哦，好。」

蘇容華伸出手來，李蓉拉著裙子，踩上窗戶，她還沒來得及動作，就聽旁邊傳來裴文宣一聲暴喝：「李蓉！」

李蓉嚇得整個人往下一撲，蘇容華還沒來得及動作，就看有個人狂衝而來，將突然掉下來的李蓉一把接進了懷裡。

裴文宣來得太急太快，李蓉整個人都是懵的。

他明顯是生氣了的模樣，李蓉躺在他懷裡，呆呆看著氣得莫名其妙的裴文宣。

裴文宣沒說話，他將她放在地上，只道：「妳沒事吧？」

「沒……」李蓉鮮少見這樣的陣仗，一時有些心虛：「沒事。」

裴文宣點點頭，沒同她多說什麼。

蘇容華尚不知發生了什麼，站在裴文宣身後，笑著道：「方才那位姑娘……」

他話沒說完，裴文宣回身轉手就一巴掌就抽了過去，「啪」的一巴掌直接把蘇容華打懵了。

蘇容華摀著臉震驚回頭，看著裴文宣道：「你打我做什麼？」片刻後，他又想到了一個問題：「你打我就打我，為何還是搧巴掌？」憤怒姍姍來遲，蘇容華提高了聲音：「你是個女人嗎！」

第四十一章　折花

裴文宣聽著這話面不改色，冷著臉看著蘇容華，冰冷了聲音道：「蘇大人方才在做什麼，蘇大人自己清楚，這一巴掌不當得的嗎？」

蘇容華見裴文宣問得理直氣壯，自己也懵了，茫然道：「我做什麼了？」

「殿下千金之軀，蘇大人竟然誘哄著殿下從這麼高的地方往下跳，若是摔了怎麼辦？」

「那個……」李蓉聽出裴文宣生氣的原因在哪裡了，她從旁邊拉了拉裴文宣的袖子，有些尷尬道，「這事怪不了蘇大人，是我自己要跳的，請他幫忙而已。」

「那他不攔著？」裴文宣見李蓉還要幫著蘇容華說話，更生氣了些，「妳是君、他是臣，妳胡鬧，他也跟著胡鬧嗎！」

「你也說了，」蘇容華立刻接了話，頗有幾分氣憤道，「她是君、我是臣，她要跳，吩咐讓我接著，我能逆了她的話？」

「你……」

「別吵了。」李蓉見兩人要吵起來，趕緊打斷了他們，同裴文宣道，「找人要緊，我們先走吧。」說著，李蓉抓了裴文宣的手，拖著他就往外走。

裴文宣本還想同蘇容華理論，但見李蓉瞪了過來，他情緒也緩了幾分，覺得這麼吵著實不體面，就跟著李蓉出去。

兩人剛到門口，裴文宣突然頓住步子，他低頭看下去，隨後又回過頭。

李蓉順著他的目光看過去，便發現了問題，他們從院子走出來的路上有一節青草路，而這節青草路上只有他們兩個人的腳印，明顯是沒有人走過。

兩人一起抬頭看向蘇容華，就蘇容華背後有一個竹筐倒扣著，在草堆裡顯得十分顯眼，而那草堆旁邊的矮枝有折斷的痕跡，顯然方才是有人踩踏過。

李蓉立刻朝著蘇容華走去，蘇容華面上帶笑：「殿下怎麼又折回來了？」

李蓉沒搭理他，往著竹筐走過去，蘇容華抬手想攔，裴文宣趕緊攔住蘇容華：「蘇兄，我給你賠個不是。」

話剛說完，李蓉就已經抓在竹筐邊緣，她抬手往上拽，竹筐卻死死穩在地上，紋絲未動。

李蓉眯起眼：「上官雅，放開。」

裡面傳來上官雅刻意變了聲的聲音：「這個小娘子在做什麼呢？拽我的竹筐幹嘛？」

「上官雅。」李蓉確定裡面肯定是上官雅，她直起身來，踹了一腳竹筐，「我找妳有事，出來說話。」

裡面沉默了片刻，裴文宣猜到上官雅的擔憂，立刻道：「上官小姐放心，我們不是來替上官府抓您的。」

聽到這話，上官雅果斷把竹筐一掀，站起來道：「那你們追我這麼久？早說啊。」她轉頭朝向李蓉，抬手恭敬中帶了幾分風流，笑道：「見過殿下。」

李蓉看著面前神采飛揚的少女，心情一時有些複雜。面前的上官雅很漂亮，她穿著一身小廝服的男裝，散著頭髮，往她面前施施然一站，便帶了常人難有的氣度。

裴文宣見李蓉發愣，他走到李蓉身後，輕咳了一聲後，同上官雅道：「不妨移步說話？」

上官雅點了頭，抬手道：「請。」說著，上官雅回過頭，朝著蘇容華一拱手：「謝過蘇公子，改日再會。不過……」

上官雅用眼神示意蘇容華，蘇容華笑起來：「放心，我會保密。」他笑咪咪瞧著上官雅，拱手道：「改日再會。」

上官雅點了點頭，走到旁邊撿起落在地上的頭巾，將頭髮綁了起來，便熟門熟路領著李蓉和裴文宣去了一個茶室。

聚財館受達官貴人青睞，不僅在於此地管理森嚴，難以出入，還在於它作為一個賭場，卻什麼都有，十分方便。

三個人在茶室坐下，李蓉和裴文宣坐在一邊，上官雅單獨坐在一邊。

李蓉用扇子瞧著手心，上官雅抬手整理這頭髮，裴文宣見兩個姑娘不說話，便一面倒茶，一面寒暄：「上官小姐入京多久了？」

「二位成婚前兩日來的。」上官雅笑著看向李蓉：「算起來我與殿下應當算是表親，此番來京，便是特意為觀禮而來，沒能親自和殿下道喜本覺遺憾，沒想到今日會在這裡見到殿下。不知殿下這般著急尋我，是想同我聊些什麼？」上官雅還是如同李蓉記憶裡一般強勢，說話直入主題。

「雅妹妹今年應當有十七了吧？」

裴文宣給李蓉送過茶杯，又給上官雅送了一杯茶。

上官雅點頭道：「剛滿一個月。」

「我成婚後，母后便擔憂起川兒的婚事，這事不知雅妹妹如何看？」

上官雅聽到這話，動作頓了頓，她想了片刻，隨後笑起來：「原來殿下是為著這事來的，殿下想談太子殿下的婚事？」

「是。」李蓉也不拐彎抹角，直接道，「我聽聞上官家心中的太子妃人選是妳。」

「那殿下今日來，可是覺得不滿？」上官雅曲起一隻腿，端起茶杯，轉眼看向李蓉。

「我……」

「不過沒關係。」上官雅放下杯子，輕輕一笑，「上官家有的是姑娘，殿下若是對阿雅不滿，直接對我爹說就是，此次來華京的還有一位阿雯妹妹，只要是上官氏出身，」上官雅轉過頭去，眼中壓了幾分嘲諷，「任君選擇。」

李蓉皺起眉頭，她聽出上官雅語氣中的不滿，她緩了片刻後，慢慢道：「我並非覺得妳不行，只是，上官氏已經三代為后了。」李蓉抬眼看向上官雅，認真道：「妹妹不怕嗎？」

上官雅轉頭看向李蓉，她收起笑容：「妳什麼意思？」

「我與川兒皆出自上官家，自然是會無條件支持上官家，可是如果妳嫁給川兒，妳覺得陛下會如何想？」

「殿下這話有意思了。」上官雅眼中帶了冷色，「太子殿下出身上官家，難道當今聖上不是？」

「可川兒以仁德治世，只求平穩，當今聖上是嗎？」

李蓉知道上官雅並非對朝政一無所知，李蓉提醒上官雅道：「妳以為楊家是為什麼沒的？」

上官雅沒說話，她端著茶杯，輕輕抿了一口。

李蓉繼續道：「上官家與川兒已經很密切了，其實根本無需妳入宮鞏固這層關係，現下聯姻，對於陛下來說太過招搖了。」

「所以妳的意思是……」上官雅鄭重看向李蓉，「陛下如今想對殿下下手了？」

李蓉沉默不言，上官雅繼續道：「妳這些話，其實說予我聽也沒用。這事不是我能決定，我也只是在他們決定之前，能快活一日是一日。殿下，」上官雅抬手，以茶代酒舉了舉杯子，「若是說這些，民女得告辭了。」上官雅將茶喝完，放在桌面，便起身離開。

走出門前，她突然又探回半截身子，有些緊張道：「殿下，今日在這兒遇見我的事，您可不能告訴其他人。」

李蓉一聽這個就頭疼，擺了擺手，讓她趕緊滾。

上官雅出去後，裴文宣坐在李蓉身邊，他喝了口茶，笑道：「看來從上官雅這裡下手沒用了。」

「未必。」李蓉站起身來，往外走去，神色平靜道：「她會考慮的。」

如果是她認識那個上官雅，她認識的舊友，這番話出去，上官雅大抵是要想辦法的。只要上官雅開始想辦法，她幫個忙就是。

李蓉一面想著，一面同裴文宣往外走去，裴文宣見李蓉神色發沉，不由得道：「妳好似不太高興？」

「倒也不是。」李蓉笑起來，頗有些無奈道，「就只是突然發現，其實上一世許多事，似乎並不清楚。」

「比如說上官雅？」裴文宣雙手攏在袖中，神色中帶了幾分明瞭。

李蓉沒說話，她想起上一世的上官雅。

上一世的上官雅，她見到這個人的時候，上官雅就已經是太子妃了。

那時候她每日都畫著濃豔的宮裝，遮住她的眉眼，她講規矩，識大體，品味高雅，舉止雍容，只偶爾在私下裡，會有那麼幾分肆意時刻，和李蓉談天說笑。但是哪怕是在那一刻，李蓉也從未察覺出，原來上官雅並不喜歡宮廷。

她一直以為，上官雅是天生生長在宮廷的一朵花，可在今日看見上官雅明媚的眉眼時，她卻突然明白，當年的上官雅，彷彿是一個一腳邁進了棺材的人，從進入宮門那一刻，就用棺材板把自己死死壓在了裡面。

她想著方才見上官雅那雙明媚的眼睛，突然想起什麼來，她回過頭，看向裴文宣，喚了他道：「話說，你好似知道她是這個脾氣？」

「她是不是這個脾氣我不知道。」裴文宣和她並肩走著，似笑非笑瞧她，「但我知道她肯定不是什麼簡單的大家閨秀，她幹什麼我都不奇怪。」

「哦？」李蓉頗有些好奇，「你上一世和她有什麼交集？」

「我和她沒交集，但我和妳有啊。」裴文宣直接笑起來，「妳的朋友，能是什麼大家閨秀？」

李蓉得了這話，愣了片刻，隨後她反應過來裴文宣在埋汰她，抬手就用扇子輕輕抽他：「你什麼意思？你膽子越來越大了？」

裴文宣見她扇子過來，趕緊躲開，李蓉見他往後躲，不知道怎麼的，就忍不住有些手癢，追著他就掐過去。

裴文宣一面躲一面退，嘴裡嚷嚷著道：「君子動口不動手，妳講點儀態啊。唉唉唉，別掐腰……哎呀呀、要死了要死了。」

李蓉見裴文宣假作哀號著靠在柱子上，她忍不住笑起來，停下手道：「怎的這麼幼稚？」

「這話妳好意思問我？」裴文宣斜靠在柱子上，笑咪咪看著李蓉：「妳今年十八歲，猴精轉世啊？」

李蓉僵了僵，裴文宣這麼一說，她突然就想起今日自己和上官雅這追逐的一路，她一時有些不好意思。她也不知道自己怎麼了，回來得久了，尤其是看到舊友，心態也似乎越來越像個小姑娘。

裴文宣見李蓉尷尬，他輕笑起來，抬手折了一株開得正好的梔子花，將李蓉的頭髮輕輕挽在耳後。

「妳是不是猴精轉世我不知道，」他將梔子花插到李蓉髮絲之中，笑裡帶了幾分溫柔，「但妳在我心裡，的確只是個小姑娘。」

「你說我幼稚？」

「沒。」裴文宣收回手，將手攏在袖子裡，歪了歪頭，「我覺得妳大好年華，漂亮。」

第四十二章 選妃

李蓉看著面前斜靠在柱子上裴文宣，見他似笑非笑，一時有些愣了。

裴文宣見她不說話，挑眉道：「嗯，怎的不說話了？」

「沒什麼。」李蓉回過神來，領著裴文宣往外走，笑著道，「走吧。」

裴文宣跟在李蓉身後，李蓉才想起來：「你方才這麼著急做什麼？」

「嗯？」裴文宣有些疑惑。

李蓉提醒他道：「怎麼就動手了？」

裴文宣沒說話，片刻後，他笑起來：「衝動了。」

「哦？」李蓉轉頭笑起來，「你有什麼好衝動？」

「我以為妳要跳樓。」裴文宣頗有些不好意思：「著急了。」

「裴文宣。」李蓉露出詫異神色，「我以為你想弄死我，早點繼承我財產。」

裴文宣哭笑不得，「弄死了妳，我也繼承不了妳的財產啊，而且妳要死在這種地方，我怕得給妳陪葬。」

「你這話我愛聽。」李蓉點了頭。

裴文宣有些疑惑：「什麼話？」

「陪葬。」李蓉抬眼瞧他，眉眼靈動，「我要是死了，不帶著裴大人，總覺得有點寂寞啊。」

「妳可真是愛我。」裴文宣無奈，嘆了口氣道，「什麼不好的事都想著我。」

「沒錯。」李蓉高興起來，「好事不一定想得到你，壞事總是沒錯的。」

裴文宣白了她一眼，懶得理她，加快了步子，便往外走了出去。

走出門外時，他抬頭抬頭看了一眼遠處開得正好的梔子花。

其實他也想知道，方才這麼急做什麼。

兩人坐上馬車，一起回了公主府，李蓉剛到府裡，便吩咐下去，讓人盯著柔妃和上官雅。

裴文宣不由得有些奇怪：「盯著上官雅也就罷了，妳盯著柔妃做什麼？」

「你知道麼。」李蓉靠在椅子上，端了茶杯，「這後宮裡的女人做事，總得靠著另一個女人。」

裴文宣聽了這話，認真想了想，點頭道：「的確也是。」

兩人回來休息了片刻，裴文宣便去查看如今他的人如今拓展的進度。他將自己以前的手下都找了回來，開始在城中聯絡乞丐，安插各府的探子，每日花錢如流水，花了錢，自然要看到效果，於是他每日還得關注一下實際情況。

裴文宣花錢，李蓉就要查帳，裴文宣忙自己的，李蓉就開始去查這一個月的收支，然後將各處探子拿來的消息，一一看過燒掉。

兩人一個忙著搭建自己的暗網，一個忙著出門走訪各路朋友，上門送錢、送禮，九日婚假很快就過去了一半。

這時候華京開始流傳起一些歌謠來。

這歌謠剛出現，就傳到了李蓉的耳裡，那時候她還沒睡醒，躺在床上睡得迷迷糊糊，接著就聽裴文宣在一旁念：「鳳凰落臼官家院，花開四代盛不衰。」

李蓉聽到這話，猛地就驚醒了，她抬眼看向坐在旁邊將一張紙扔進火盆裡的裴文宣，甩了甩頭道：「你剛才念的是什麼？」

「最近華京裡的傳聞。」裴文宣笑起來：「看來妳這位朋友，的確是動手了。」

華京裡沒有任何歌謠是無緣無故開始散播的，尤其是這種帶著鳳凰預示的歌謠。

裴文宣從旁邊抽了另一份情報，漫不經心道：「她膽子倒大得很，妳都同她說皇帝盯上上官家了，竟然還敢散播這樣的歌謠。」

「應當不是她幹的。」李蓉打著哈欠起身，宣了靜蘭進來侍奉。

靜蘭、靜梅等人進來，開始服侍著李蓉穿衣，李蓉一面任由她們擺弄，一面道：「她又不是瘋子，就算要幹什麼，也絕對不會是用這種方式。」

裴文宣聽著，想了想，反應過來：「妳是說宮裡那位？」

「她上次不還說，想讓自個兒侄女嫁進來嗎？」

「陛下不會允許的。」裴文宣低頭看著情報，淡道，「身分太低。」

「所以她要讓全華京的人都唱這首歌謠啊。」李蓉抬眼瞧向裴文宣，笑了笑，「這歌謠唱一唱，父皇說不定就有其他想法了呢？」

李明從來不是個溫和的君主，上官家能傳出這種歌謠，對於李明來說或許就是一種刺激。若是在平日，李明斷不會讓柔妃侄女那種出身當太子妃。但如今全城傳唱這樣的歌謠，李明或許就會有其他的想法了，如果她是柔妃，她也會這麼做。

而柔妃為什麼突然在這時候來做這件事……

李蓉笑起來，覺得這事有這麼幾分意思。

歌謠傳起來，李蓉猜想著，宮裡下一步就會有動作了。

果然不出她所料，等到下午，她就得了宮裡的消息，說是五日後就是七夕節，皇后打算在宮裡擺宴，讓貴族適齡的男女都去參加。

在七夕節擺一場宮宴，怎麼看都是和李川有關係，李蓉想了想，便吩咐了人，直接去一趟宮裡。

她去的時候，剛好李川也在，皇后正同李川說著什麼，李蓉通報了進去，見兩個人神色都不是很好，不由得笑起來：「喲，這是在說什麼，把你們倆都說得這麼愁眉不展的，同我說說？」

「妳怎麼來了？」皇后見了李蓉，神色裡頓時帶了幾分喜意。

李蓉笑起來，坐到皇后身邊去，「母后說笑了，我只是出了宮，又不是嫁到番邦，整日華京待著，抽空來見您一面，這有什麼好奇怪？」

皇后聽著李蓉的話，也笑起來，她打量了李蓉片刻，有些擔憂道：「裴文宣那人……」

「挺好。」李蓉知道她要問什麼，打斷她道，「人挺不錯的，您放心吧，我能讓自己吃虧嗎？」

皇后看著女兒，她想說些什麼，又嘆了口氣，無奈道：「算了，既然嫁了，就好好過吧。妳終歸也不是靠著他。」

「不說他了。」李蓉知道皇后始終是嫌棄著裴文宣身分，她也不知道怎麼的，自己嫌棄裴文宣不覺得什麼，但是別人嫌棄，她總覺得有那麼幾分不舒服，於是她轉了話題，直接道，「我收到了宮裡的帖子，聽說您七夕打算要在宮裡辦個宴席，是考慮川兒的婚事了麼？」

「這哪是我要辦？」皇后苦笑起來，「這是柔妃要辦，她請了陛下的旨意，硬要做的事。」

「哦。」李蓉點點頭，「她倒是有心了。」

「外面那亂七八糟的歌謠天天唱，」李川冷笑出聲來，「她可是有心得不得了。」

「你也聽到了。」李蓉轉頭看向李川，笑著道，「你倒也不傻啊。」

「司馬昭之心，路人皆知。」李川眼裡露出幾分鄙夷，「整日弄這些下作手段。」

「她也不是一日、兩日了，」李蓉想起來，「她打算弄這個七夕宴席，你們可知是為著什麼？」

「大約是要引薦她那侄女。」皇后思索著，緩聲道，「怕是會當宴請旨，我正讓人賄賂她那邊的人，看看能不能打聽出消息來。」

李蓉點點頭，大約知道了情況，皇后見她憂心，安慰道：「罷了，也不是什麼大事，負責宮宴的都是我這邊的人，到時候兵來將擋、水來土掩就是。他們要請旨，總得有個由頭，到時候時刻提防著，他們也做不了什麼。倘若真的做了什麼，要在宴席上請旨賜婚，他們不給川兒顏面，」皇后冷笑出聲來，「就別怪本宮不給他們顏面。」

「瞧母后說的。」李蓉起身站到皇后身後，給皇后捏著肩，「她哪兒有這個本事？母后放心吧，您是如來佛，柔妃就是孫悟空，翻不了您的五指山。」

皇后聽著李蓉的話，這才笑起來。

李蓉確定了消息，心裡放心不少，三人也不再說方才的話題，討論起李蓉成婚後的事情來。

李蓉成婚後頭一次回宮，皇后不捨得她這麼走，便留膳在宮中。裴文宣到了晚飯時間不見李蓉回來，看了看天色，便決定去接她。

這幾日都是和李蓉吃的晚飯，他一個人在屋裡，也不知道怎麼的，連飯都不怎麼想吃了。

童業見裴文宣飯都不吃就想去接李蓉，忍不住笑起來：「公子對公主真好，人才不在多久，就掛念了？」

裴文宣瞪他一眼，在角落幾把傘裡看了看，選了一把繪了蘆葦的傘，低聲道：「好生駕你的馬去，少管我的閒事。」

童業嘻嘻哈哈沒有再說話，裴文宣抱著傘上了馬車。坐在馬車上時，他抬手看了看外面積累的雲，想著自己也是公務太少，時間太多，竟是無聊成這樣，想著去接李蓉。

但又想著李蓉這個人吧，其實很喜歡人陪著，她自個兒一個人回來，大約會覺得無聊。他去接她，路上下下棋、鬥鬥嘴，她大概也會高興些。

想到她高興，裴文宣也不覺得自己做這些事無聊了。就覺得自個兒果然是個好人，就把這事當今日日行一善好了。

他高高興興往著宮裡去，李蓉和皇后李川用過晚飯，皇后睏得早，有些累了，便讓李川送著李蓉出去。

李蓉同李川一起走出皇后的小院，她才道：「方才見你和母后臉色不太好看，可是吵架了？」

「也不算吵架吧。」李川有些無奈，「就是……爭執了一下。」

「這還不算吵架？」李蓉笑起來，「爭執什麼了？」

李川沒說話，李蓉用扇子敲他：「多大點年紀，就會同阿姐藏事了？」

「也不是。」李川苦笑，「就是說出來，怕妳笑話。」

「嗯？」李蓉挑眉，「那你說說。」

「母后方才同我說，想讓我不止娶一個太子妃，想這一次，能多物色幾個姑娘，前後差不多一起定下來。人她看好了，讓我挑一挑。」

「你不樂意？」李蓉聽出他的話端來，李川沉默。

李蓉笑起來：「你有什麼不樂意？能娶這麼多好姑娘，多少人羨慕還來不及。」

「可是，若有一日，我喜歡了一個人呢？」李川突然出聲，李蓉面色僵住。

李川抬起頭，認真看著她：「若有一日，我喜歡了一個人，她也喜歡我，我有這樣多的妻子，她當如何？今日若我答應了母后，那就意味著，這一輩子，我都沒有資格，再去喜歡一個人了。」

「那你有喜歡的人了？」李蓉勉強笑起來，心裡有幾分不安。

李川搖搖頭：「倒也沒有。」

李蓉放下心來，呼了口氣道：「那你瞎想什麼？」

「若是有了再想，那就太晚了。」李川苦笑。

李蓉聽得這話，她一時竟然不知道說什麼。人果真是自己最瞭解自己，原來李川當年早早便已想到了後來，當真是一語成讖。

李川見李蓉不言，同她慢慢走著，繼續道：「而且，退一步講，就算我沒有資格再喜歡一個人，那我不喜歡別人，喜歡了我也克制著自己，當不喜歡就是了。可我的妻子呢？」

「深宮裡的女人見得多了，她們可悲，父皇也可悲。她們為了爭寵，什麼手段都用，活在這個牢籠裡，互相嫉妒、互相怨恨。她們沒有人真的愛父皇，而父皇也不敢愛他們。」

「我想過了，如果可以，我娶一個太子妃就夠了。」李川看著遠方，暢想著道，「我可以只對她一個人好，後宮裡也沒什麼亂七八糟的，我們倆不相愛也沒關係，相敬如賓就可以了，沒有人害她，她也不用嫉妒誰。妳看，母后已經痛苦一生了，我還要再糟蹋其他人，讓其他人也這麼痛苦一生嗎？」

李蓉垂著眼眸，李川見李蓉不回應她，他苦笑起來，似是有些尷尬：「我知道，阿姐妳一定覺得我很幼稚。我也只是隨口同妳一說，我知道我是太子，我承擔著妳和母親的期望，我不能任性。」

「沒事，我都理解。」

李川好像有些疲憊，他看了看宮門，溫和道：「阿姐，妳先回去吧。我就送妳到這裡，我累了。」李川行了禮，轉過身去，領著身邊隨從往東宮的方向回去。

李蓉靜靜看著他的背影，那一瞬間，她彷彿看到後來的李川，他和她隔著屏風，屏風上勾勒他出他消瘦的輪廓。

那時候他比現在高，比現在清瘦，他離她看著很近，又彷彿很遠。

他說，阿姐，我心裡關了一頭猛獸。

這猛獸是什麼時候關進去的呢？是誰餵養了牠呢？

李蓉不知道怎麼的，就感覺有一種難以言喻的酸澀湧上來，她突然覺得這個皇城好似一個吞人的巨獸，明明是七月初的夏風，卻捲席了幾許涼意，帶著悶雷，轟隆著從她身旁而過，吹得她身心發涼。

雨滴大顆大顆砸落下來，李蓉發著愣。

便就是那一刻，一股無形的暖意突然貼到她的身後，一把繪著蘆葦的紙傘撐到她頭頂。

那人將這寒風瞬間遮擋，帶了幾分詫異和隱約笑意的聲音在她身後響起：「在這兒傻站著做什麼，下雨了還不知道回家啊？」

李蓉愣愣回頭，看向突然出現的裴文宣。

裴文宣見著她詫異的神色，挑起眉頭：「怎麼，不樂意我來？」

「不。」李蓉反應過來，她緩聲開口，慢慢道，「你來得很好。」

第四十三章　七夕

裴文宣聽得李蓉這話，見李蓉神色有異，將李蓉上下一打量，不由得道：「妳怎麼？在宮裡受欺負了？」

「你胡思亂想些什麼呢？」李蓉拿著扇子在裴文宣腦袋上一敲，轉身道：「走了。」馬車在宮門外，裴文宣追著李蓉上去，將傘撐在她頭上，頗有些不高興道：「妳說話就說話，敲我頭做什麼？」

「我樂意啊。」

李蓉斜瞟他一眼，裴文宣頗有些無奈：「我發現妳和其他人就好好的，怎麼見我就動手動腳動嘴的，殿下，妳得好好改改妳這習慣了。」

「有問題往自己身上多找找。」李蓉聽著裴文宣抱怨，不知道怎麼的，就覺得方才的情緒被沖淡下去，只想著怎麼多懟懟面前人，於是她一面上馬車，一面教育著裴文宣道，「多想想為什麼我不找別人麻煩，就找你的。」

「唉，這個問題我很清楚。」裴文宣嘆了口氣，兩人坐進馬車，裴文宣收了傘，李蓉給自己倒了茶，聽裴文宣頗為無奈道，「只能怪我太招人喜愛，殿下也難守芳心。」

聽得這話，李蓉一口茶就要噴出來，她及時強行止住，便嗆回了氣管，急促咳嗽起來。

裴文宣見她急促咳嗽也不玩鬧了，忙上前來輕拍著她的背道：「下次說話別喝茶呀。」

李蓉抬眼瞪他，一雙漂亮水靈的眼因為咳嗽染了幾分水色，突然失了平日那些個氣勢，像是盈了一汪秋水，似嗔似怒一望，看得裴文宣也不知道怎麼，突然就一個激靈從心裡一路蔓延到指尖，在觸碰到手下溫熱柔軟的肌膚後，又折返回去，一來一往，便酥了他半身骨頭，晃了他的心神。

李蓉緩過氣來，見裴文宣不知道怎麼的，就愣愣瞧著她，她不由得用扇子戳了戳裴文宣，奇怪道：「你瞧什麼呢？」

裴文宣瞬間回神，氣定神閒起身，往旁邊坐過去，離李蓉遠了幾分，笑道：「也沒什麼，就是突然想起來點事。哦，」裴文宣將話題岔開，「方才妳站在宮門口發什麼呆？」

李蓉聽裴文宣這麼問，她笑了笑，只道：「今日同母后問了一下宮宴的事，說是柔妃和陛下提的，我猜想著，柔妃怕是想在宮宴上請旨賜婚。」

「就這麼點事能讓妳愁成這樣？」裴文宣不可置信，將她上下一打量，「不像妳啊。」

李蓉懶得搭理他，棋盒從旁邊取了出來，只道：「半路無聊，手談一局。」

李蓉邀請，裴文宣也欣然接受，坐到她對面來，取了棋子，同她抓了黑白，便開始落子。

棋子黑白交錯，李蓉看著棋盤，情緒慢慢平靜下來，無論是喜是悲，似乎都變得遙遠了許多，直到這時，李蓉才開口詢問：「話說，其實我一直很奇怪。」

「嗯？」

「上一世，為什麼川兒會變成那個樣子。」李蓉緩慢出聲：「他當上了皇帝，也統一了北方，他還剷除了世家，他想要的都有了。」李蓉抬頭看向裴文宣，「為什麼，他還活得這麼痛苦？」

裴文宣不說話，李蓉皺起眉頭：「是因為秦真真死了？可愛一個人，能記這麼久嗎？」

「殿下知道，陛下為什麼一定要統一北方嗎？」裴文宣看著棋盤，只問了這麼一句。

李蓉思索著：「因為北境常年不安，百姓受苦？」

「這當然是原因，」裴文宣笑起來，他瞧了李蓉一眼，只道，「可除此之外呢？」

李蓉搖了搖頭：「他沒同我說過。」

「有一年，我同太子殿下喝酒，他曾對我提起，宣至八年，北境和大夏打得不可開交，世家為求平穩，選擇和談，於是雲燕公主和親至北境，大夏給白銀兩千萬，美女五百人，再附贈牛羊馬匹，綾羅綢緞。一年後，雲燕公主死在了北境，陛下對外宣稱是病逝，可宮裡的人卻都知道，雲燕公主，死於戎國後宮。」

「殿下同我說，那天晚上妳嚇得不敢睡覺，妳一直在問皇后，有一天妳會不會也會和雲燕公主一樣，和親至北方，死無歸期。」

李蓉睫毛微顫，聲音平淡：「我忘了。」

「殿下記得，從那一刻開始，殿下就告訴自己，有一日，他一定會北伐往上，打得北邊那些蠻族俯首稱臣，再不敢犯。」

「我都不知道。」李蓉輕笑起來，「原來他想北伐的念頭，有這麼早。」

「所以，太子殿下與您不同。」裴文宣圍住棋盤上李蓉的棋子，他抬手棋子，緩聲道，「他在朝堂上所有想要擁有的，想要做的事情，大多源於他內心裡某些感情。他想北伐，是為了保護臣民，保護家人。他和世家對抗，是想保證他想要實現的事得以實現。可最終他朝堂上的目的似乎達到了，但是他也永遠失去了他最初想要的，他為何會歡喜呢？」

「失去了秦真真？」李蓉嘲諷笑起來。

「他失去了您，失去了母后，失去了妻子，失去了自己，縱使坐擁山河，對於太子殿下來說，也沒什麼意義。」

「他尋不到來路，又無歸途，若您看不明白這一點，您永遠也無法理解太子殿下。」

李蓉不說話，她靜靜看著裴文宣：「什麼叫失去我？」

裴文宣抬起眼來，他注視著李蓉。

「殿下，」他無奈苦笑，「歲月改變的，不止是太子殿下。」

李蓉愣了愣，裴文宣垂下眼眸，淡道：「還有妳我。」

李蓉沒有說話，她面色沉靜，裴文宣的話對於她而言，似乎沒有半分影響。

她平靜落子，然後伸手想要去端茶，卻在觸碰茶杯那一瞬間，發現自己的手在不自覺的、輕輕打著顫。

裴文宣假作沒有看到，看著棋盤，神色從容。

他看了棋局一會兒，抬手輕拉廣袖，將棋子落在棋盤上。

「棄我去者不可留，過去的事，便過去了。殿下，」裴文宣抬眼瞧她，眼裡帶了笑意，

「這局輸了無所謂，重開一局吧？」

李蓉沒說話，好久後，她笑起來，抬手將棋子「啪」一下扣在棋盤上。

一瞬之間，裴文宣頓失大半江山。

李蓉看向棋盤，抬手提子，一面撿著棋子進棋盒，一面笑著看了裴文宣一樣道：「輸的是你，本宮可沒有。」

裴文宣靜靜看著棋盤。

其實他看到李蓉的手在微微顫抖，他清楚知道著，這個人在情緒到一個程度時，便會用另一種方式，竭力克制。那是她的驕傲，也屬於她的自尊。

他不忍戳破，便假作才反應過來的模樣，驚道：「方才妳故意逗我說話？」

李蓉見裴文宣面露震驚，頓時大笑起來，高興道：「兵不厭詐，今個兒不同你說說話，我怎麼贏得了？」

「果然是唯女子與小人難養。」裴文宣雙手攏在袖中，搖頭道，「今兒個我領教了，日後下棋，可不能同妳說話了。」

「別啊，」李蓉笑咪咪道：「你多同我說話，我聽著可喜歡了。」

裴文宣露出嫌棄神色來，坐一旁不想搭理李蓉。

李蓉同他互相埋汰著，有一句、沒一句說著到了公主府。

等下了馬車後，李蓉先回了房間，她先休息睡下，裴文宣又去忙了一會兒，才回屋裡。到了門口，他見靜梅和靜蘭站在門口，他朝靜梅招了招手。

靜梅有些疑惑上前來，裴文宣壓低聲道：「今個兒殿下在宮裡和太子起衝突了？」

「這倒沒有。」靜梅搖了搖頭，老實道，「就說了會兒話，好像是太子殿下不想娶側妃的事，說完殿下就不大高興了，您好好安慰安慰她吧。」說著，靜梅擠了擠眼睛：「殿下同駙馬說說話，就高興許多了。」

裴文宣笑了笑，沒有多說，只道：「別告訴殿下我問妳這些。」

「奴婢明白，駙馬這是暗暗關心。」裴文宣被靜梅這麼一說，竟有那麼幾分不好意思，他輕咳了一聲，揮手道：「別瞎胡鬧了，下去吧。」

靜梅抿唇低笑著回了原位，裴文宣推門進去。

李蓉已經睡下了，他摸黑暗中洗漱過後，回到了床上。

他在床上躺了一會兒，李蓉含糊著道：「你現在才睡啊？」

裴文宣在夜裡低低應了一聲，李蓉背對著他，睡在另一床被窩裡，她背影很單薄，整個人看上去小小的。

其實靜梅一說，裴文宣就差不多猜出李蓉大概和李川談了些什麼，他知道李川在李蓉心裡的分量，也知道李蓉這個人的脾氣，今日這麼一談，李蓉想著李川上一世的事，想必是不大高興。

他直覺自己該勸勸李蓉，又不知道應當勸什麼，李蓉這人，若是難過傷心，便喜歡自個兒一個人遮掩著，不讓別人知道半分。你若說得太明顯，她羞惱起來，怕起了反效果。可若是他一句話不說……

他又覺得，那這一世的李蓉，和上一世似乎也沒什麼區別了。他在與不在，李蓉都是一個人要去趟過所有酸澀苦痛。

他這麼一想，就覺得自己不厚道。

李蓉雖然驕縱些，但其實心眼很好，對他不錯，他承了李蓉的恩情，便當多照顧她幾分。

於是他想了片刻，終於有些笨拙道：「殿下。」

「嗯？」

「今天我來接妳，妳開心嗎？」

李蓉聽到這話，在夜裡慢慢睜開了眼。

她想埋汰他幾句，又突然想起這人在風雨來時，站在她身後那片刻給予的溫暖。她一時開不了口，便低低應了一聲：「還行吧。」

裴文宣笑起來，他撐著自己起身，高興道：「那以後妳每次出去，我都去接妳好了。這樣妳回來的時候，有個人做個伴，也就不會覺得無趣了。」

李蓉聽裴文宣說話，她翻過身來，認真看著裴文宣。

「裴文宣，」她盯著他，「你和我說句實話。」

「嗯？」

「你是不是又要要錢了？」

裴文宣看著李蓉鄭重的眼，一時語塞，他覺得自己好心都當了驢肝肺，乾脆翻過身去，拉了被子，悶聲道：「狗咬呂洞賓。」

李蓉聽這話高興了，她平躺在床上，過了一會兒後，踹了裴文宣一腳：「以後你我各奔東西之前，天天來接我，聽到沒？」

「不去。」裴文宣閉上眼睛：「睡吧，夢裡什麼都有。」

李蓉知他是說反話，也沒搭理他，笑著睡下了。

她躺在床上的時候，也不知道怎麼的，心裡就歡快了許多，覺得上輩子再多的不好，好像也是可以改變的。連裴文宣這狗賊，都能和她這麼好好說話，還有什麼是改變不了的呢？

李蓉閉上眼，笑著睡過去。

兩人在家待了幾天，裴文宣和她喝喝茶、下下棋，到處逛了逛，婚假便結束了。

裴文宣開始上朝，李蓉便在他上朝的時間裡去各處茶社裡聽聽士子清談，看看能不能遇到幾個能用的人，又或是到其他在外生活的姑姑那裡去串個門子，聯絡些感情。

轉眼便到七月初七，皇后在宮中設宴，邀請了所有朝臣家中適齡的青年男女，一起進宮慶七夕。李蓉等這一日許久，她早早準備好，便領著裴文宣提前進了宮。

到了宮裡之後，李蓉心中整理了一下自己在宮裡的人，隨後抬眼看向裴文宣：「給你這麼多錢，該有點用處了吧？」

裴文宣無奈，給她點了兩個名字：「這兩個都是今日侍奉的人，若是有事，妳找他們。」

李蓉點頭，隨後又道：「你打聽出今日宮宴裡有什麼特別沒？」

「其他倒也正常，但是我聽說一件事。」裴文宣靠在桌邊，看著手裡的摺子，慢悠悠道，「這次宮宴準備了許多一模一樣的香爐，還進了許多香料。」

「嗯？」李蓉聽了這話，想了想道：「他們打算在宴席上調香？」

「若是要請旨賜婚，自然是要一些理由的。」裴文宣直接道：「我聽說柔妃要舉薦那個姑娘極擅調香。」

李蓉悟了，她笑起來：「看來今晚上，大約會很有意思。」

裴文宣應了一聲，沒有多說，李蓉探過身去，看他正在看的摺子，發現都是參人的。上一世裴文宣就是御史臺出身，這可是他老本行，李蓉撐著下巴道：「你忙得很啊。」

「新官上任三把火。」裴文宣笑起來，「陛下有心拿我當刀，自然得幫他見點血。我不努力，能升官嗎？」裴文宣抬手將車簾拉開了些，嫌棄看了一眼李蓉，「過去一點兒，妳擋我光了。」

李蓉聳聳肩，她挪了挪位置，在一旁抽了本書，看了一會兒後，她又覺無聊。一想到宮裡的宴會，她便靜不下心來，轉頭同裴文宣道：「話說，你就沒點其他心情嗎？」

「什麼心情？」裴文宣看著公文，波瀾不驚。

李蓉用扇子戳了戳他：「今兒個可要見你的真真妹妹了喲。」

裴文宣動作僵了僵，他抬頭皺起眉來：「妳無不無聊？」

李蓉見他真生氣了，趕緊直起身來，輕咳了一聲道：「就隨便聊一下嘛。今天七夕節，先別看公文了。」說著，李蓉抽走了他手裡的摺子，看著他道，「聊點私事，今天秦真真要見到川兒了，你不擔心？」

「我需要擔心什麼？」

「萬一他們看對眼了呢？」

「那不是妳擔心的事嗎？」裴文宣冷淡看了她一眼，去拿自己的摺子。

李蓉見他一點都不想搭理自己，撐著下巴道：「我可是為你著想，你不先動手，同秦真真培養一下感情，萬一咱們和離之後，她要嫁人了怎麼辦？」

「關我什麼事？」裴文宣直接出聲，隨後他不等李蓉說話，立刻道：「妳與其關心這個，不如多關心一下今晚上蘇容卿也要來，妳怎麼和他多說幾句話。」

李蓉被他哽住，裴文宣見她啞了，挑眉一笑：「不過妳現在直接多說也不好，放心，今晚我會幫妳暗示他的。」

「暗……暗示什麼？」李蓉有些害怕了，裴文宣見她怕了，抿唇一笑，低頭看向摺子，不說話了。

李蓉在旁邊安靜了一會兒，還是忍不住用扇子去戳裴文宣：「你要暗示什麼呀？」

「暗示他我們是假夫妻，以後要和離的，這樣妳以後接觸他，他才不會顧及我。」裴文宣低頭看著摺子，也不知道怎麼的，這話說出來就有些胸悶。

但他克制住自己情緒，他想自個兒是不喜歡蘇容卿久了，已然成了習慣，他要幫李蓉，就得調整一下心態。

李蓉聽裴文宣這麼有計劃性、有執行力，她輕咳了一聲：「其實我覺得，我和蘇容卿也也不是……」

裴文宣抬眼看了過來，李蓉一瞬間想起裴文宣那一晚說的話。

她怕裴文宣又念經一樣念她，而且隱約之間，她也覺得，或許按著裴文宣的話，再試一試，也未必……不是件好事？

不識廬山真面目，只緣身在此山中。裴文宣是個局外人，或許他看的，比她要清楚。就像她看裴文宣，就要比裴文宣自己看自己更清楚。

雖然覺得心裡有那麼幾分奇怪，她還是勉強接受道：「那我也會和秦真真好好說說。」

「不必了。」裴文宣立刻道，「沒到這時候。」

「的確，」李蓉點頭道，「我也覺得早了一點。所以你也不用和蘇容卿說太多。」

「就這樣隨便提提吧。」

兩人異口同聲，達成了某種莫名的默契。

兩人一路閒聊著到了宮裡，到的時候人已經很多了，裴文宣見到同僚，便笑著和人寒暄起來，李蓉同他打了聲招呼，自己去了女賓席。

宴席男賓席在大殿，女賓席設置在御花園，李蓉過去的時候，已經有不少世家女到了。

上官雅出身高，正同蘇家大小姐和幾個郡主說著話，她聲音不高，說話平緩，但因聲線清朗，於是李蓉一入花園裡，就聽出了上官雅的聲音。她抬眼看過去，上官雅聽到通報她進來的聲音，看過來後，只是輕輕一掃，便彷彿從來沒見過一般將目光挪走開去，而後她隨著眾人起身，一起向李蓉行禮。

她姿態優雅，端莊守禮的樣子，和李蓉記憶裡的那個人別無二致，但和之前賭坊那個姑娘卻是完全對不上的。

李蓉一時有些想笑，但她壓住了笑意，走到上官雅身邊去，牽起她的手道：「阿雅妹妹今日也來了。」

上官雅身子有些僵，她勉強笑起來，只是道：「殿下來得真早。」

「阿雅妹妹也不晚啊。今日可是第一次入宮？」

「小時候來過一次。」上官雅慢慢冷靜下來，放鬆許多，同李蓉規矩交談起來。

兩人談了一會兒後，人也差不多來了，李蓉瞟見不遠處，秦真真也和幾個姑娘說笑著走進來，而後被人引著落座到上官雅身後。

女賓來得太多，席位便成了好幾排，以秦真真的身分，她自然是不能在左右第一排的，便退到了第二排首位去，剛好就在上官雅後面。

李蓉揣測看了一眼秦真真，便見秦真真似乎從未沒見過她一般，目不斜視，恭敬行禮道：「見過殿下。」而後她看向上官雅，客氣行禮：「見過上官小姐。」

李蓉和上官雅回禮，便算是打了招呼，秦真真坐到自己位置上，就眼觀鼻、鼻觀心，規矩著不再說話了。

外面傳來皇后入席的通報聲，李蓉也不再多留，站起身來，同上官雅笑道：「本宮先回席了，阿雅妹妹自便。」

上官雅行禮送走李蓉，李蓉坐到上官雅對面，而後便見皇后領著另外四位貴妃入席，所有人起身行禮，皇后坐到位置上後，便讓大家起身落座。

「今兒個七夕，妳們本應在家中過節，只是本宮想著不如大家一起熱鬧熱鬧，才特意將諸位招來，」皇后開了口，笑道，「大家可別心裡怨懥。」

「母后說笑了。」李蓉在座下接了皇后的話，「年輕姑娘都愛熱鬧，您將大家請來，大家高興還來不及呢。」

李蓉這麼說，下方便陸續傳來附和之聲，場面一時熱鬧起來，妳一言、我一語，便有了話頭。

皇后放鬆下來，按著流程宣布開席。

前方正殿，則由李明主持，領著李川宴會年輕臣子。

一群年輕姑娘吃過飯，便開始玩鬧，拿了針線來穿了半天，又開始許願。

李蓉已經嫁了人，而且她心中的確也失去了對這些事的興致，便在原地坐著，看著一群姑娘熱熱鬧鬧。

柔妃喝了點酒，似乎是有了些醉意，抬眼看向皇后道：「娘娘，妳看時候也差不多了，不如讓人把香爐取上來，讓大家比一比？」

李蓉聽到這話，抬眼看向柔妃，其他人也有些疑惑，唯獨皇后似乎是早已知道一般，點頭道：「那就讓人呈上來吧。」

柔妃得了這話，立刻招呼著眾人回到位置上來，隨後道：「以往七夕宴，大家都得找點樂子，如今是宮宴，人太多了，平時那些擊鼓傳作詩怕是鬧不成，所以今兒個皇后娘娘這作詩改成調香。今日在座未婚嫁的姑娘一起調香，到時候送到大殿去，由太子殿下選出個一二三來，有重賞，如何？」

所有人得這話，都是一愣，隨後便各自有了不同的神色浮現上來。

只要不是個傻子，就能明白柔妃的意思，皇后將未婚的世家女都召入宮中，又讓他們調香，再讓太子選香，如今太子尚未娶妻，而李蓉又剛剛出嫁，這是什麼意思，再明顯不過了。

於是有人露出欣喜蠢蠢欲動，有人面露茫然不知所措。

而上官雅、蘇容雯這種高門女子大多神色平淡，應當是早知消息，或者便是像秦真真這樣的，彷彿完全置身事外，滿臉都寫著「此事與我無關」的從容平靜。

李蓉打量著眾人神情，玩味笑起來，突然道：「母后，我覺得不妥。」

她一開口，所有人都看了過去，李蓉笑咪咪道：「大家都是來參加宴席的，怎麼她們就調香拿獎賞，兒臣就不能？兒臣也要加入。」

「蓉兒，妳瞎摻和什麼？」皇后皺起眉頭，示意她不要胡鬧。

李蓉見皇后神色，便知這事大約是皇后和柔妃一起定下的。

柔妃的目的很簡單，她要為她那侄女請賜婚，那就需要個理由，讓李川選了她的侄女的調香，就是最好的藉口。而皇后會答應，自然也是在皇后眼中，她能掌控局面，讓李川選上官雅的香，然後上官家乾脆將計就計，為上官雅和太子請婚。

他們各自打著各自的算盤，將太子妃的位置當成一個獎賞，然後做下了同一個決定。

李蓉不知道李川是否知曉，但她確定的是，今日在場，選誰都行，絕對不能選上官雅、柔妃侄女以及秦真真。

於是李蓉不退，笑著看著皇后：「加我一個也不多，母后，妳就答應了我吧？」

第四十四章　遺憾

皇后與李蓉對視著，互不相讓，片刻後，皇后還是敗退下來。畢竟李蓉這樣說了，她若是還要強行讓李蓉退下來，拂了李蓉的面子，也讓場面太過難看。

反正李川要選的對象是定下來的，李蓉加進來也無妨。

於是皇后笑了笑，只道：「就妳頑劣。那就給平樂公主也上一個香爐。」

「謝母后。」李蓉笑著行禮。

沒了一會兒，香爐和常用的香料一一放在了盤子裡端上來，放在了每個姑娘面前。

若是辨別香味，世家女子大多知道，但若真的動手調香，便不是每個姑娘都會的了。但能辨別香味，也算有了基礎，於是所有人動起手來，至少能將自己常用的一些香囊調製出來，放進香爐裡。

李蓉算不得此中高手，但以前裴文宣擅於調香，曾經給她配過幾個香囊，她按著當年裴文宣給的一個方子，一面慢悠悠調著香，一面時刻關注著周邊。

所有人都在低頭挑選嗅著手邊的材料，尤其是上官雅和柔妃推薦的蕭氏女蕭薇，她們明顯都是此道高手，動作優雅純熟，十分漂亮。

而上官雅身後的秦真真則不知道在做什麼，一直低著頭磨著手邊的材料，彷彿是在努力融入群體找點事幹。

李蓉一面挑選著材料，一面思索著這一出裡所有人的心思。

柔妃推選她的侄女，她母后為了扶上官雅，而皇帝李明其實並不關注太子娶的是柔妃的侄女還是其他人，只要不要娶上官雅和蘇容雯這種大族就可以。

柔妃手段向來又比她母親高了許多，她不可能沒有猜到皇后一定會向太子暗中授意，提前將上官雅會調製的香告訴太子，然後讓太子選上官雅的香，所以，柔妃一定會有她的安排。

李蓉觀察著面前的香爐，這些香爐都一模一樣，下方是一截鵝黃色的綢緞，綢緞之下是寫了每個姑娘名字的香箋，等一會兒宮人會用托盤端著香爐送到李川那裡去，李川聞香選人，然後從下方取出名字送回來。

如果她是柔妃，她一定會安排人手，半路將上官雅的香截了，將上官雅的香和蕭薇的香調換。

李川選了上官雅的香，等於選了蕭薇的香。

李蓉將全場人的心思猜了一遍，面上不動聲色，自己一面調香，一面好似在紀錄什麼一般，在紙上寫寫畫畫。

沒了一會兒，時間差不多到了，皇后宣布侍從將香爐收起來，一一往前殿收過去。

場面一時混亂起來，所有人都放鬆下來，李蓉抬眼看了一眼蕭薇，見蕭薇面上帶笑，似乎是胸有成竹，又看了一眼對面的上官雅。

收香爐的侍從已經快到上官雅面前，上官雅蓋好香爐，抬手端起來，而後她似乎是掉了什麼東西，轉過頭去，看向身後秦真真道：「秦二小姐，可否幫個忙？」

秦真真抬眼，便見上官雅笑了笑，頗有幾分歉意道：「我的香囊滾到妳那兒去了，能否勞煩秦二小姐幫忙撿一下？」

秦真真倒也沒有多說，回頭就去撿上官雅的香囊，也就是這一低頭，上官雅迅速將兩個香爐一換，便轉身將秦真真的香爐放在自己的托盤上，回身交給了剛走過來的侍從。

上官雅這動作極快，等秦真真回頭時，侍從已經端著香爐走了。

秦真真將她掉的香囊交給她，上官雅點頭說了聲：「謝謝。」

剛準備轉身，就聽秦真真低聲道：「妳不當換我的香爐。」

上官雅沒想到秦真真發現得這麼快，不由得愣了愣，隨後她立刻露出幾分茫然來，彷彿不知道發生過什麼一般：「秦二小姐什麼意思？」

秦真真抬眼瞧著她，清明的眼裡似是什麼都知道得清楚，這時侍從彎腰收走了秦真真的盤子，秦真真轉頭看向侍從，正要說些什麼，就被上官雅一把握住手腕，上官雅語速極快道：「方才秦二小姐的香爐是什麼香？聞著十分有意思。」

秦真真被這麼一打岔，就看著侍從將香爐端走離開。

等侍從走了之後，上官雅才放開她，低聲道：「妳放心，我不害妳，煩請幫個忙。」說完，上官雅便放開她轉回身去。

這一切不過片刻，李蓉遠遠瞧著，雖然她沒看清楚對面兩人具體怎麼回事，說了些什麼，但見上官雅動作極快交了香爐，秦真真又欲說些什麼，便猜想出幾分來。

上官雅應當是被她說動了，但上官雅並沒有能力說服上官家和皇后，所以她只能用這個法子。

如今李川隨便選出任何一個二流世家的姑娘，李明都會當場賜婚，秦真真身分剛好適合，加上秦家本是將門，秦真真父親雖死，但叔伯仍在，李川若是娶了秦真真，兵權上便又加幾分籌碼。

上官雅知道皇后為她鋪路，她把這條路送給秦真真，只要今日秦真真賜婚，上官雅的身分不可能當側妃，那麼上官家和李川這門婚事便也就散了。而秦真真的身分總比蕭薇好，這個決定，倒的確是為所有人著想了。

只是李蓉始終擔心秦真真和李川重蹈覆轍，於是上官雅剛回過身來，她便垂眸喝茶，同旁邊靜蘭道：「去找駙馬，讓他把我這香的方子給太子，讓太子選我的香。」

靜蘭應聲，不著痕跡拿走了李蓉方才寫下的香的配料，隨後便悄無聲息退了下去。

各路人馬的消息一路傳到正殿，侍從帶著皇后的消息和各世家女子的熏香送到席上，皇帝聽了皇后的意思，大笑道：「今日是你們年輕人的聚會，既然要挑，那就由諸位一起吧。這次調香的魁首由太子欽點，剩下兩名由各位一起推選，如何？」

在場人立刻應和下來，於是從大殿席位最上端開始，每一個香爐逐一往下傳遞，然後選出前三名按編號寫在紙上。

李川坐在高坐上，他神色辨不清悲喜，早在入席之前，他就已經得了皇后的吩咐，確認了今日要選的人。他覺得心裡像是壓著什麼，所有人都在高興，只有他覺得茫然中帶了幾分難以言喻的壓抑。

就像他生命裡無數次，等待著被決定的剎那。

命運被主宰的無力感，一次一次湧上來，在他坐在高位俯視著其他人時，這種荒謬的對比感，無比清晰的湧現在他心頭。

隨著香爐一起進來的還有李蓉的紙條，裴文宣從侍從手裡接過紙條，他迅速掃了一眼，心裡思量了片刻。

他看向高臺上坐著的李川，思索片刻後，便讓人在侍從將香爐交給他的片刻，低聲道：「告訴太子殿下，選平樂公主，白檀香。」

侍從神色不變，沒了一會兒後，香爐傳遞到太子手裡時，侍從極快低語：「選平樂公主，白檀香。」

李川手微微一頓，侍從起身去了下一桌。

裴文宣辨別著不斷傳過來的香味，辨香是極難的一件事，尤其是這種不斷辨認的流程裡，有許多人幾乎難以分辨，失去了嗅覺。然而裴文宣本就擅長香道，他不斷尋覓著李蓉寫的白檀香，一面思索著女賓席中發生了什麼事。

香爐在席間流轉，上官雅的香爐和蕭薇的香爐一前一後送進來，還未入殿，前後兩個侍從就極快交換了香爐下壓著的紙條名字，然後傳了上去。

連著兩次交換，秦真真的香爐徹底換到了蕭薇的名下，而蕭薇的香爐換到了上官雅的名下，上官雅的香爐則換到了秦真真的名下。

三個人的香爐按著順序送上去，蕭薇和上官雅調香水平極高，送進大殿沒有一會兒，蘇容華便驚嘆起來：「不知這三十四號香爐出自誰的手筆？當得今日三甲！」

他一貫是個沒規矩的，這麼嚷嚷出聲來，倒也沒人驚訝，只有旁邊蘇容卿提醒他道：「大哥，寫在紙上即可，魁首當由太子殿下定奪。」

「無妨的。」李川聽蘇容卿提醒蘇容華，他本還在等著各路消息，怕這樣其他人不好傳話給他，忙笑道，「大家各抒己見，討論討論也好。」

說著，李蓉的香送了上來。

李蓉調香沒什麼天賦，用的配方全是抄裴文宣的，裴文宣一聞就聞了出來，他還聞出來李蓉手抖，少放了一錢沉香。

裴文宣頗有些嫌棄，覺得回去得好好教教李蓉，不然一個公主總抄他的方子，太丟分。他心裡琢磨著怎麼回去教李蓉，面上卻是露出欣賞神色來，聲音平穩，用李川能聽到的聲音笑道：「這四十一號的白檀香不錯，當屬最佳。」

李川聽到這話，抬眼朝裴文宣看去，裴文宣笑著瞧了李川一眼，不著痕跡點了點頭。

李川心裡有底，便知這是李蓉的香爐，他也不知道怎麼，突然有了幾分高興，又有幾分感動。

她終歸是他姐姐，和這深宮裡的其他人不同。

李蓉的香爐傳到李川的面前，李川端起香爐聞了一下，故作穩重地將香爐的編號寫在了旁邊。

香爐一一傳完，便開始統計分數。

因為魁首由李川欽點，其他人只需要選出前面兩位就是，等統計完編號，李川將自己定下的魁首編號交出去，而後侍從將對應的編號托盤下的名字抽了出來，遞給了李川，由李川宣讀。

李明笑意滿滿等著李川宣布三甲，李川取了名字，平靜道：「第三名，上官雅。」

上官雅在第三，李明笑意更深，李川抽出第二張紙：「第二名，秦真真。」

李川看見最後一張紙上的名字，露出笑容來，他抬起頭，好似有些高興道：「第一名，平樂公主，李蓉。」

聽到這話，李明頓時愣了，旋即他便皺起眉頭：「平樂怎麼也在裡面？」

「父皇。」李川好似不知發生什麼一般，轉頭笑道，「姐姐調香過去雖然不濟，但這一次的確不錯，父皇可千萬別被之前的印象遮了眼。」

李川這麼一說，李明一時說不出話來，他總不能說，這事就是他們用來給李川選妃的，不可能讓李蓉也參加進去，更不可能讓李川選讓李蓉。

好在李川選李蓉，雖然沒能讓他選一個寒門太子妃，但也總比選上官雅好，李明很快笑起來：「你說得是，朕不該小瞧了她，該賞還是的賞，把她們幾個宣過來受賞吧。」

李明的吩咐送下去，由福來送到了御花園。

所有姑娘都在等著結果，老遠見福來走在湖心長廊上，穿過湖中央走過來，所有人都有些緊張了。

福來到了水榭邊上，先給皇后、柔妃行禮，隨後說明了來意道：「前三位勝出的姑娘前殿選出來了，老奴奉陛下旨意，請三位姑娘去正殿受賞。」

皇后點了點頭，抬手道：「你宣吧。」

福來行了個禮，轉過身去，看向眾人道：「請平樂公主殿下、秦氏真真小姐、上官氏雅小姐，隨老奴入正殿受賞。」

聽到這話，柔妃頓時臉色大變，蕭薇不可置信抬頭，上官雅和秦真真都面露驚詫。

皇后皺起眉頭，頗為不安道：「此次調香魁首是誰？」

「回娘娘，」福來笑起來，「是平樂公主殿下。」

皇后抬眼看向李蓉，李蓉立刻露出驚訝的神色來，高興道：「是我？」

「是呢。」福來誇讚道，「殿下調香技藝非凡，大家都稱讚有加。殿下還是快些起來，去前殿領賞吧。」

「好極。」李蓉站起身來，神色歡愉，「我許久沒領過賞了，當真是喜事。」說著，李蓉轉身朝皇后行禮道：「母后，我去父皇那兒領賞了。」

皇后看著李蓉，一時有口難言，她憋了一會兒，終於還是忍下來道：「妳去吧。」

李蓉行禮退下，領著上官雅和秦真真一起跟隨著福來往正殿前去。

李蓉走在前面，上官雅和秦真真並肩而立，上官雅悄悄戳了戳秦真真，小聲道：「妳調香技術不錯呀？」

秦真真皺起眉頭，她壓低了聲，小聲道：「我不會，香爐是空的。」

「這也能得賞？」上官雅不可思議，開始迅速思索著會有什麼陰謀。

李蓉在前面聽著，抿唇笑起來，轉過頭提醒上官雅：「妳的香，能寫妳的名字嗎？」

上官雅立刻反應過來，震驚道：「是蕭……」

李蓉抬起手，輕輕按在了唇上，上官雅心領神會，立刻表示明白。

福來聽三人說話，便走上前面，方便三人說話。

李蓉退了幾步，走在兩人中間去，轉頭看旁邊秦真真道：「妳知道她換了妳香爐？」

秦真真遲疑片刻，應聲道：「知道。」

「不說？」

秦真真抬眼，看向旁邊環胸含笑的上官雅，她搖了搖頭：「我沒有放東西進香爐，若她害我，我可以證明那香爐不是我的。若她不是害我，她當有自己的難處，我順手幫忙，也無所謂。」

李蓉聽到這話，有幾分無奈。

上官雅嘆了口氣道：「那妳可得慶幸，今兒個遇到的是我。」

秦真真笑起來：「若不是上官小姐，我也未必會幫這個忙。」

「哦？」李蓉有些好奇，「為什麼是她，妳就幫忙？」

「因為我父親說過，」秦真真看向水中倒映的明月，眼中有了幾分懷念，「若想知道一個人可不可信，就看她的眼睛。」

「那妳看我呢？」李蓉有些好奇。

秦真真轉過頭來，她靜靜看著李蓉，許久之後，秦真真溫和道：「殿下是很好的人。」

「那妳就看錯了。」上官雅抬手搭在李蓉的肩頭，探過半邊身子，笑著道，「這位殿下，可是個吃人不吐骨頭的主。」

李蓉被上官雅搭了肩膀，她淡淡瞧了上官雅一眼，上官雅倒也不怕，笑著迎向李蓉的目光。

李蓉和她對視片刻之後，忍不住笑了，推了上官雅一把，小聲道：「妳膽子倒是大得很。」

上官雅被她一推，嘻嘻哈哈笑起來，只道：「反正最差的一面也讓殿下知道了，不如放肆一點。殿下要有興趣，改日找個時間，和我一起去詩社喝茶？」

「喝茶？」李蓉冷笑一聲，「要不要多帶點銀子賭個大小？」

上官雅被她這麼一問，頓時有些尷尬，摸了摸鼻子，小聲道：「在宮裡，不能問得委婉一些嗎？」

三人一路玩鬧著，就到了正殿，李蓉抬眼先看到高座上的李明，隨後是李川，然後往下是蘇容卿，之後是裴文宣。

裴文宣見李蓉看過來，端著酒杯一挑眉，似乎是有幾分邀功的模樣。

李蓉看著裴文宣的樣子，不由得笑了，她目光從他身上不著痕跡掃過，而後回到李明身上，笑著同李明行禮：「見過父皇。」

「起身吧。」李明在高臺上，抬手讓她起身，而後將手撐在膝蓋上，笑道，「朕記得妳以前在香道上也沒怎麼擅長，今個兒可真是大放異彩。」

「那得謝謝駙馬。」李蓉笑著將目光落在裴文宣身上，「我今天配香的方子，其實都是駙馬教的。」

「朕就說呢。」李明轉頭看向旁邊的李川道，「就妳姐姐那三腳貓的功夫，朕能不清楚？」說著，李明打量了李蓉身後的秦真真和上官雅，慢悠悠道：「雅兒的本事，我是聽說的，不過今日這個秦二小姐，有些面生啊。秦小姐，」李明瞧著秦真真，抬手道，「妳上前一步，讓朕看看，能調出這樣的香的姑娘，是個什麼模樣。」

秦真真皺起眉頭，她看了上官雅一眼，走上前去。

李明靜靜端詳著她，所有人心都跳得飛快。

李蓉飛快思索著，如果此時李明找一個由頭要賜婚，應當如何應對。

她下意識抬眼，本是看向裴文宣的方向，不想她正對著的方向坐的是蘇容卿，蘇容卿也在看她，於是她抬眼那一瞬間，目光交接而上，李蓉便愣了。

蘇容卿似乎是看出了她擔憂什麼，李蓉尚未反應過來，就聽蘇容卿突然開口道：「陛下，三位姑娘一直這麼站著，怕是累了，您還是早些賞了東西，讓她們先退下吧。」

這話頗有些沒規矩，若是蘇容華說，倒也不奇怪，但是出自一貫自持的蘇容卿之口，就有些詭異了。

所有人看過去，蘇容卿面上含笑，恭敬看著李明。

李明思索了片刻，笑道：「蘇愛卿說的是。川兒，你替朕將東西給三位送過去。」

李川應了聲，他站起身來，領著侍從端著東西走到李蓉面前。

他將一對金鳳銜珠步搖交給李蓉，朝李蓉眨了眨眼，小聲道：「姐，謝謝。」

他好似很高興，李蓉愣了愣，她沒想到李川竟然會這麼高興。

李川將東西遞給她，笑著離開。

李蓉站在原地，順著李川的目光看過去，就見李川到了秦真真面前。

秦真真恭恭敬敬，李川看她的眼裡卻有了幾分調笑：「孤沒想到，秦二小姐不僅拳腳功夫不錯，調香一道也如此擅長。」

「殿下謬讚。」秦真真垂下眼眸，看著地面，沒有半點逾矩。

李川將東西交給秦真真，秦真真規規矩矩謝過，李川便走到上官雅面前。

上官雅和他算是表親，但也不是很熟悉，李川對她恭敬許多，將東西交給上官雅後，便回到了自己的位置上。

三個人領了賞，李明似乎是有些疲憊了，隨後道：「天色夜晚了，朕有些乏了，你們年輕人自便吧。」說著，李明由福來扶著起身，在一片恭送聲中離開。

等李明走後，三個姑娘一起走出大殿。

上官雅看了兩人一眼，笑道：「妳們現下回去麼？」

「我應當自己先回去了。」秦真真說著，抬眼看向上官雅：「妳呢？」

「我爹可能還有一會兒。」上官雅指了指大殿，「我先回御花園同幾個朋友再聊一會兒，妳們自便。」

「去吧。」李蓉點頭道，「我等駙馬一起回去。」

「你們感情不錯呀。」上官雅挑起眉，李蓉恨不得踹她一腳。

她明顯發現，上官雅似乎是覺得她們有了什麼祕密，便有些放肆起來，於是她催促道，「趕緊走，改日茶樓找妳。」

「好說。」上官雅應下，便轉身離開了去。

上官雅走後，秦真真轉頭看向李蓉，恭敬行禮道：「殿下，若無他事，民女先告辭了。」

「等等！」李蓉叫住她，秦真真回過身來，看向站在臺階上的李蓉。

秦真真衣著素雅，五官寡淡，風輕輕吹來，揚起她素衫。

似乎因為習武，她整個人總是有種難言的挺拔，似如松竹亭立，又似寶劍出鋒。

她在這個宮廷裡，哪怕只是站著，都顯出一種明顯的格格不入，和當年李蓉所見到的秦真真，相似又不同。

她心中驟然顫動，一瞬之間，腦海中就閃過方才李川同她說笑的模樣，那畫面和後來秦真真出殯的畫面交疊，激得她喉頭發緊，無形的惶恐密密麻麻蔓延。

她看著月下靜候著她言語的姑娘，許久後，終於道：「今日上官雅換了妳的香爐，本是想讓妳替她被賜婚成為太子妃。」

秦真真露出詫異神色，李蓉繼續道：「我幫妳，是受人所托。我與裴文宣兩人沒有感情，我與他約定好的，日後等我們擺脫了這些束縛，我們會和離。」

秦真真聽著這些話，慢慢睜大了眼，李蓉笑起來：「宮中是非很多，日後妳若出行宮中，還要需得小心一些。」說完，李蓉也沒等秦真真答話，便轉過身，步入大殿去找裴文宣。

裴文宣正和人告別完，回頭見李蓉在門口等他，他心中一暖，笑著上前去，停在李蓉身邊將她上下一打量，彎了眉眼道：「殿下今日大獲全勝，似乎很是歡喜？」

李蓉低頭一笑：「今日裴大人似乎也很高興。」

「除非殿下欺負我，不然我有不高興的時候嗎？」

裴文宣同李蓉一起回去，好奇道：「妳們御花園裡是怎麼的，今個兒這麼熱鬧？」

李蓉將御花園裡發生的事同裴文宣說了一遍，兩人一面說一面上了馬車，裴文宣感慨道：「女人的世界，總是如此精彩。」

「你可以加入啊。」李蓉笑起來。

裴文宣趕緊擺手：「罷了、罷了，不必了，這種局面，也就公主大人能應付。」

李蓉輕笑不言，她轉頭看向窗外。

此刻他們已經出了宮城，窗外明月高照，她靜靜凝視著月亮，緩聲道：「月缺總會月圓，裴文宣，你說註定的事，是不是總是難以更改？」

裴文宣有些奇怪李蓉為什麼突然問這個，他不由得道：「妳是在問什麼？」

「我今天，突然知道為什麼川兒會喜歡秦真真。」李蓉轉過頭去，看向裴文宣：「以川兒的心性，在宮中遇到這樣的人，喜歡並不奇怪。」

裴文宣不說話，他看著李蓉的眼睛，一瞬間，他彷彿明白了她的意思：「妳同我說這些做什麼？」

「你想過和離後做些什麼嗎？」李蓉好奇看著他。

裴文宣靜靜地瞧著李蓉，他覺得有種酸澀蔓延上來，可他唇邊笑意不墜：「沒想過太細。」

「上一世秦真真死，你不遺憾嗎？」

裴文宣不說話，他笑著看著李蓉，李蓉繼續道：「我知道你心裡有她，上一世她去的早，你心裡對她有愧疚。你這個人喜歡誰，從來也不想著要什麼，可這輩子為了她好，你應當去努力一點。」

「努力做什麼？」

裴文宣雙手攏在袖中，靠在馬車車壁上，聽李蓉冷靜道：「她現在在適婚年紀，你我和離順利的話大概要三年，你若現在不同她約定好，怕到時候她會先提前嫁人。之前我同你說話大多是玩笑，但今日我卻是認真同你說，」李蓉抬眼看他，「你應當做點什麼。」

「比如？」

「我今日同她說了，我幫她是因為你。我也告訴她了，我們沒什麼感情，三年後就要和離。她沒反應過來，我先走了，後面我們安排一些機會，你去接觸她。你們本有感情，你對她好一些，再同她告白，等你們定情下來，我們告知秦臨一聲，將她送到北方去，讓她躲過這三年。」李蓉笑起來，她抬眼看向裴文宣，「之後我們和離，我去給你提親。」

裴文宣不說話，他靜靜看著李蓉。

李蓉有些疑惑：「你怎的不說話？」

「我有什麼好說？」裴文宣笑起來，「殿下不都安排好了嗎？每個人在妳心裡當做什麼，不都清楚了嗎？」

「你若有不滿，」李蓉緩聲道，「你可同我說。你是不是覺得，將她送到北方去，委屈了她？」

裴文宣聽不下去了，他起身來，喊了一聲：「停車！」

馬車驟然停下，裴文宣掀了簾子就跳了出去。

李蓉愣了愣，她只得了裴文宣一個背影，就見人下了馬車。

她也不知道怎麼了，她就覺得他們彷彿是突然回到了上一世，裴文宣不滿，從不同她多說，爭執了發了脾氣，他就走。

只是以前吵，吵便吵了，今日裴文宣這麼走了，她竟覺得有幾分難受，也不知道是不是因為這一日事太多，讓她心力交瘁的原因。

她控制著情緒，平靜吩咐外面：「派人跟著駙馬，免得他出事，先回吧。」

外面忐忑應了聲，李蓉抬手扶額，感覺馬車重新動作。

裴文宣背對著李蓉的馬車往前走，他心裡氣不打一處來。

他也不知道自己是在生什麼氣。

他是知道李蓉的脾氣的。李蓉這個人，她認定的事情，就會好好安排。她心裡認定他心裡有過秦真真，就覺得秦真真是他一輩子的遺憾，他應該彌補。她心裡猜想李川還會喜歡秦真真，覺得秦真真和李川不應該在一起，不會有好結果。於是她就選一個最好的結果，讓秦真真和他在一起。

倒不能說她錯了，她把每個人都考慮了，每個人她都希望他過的好。能怪她什麼呢？可是裴文宣就是覺得難受，說不出的難受，他背對著馬車往反方向走，聽到身後馬車動起來，他突然又頓住腳步。

他一瞬間想起上一世，他無數次見過的李蓉的背影。

他回過頭去，看著馬車漸行漸遠，他靜靜瞧著，片刻後，他咬了咬牙，衝了回去，追上馬車，大喝了著拍打上馬車車壁，大聲道：「停下！給我停下！」

李蓉被裴文宣嚇了一跳，馬車應聲停下，李蓉立刻用金扇捲了簾子，冷眼抬頭看向站在馬車邊上的裴文宣，怒道：「你發什麼瘋？」

車夫見兩人似乎是要吵起來，趕緊跳下馬車離開，一時之間周邊都被清空開去，就剩下兩個人。

裴文宣盯著李蓉，抓緊了馬車邊緣，冷聲道：「李蓉我告訴妳，以後如果妳要決定我的事情，妳至少要先問我一聲願不願意。」

李蓉愣在原地，裴文宣語速極快，似是在發洩什麼：「妳覺得我是什麼人，妳覺得我會想什麼，妳覺得我該做什麼，妳都得先經過我同意。」

「原來是興師問罪。」李蓉苦笑，「比如呢？我今日是誤解了裴大人什麼，讓裴大人氣憤至此？」

裴文宣沒說話，他就只是看著她，她神色平靜，一如既往，好似沒有什麼能動搖她半分。明明都在傾盆大雨之中，他早已滿身狼狽，她卻仍舊從容矜雅，不亂分毫。

他又酸又恨，恨得衝上去把這個人拖下來，一起滾在泥濘裡。

可他又捨不得，他心裡裡的李蓉，一輩子都應當是這副模樣。

他就只能是看著她，用目光發洩著一切，卻一句話都說不出口。

可他卻清楚知道，如果他始終說，如果他和上一世一樣，始終逃避。

那麼這一世和上一世，沒有什麼不同。

於是好久後，他才掙扎著出聲，一字一句，艱難道：「我不喜歡秦真真。」

「我知道。」李蓉聽他說這事，立刻理解，緩聲安撫道，「畢竟過了很多年，你不可能和以前一樣喜歡她。可其實……」

「沒有其實，也沒有什麼和以前一樣喜歡！」裴文宣打斷她，大聲道：「我年少時候，對她就不是喜歡！」

李蓉愣住，裴文宣說出口來，剩下的似乎都自然而然。

他看著她，靠近他，認真繼續：「我從來不會思念她，我從來不會想她，我從來不會走在路上看見一根簪子想要買給她，我也從來不會想過要親吻她。」

「只是從小他們都告訴我，她是我的妻子，所以我一直以為，這就是喜歡。」

「可是後來我遇見了一個人，」裴文宣看著李蓉，染了水氣的眼珠微動，似乎是帶了幾分笑意，「我看見她高興我就高興，我看見她難過我就緊張，她看過一根簪子我就會記在心上，她一笑我就覺得世上再無寒冬。」

「她不在我思念她，哪怕是去官署，我也會想著給她寫紙條回去，我會想我們會有幾個孩子，我會想和她白頭到老。」

「李蓉。」裴文宣深吸一口氣，「我對秦真真沒有遺憾。她死了，我作為朋友、作為兄長，我盡力了，我沒想過要和她重來一輩子，從一開始，我從沒想過和她重來。如果我想過片刻，春宴我就不會去。」

「如果我有什麼遺憾。」裴文宣聲音頓下來，他看著李蓉，好久後，才沙啞開口：「那只有妳。」

「因為我真的喜歡過，又失去過的人……」裴文宣笑起來，那一笑像哭了一般，「只有李蓉。」

第四十五章　回應

李蓉聽著裴文宣的話，她靜靜注視他。

她腦中一時有些亂，裴文宣的話，她聽明白，又有些不明白。

裴文宣喜歡過她這事她早就知道，可裴文宣說他不喜歡秦真真，這就有些出乎她意料了。更讓她意外的是，當裴文宣把這些話這麼明明白白說出來，她竟在內心深處，有了那麼幾分無措茫然。

她凝視著裴文宣，裴文宣仰頭看著她，他眼裡有期盼、有渴求，有他自己都不知道的，那微弱的火光，在他眼中輕輕跳躍。

他像一個來完成生前遺憾的亡魂，在等待著這個人伸手一拉，讓他無憾解脫。但可惜的是，站在他面前這個人，自己也在地獄徘徊。

李蓉看著這個人的眼睛，看著這個人帶著期盼的目光在她注視下，一點一點冷卻。像一把剛剛點燃的火種，被人一盆冷水澆滅。

李蓉克制住內心所有情緒，垂下眼眸，低聲：「你說的我會考量，先上馬車回去吧。」說著，她捲簾坐進馬車，淡道：「來人，回吧。」

裴文宣不說話，他站在馬車邊上，李蓉靠在馬車裡，閉上眼睛開始小憩。

周邊人都趕了回來，車夫看著站在旁邊一邊不動的裴文宣，有些猶豫道：「駙馬，您還不上去嗎？」

裴文宣低著頭，他感覺有一種無盡的疲憊湧上來，他突然不想再見李蓉，不想再同她說一句話，不想同她有任何交集。

李蓉像是一塊搗不熱的冰、滴不穿的石，他再怎麼努力，那個人永遠不會回應半分。

儘管他不知道他想要她回應什麼，可他還是覺得，那個人哪怕有一點點反應，罵他或者勸他，愛他或者恨他，都比此刻這麼靜靜的、彷彿一個局外人一樣的姿態，都來得讓他好受。

他站在原地不動，李蓉見他久不上來，終於睜開眼睛，平靜道：「還不走嗎？」

「不必了。」裴文宣轉過身去，疲憊道：「妳先回去吧，我去官署。」

「那……」李蓉緩聲開口，「路上小心。」

裴文宣低低應了一聲，兩人彷彿什麼都沒發生過一般。

裴文宣同旁人取了東西，離開之前，他輕聲開口：「李蓉，如果妳還是無論遇到什麼都把情緒壓在心裡，想用妳的理智去解決所有問題，那妳一定會發現，妳什麼都解決不了。」

「權勢之後，本是人心。」裴文宣抬眼看向長路，淡道，「妳若連人心都不懂，那妳想要的一切，終落成空。」裴文宣說完這些，便提燈轉身離開。

兩人背道而馳，月光灑在華京長街之上，裴文宣走向官署方向，李蓉坐在馬車裡，駛向公主府。

她閉上眼睛，她告訴自己，不必多想太多。

裴文宣這個人慣來是這樣的，氣頭上來，便有什麼說什麼，話不過腦子，不用多想。

然而她也不知道怎麼的，裴文宣的話反反覆覆在她腦海裡迴蕩。

權勢之後，本是人心。

她想起跪在她面前讓她好好和裴文宣過下去的蘇容卿，想起屏風後起身離開的李川，想起上一世坐在她身邊笑語晏晏卻不見半點眼神明亮的上官雅，想起上一世躺在病床上欲言又止看著她的皇后，死在病榻上的李明，以及二十歲看著她欲言又止、似是不捨又不敢開口的裴文宣。

那些畫面翻騰在她心裡，她捏緊了手裡的金扇。

她感覺她和裴文宣正在漸行漸遠，也清楚知道其實只要熬過去，只要往前走，待在馬車裡，一路走到路盡頭，打開公主府的門，她就依舊是平樂公主李蓉。

她可以泡一個澡，點上熏香，安穩睡下，等第二天裴文宣回來，他冷靜下來，也不會多說什麼，這事就過了。

她知道他的脾氣，這不是什麼大事，吵過了，讓他發過脾氣，後面該怎麼樣，就會怎樣，也不必多做其他。

可隱約間她還是升騰出了一種無法克制的不安，她深吸一口氣，閉上眼睛。

那一瞬間，她突然想起她前世最後一次見裴文宣。

對方背對著她，黑衣華冠，背影清瘦孤傲，他背對著她離開，跨出門去，走向她看不到的遠方。

那是和今生她所見到的裴文宣完全不一樣的人。

裴文宣已經脫胎換骨，可她還在固守前生。

意識到這一點的剎那，李蓉終於克制不住，大喝了一聲：「停車！」

車夫茫然停車，李蓉坐在馬車裡，痛苦抬手搗住額頭，許久之後，她慢慢緩過情緒，她終於還是站起來，捲起車簾走了出去。

驟然襲來的寒風吹得她清醒幾分，她站在馬車上，回頭眺望遠處的裴文宣。

那人走在長街上，白衫藍袍，頭頂玉冠，李蓉靜靜看著他，片刻之後，她跳下馬車。

旁邊侍從有些詫異，忙叫她：「殿下，您……」

李蓉沒有理會他們，她直接疾步走向裴文宣的方向，大喊了一聲：「裴文宣！」

裴文宣他詫異回頭，風捲起他衣袖、長髮翻飛，宮燈在夜風中搖搖晃晃，然後他看見停在遠處的李蓉，她看著他，語調少有帶了幾分不穩：「之前的事，我給你道歉。」

「你和秦真真的事，我該問過你的意思，不該擅作主張，但我並無惡意。」

「當年我問過你，你和她什麼關係，你和我說過，你放不下她。所以我想，你喜歡我，但你心裡也有她。我不想要這份感情，我退出，你心裡就可以一心一意只有一個人。」

「她不適合入宮，今生若有你相護，她能平穩一生，你也再無遺憾。所以在我心裡，你們能在一起，」李蓉氣息漸穩，「再好不過。」

裴文宣聽著她的話，靜靜看著她。

李蓉看著平靜的裴文宣，不由得苦笑起來：「裴文宣，我心裡不是只有權勢，別人待我好，我也想會對他好。我不是只是想利用你解決川兒的問題，我也是為你想過的。」

裴文宣沒說話，他看著她，好久後，他慢慢笑起來：「那妳不覺得噁心嗎？」

李蓉有些茫然，裴文宣提燈走到她面前來，認真看著她：「如果我一面愛著妳，一面愛著秦真真，我這樣的人，妳不覺得噁心嗎？」

李蓉頓住沒說話，裴文宣平靜道：「李蓉，妳知道我生氣的是什麼嗎？我最生氣的，就是妳從來不同我說實話。」

李蓉靜靜看著他，裴文宣低頭凝視著這個人映著月光的眼，他輕笑起來：「妳太講道理，於是把所有情緒都遮住，這讓我覺得很狼狽。好像只有我在意這件事，只有我這麼幼稚可笑。」

「抱歉。」李蓉垂下眼眸：「我習慣了。」

「那麼妳能不能告訴我，」裴文宣看著她，聲音溫和，「我說的那些話，妳聽明白了嗎？」

「明白。」

「高興麼？」

李蓉沒有說話，她看著裴文宣，許久後，她從齒縫擠出聲來：「高興。」

裴文宣驟然笑了。

「那就夠了。」裴文宣提燈上前，朝著馬車方向道：「我為殿下掌燈，回去吧。」

李蓉見裴文宣就這麼回去，她一時愣了。

片刻後，她反應過來，跟上裴文宣的腳步，忙道：「我不知道要怎麼回應你。」

「回應？」裴文宣轉頭挑眉，「妳要回應什麼？」

「你對我說這些……」

「我只是想告訴妳而已。」裴文宣走在她身側稍稍靠前的地方，替她打著路燈，平靜道，「我並不需要妳的回應。」

李蓉愣愣看著他，裴文宣笑起來：「殿下，那是上一世的事情了。有些話來得太遲，是不需要回應的，殿下不用想太多。」

「那……那都這麼久了，」李蓉奇怪看他，「你又一定要告訴我做什麼？」

「原也不知是為什麼。」裴文宣說著，伸手過去，扶著李蓉上了馬車，而後挑起簾子，同李蓉一起進馬車裡坐下。他放下車燈，坐在李蓉對面，笑道：「現下知道了。」

「嗯？」

「這是文宣上一世的結，難道不是殿下的嗎？」

裴文宣說著，伸手倒茶，柔聲道：「殿下心中有道理，道理之下，殿下對誰都寬容，都理解，恩怨分明，中正秉直。可是殿下不僅是公主，也是李蓉。」

「一個人，他是人，便就有情緒，其實當年殿下也會怨我、恨我，也會偷偷在意，我到底是個怎樣的人，我對殿下有幾分喜歡，對吧？而殿下對秦真真，哪怕道理上清楚明白她無過錯，並不將她放在心上，但也絕不會喜歡，不是麼？」

「這並不可恥。」裴文宣說著，將茶推往李蓉身前，他平和道，「這本就是該解決的。如果當年殿下把妳的情緒都說出來，或許那個時候，我就能給殿下一個更好的答案。可您太冷靜，也太理智。而那時候，我太年輕，也太無知。所以就只能讓誤會無限放大，然後再無聲掩藏，看上去好像早已無關緊要，但這些傷口都會在陰暗處默默潰爛。」裴文宣靜靜注視著她，「殿下，您不會疼嗎？」

李蓉不說話，她覺得裴文宣說得不對，又隱約似乎感知，他說的並不算錯。

裴文宣靜默了一陣，他心知這些話對於李蓉來說不好受，過了片刻後，他緩聲道：「所以我將這些話告訴殿下，並非想要得到什麼回應。殿下解開了心裡的結，後續我與殿下合作，才方便許多。」

「不然，總想著自己和一個心裡同時掛念兩個女人的男人合作，」裴文宣抬眼輕笑，「哪怕是朋友，不也覺得彆扭嗎？二十歲說自己不清楚，尚且能說是年輕茫然，五十歲還說自己不清楚，若非太蠢，便當真是心壞了。」

「我沒想過這麼多。」李蓉平淡出聲。

「我知道，殿下對這些事沒有這麼關心，畢竟殿下要想的事太多了，」裴文宣見李蓉否認，他立刻改了口風，神色認真，「可是，哪怕只是多讓殿下高興一點點，不也很好嗎？」

李蓉沒有回應，裴文宣端詳她片刻，見她不說話，便轉過頭去，眉眼帶笑，低頭抿茶。

李蓉緩了一會兒，終是無奈開口：「裴文宣，和你這個人相處，太累了。」

凡事都要追根究底，不容人半分喘息。

裴文宣喝了口茶，將茶杯輕放在桌上，隨後抬起一雙溫潤的眼，看向對面的李蓉：「可我卻覺得，同殿下相處，讓人高興得很。」

至少在他聽到那個姑娘在他身後喊那聲「裴文宣」的剎那，在他回頭看見她追上來的片刻，他覺得，當真是人生難逢的歡喜。

那一刻他便驟然明白，其實他要的從不是李蓉某一個具體的回應，他不需要她說什麼，也不需要她給什麼，他只需要知道。

原來這一場敲鑼打鼓的戲裡，李蓉也在臺上，不是他一個人，這就夠了。

李蓉聽著裴文宣的話，竟也沒有生氣，她看著面前人沉靜的眉眼，體會到他身上隱約幾分克制不住的愉悅傳遞而來，她便知這人鬧了這麼大晚上，如今心裡大概是舒服了。

李蓉沒有多說什麼，點了點頭算作回應，而後便坐在一邊，似乎是有些疲憊，閉眼小憩。

裴文宣轉頭看了李蓉一眼，見她要睡，便從旁邊抽屜裡取了毯子，蓋到她身上，一面蓋一面隨口道道：「今晚的事，妳找個機會，同秦姑娘解釋一下，以免她生誤會。以後我不撮合妳和蘇容卿，妳也別撮合我了。」

李蓉應了一聲。

「之前的事我和妳道歉，我不該總想著撮合妳和蘇容卿。」

「也無妨。」李蓉緩慢睜開眼，「有時候我覺得你說得也不錯，所以也並不怪你。只是一份感情，在明確之前，我不想驚擾他人。」

「什麼明確之前？」

裴文宣有些好奇，李蓉笑了笑：「你總在想要讓蘇容卿喜歡我，可是我並不確定我喜不喜歡他。至少得確定這件事，不是麼？」

裴文宣替她蓋好毯子，坐在她身邊，點頭道：「妳說的也是，是我想茬了。那從今個兒開始，我們換一個法子相處。」

李蓉抬眼看他，裴文宣輕輕一笑：「妳的事，我聽妳的，我的事，妳聽我的。」

「好。」李蓉應聲下來。

裴文宣見她應了，便站起身來，回了自己位置。

李蓉拉了身上的毯子，靠在馬車車壁上，歪著頭瞧著他。

裴文宣自己抽了一份摺子出來，在燈火下翻開，昏黃的火光勾勒了他的身影。

李蓉瞧了許久，裴文宣掃過摺子，突然想起來：「哦、還有，」他抬眼看向了李蓉，「太子殿下選妃一事，殿下需要早做定奪。今日宮宴妳雖然幫了他的忙，但他的婚事一日不定，便一日可能選出一個妳不想看到的人選，殿下若是心中有人選，需得早些布置。」

李蓉沒有說話，她斜靠在馬車車壁上，好久後，她緩聲開口：「今日川兒很高興，好多年了，他從來沒這樣親近同我說過話。」

李川雖然平日也同她打鬧，但同今日是完全不一樣的。

裴文宣不出聲，聽著李蓉有些疲憊感慨：「選妃一事，他應當是十分不喜的。」

「殿下是在猶豫什麼？」裴文宣其實已經清楚她的意思，卻還是多問了一句。

李蓉沒有開口，裴文宣思量片刻：「明天皇后娘娘應該會宣殿下進宮，殿下不如趁此機會和太子殿下好好談談。」裴文宣輕輕一笑，「在此之前，妳先多睡會兒吧。」

李蓉應了一聲，閉上眼睛。

裴文宣拿起摺子，緩了片刻後，他輕聲道：「不管是什麼結果，殿下要做什麼事，我終歸是陪著殿下的。」

「殿下只管往前就是。」

第四十六章　反骨

李蓉在公主府睡了一夜，第二日清晨，就接到了宮裡的宣召。

她早已準備好，宮裡的人一來，她就跟著侍從入宮，她心裡清楚，昨天她強行攪了柔妃和皇后的局，這事不可能這麼簡單善了。

她在路上思索著如何應對皇后的質問，很快就到了宮中。她剛入未央宮，就看見李川跪在地上，皇后坐在高座上，撬著額頭，似乎又犯起了頭疼。

大殿裡的人都已經撤了，就留母子兩人一坐一跪在大殿中央，李蓉進去之後便笑了，看了兩人一樣道：「這是做什麼，上次我來就這樣，這次還這樣，你們又吵架了？」

「妳還敢說？」上官玥聽見李蓉的聲音，大喝出聲，「跪下！」

若是李蓉年少，聽到上官玥這樣發火，早就慌了，但好在她已經是五十多歲的心性，便從容跪了下來，笑著道：「母后今日是怎的，發這麼大的火？」

上官玥聽著李蓉假作什麼都不懂，她冷著眼神抬起頭來，盯著李蓉：「妳我母子，還需如此虛偽嗎？」

李蓉看著上官玥冷下來的神情，她面上笑容也收起來。

「昨夜妳是什麼意思？」

「這話當我問母后。」李蓉平靜道，「母后是什麼意思？」

「本宮的意思很清楚！」上官玥大喝出聲，「本宮要上官雅做太子妃！本來我已經告知了川兒選雅兒的香，妳進來瞎攪和什麼？他是太子！」上官玥抬手指向李川，盯著李蓉怒喝，「他胡鬧，妳也跟著胡鬧嗎！」

「是兒臣的錯。」李川聽上官玥罵人，立刻叩首在地上，急促道，「一切與姐姐無關，兒臣說了，是兒臣請姐姐幫忙，還請母后息怒。」

李蓉聽明白過來，是李川把所有責任攬了，說昨夜的事是他讓她幹的。

上官玥聽得怒從中氣，她站起身來，在高臺上來回疾走，一面走一面罵：「昨夜多好的機會，就讓你這麼白白浪費了！你是瘋了還還是傻了？你父皇一直壓著你和阿雅的婚事，昨晚我們都準備好了，只要你選了阿雅的檀香，你舅舅會就帶人出來當場逼出一道聖旨，你選你姐姐的做什麼？你知道再得這麼一個機會要費多大的勁兒嗎！」

「是兒臣不是，請母后息怒。」李川麻木重複，跪在地上沒有起身。

李蓉看著上官玥在上面發火，心中有種難言的屈辱湧上來。哪怕這個人是她的母親，可是她也不知道為什麼，在看見李川這麼靜靜跪著聽訓時，她覺得可憐又可悲。

「你們到底在想什麼？你們不肯和楊家合作，這就罷了，如今連上官家，你們都要拋棄了嗎？家族聯姻何等大事，你們若不娶了雅兒，你舅舅還要如何信任你？」

「不娶一個女人，他就不肯信任了嗎？」李蓉驟然出聲，上官玥和李川都愣了。

李川抬起頭來，呆呆看著李蓉，詫異出聲：「姐？」

「川兒有什麼錯？」李蓉平靜出聲，看向上官玥，「上官家已經是三朝皇后，如今父皇與我們的矛盾從何而來，您還不清楚嗎？」

「所以我們必須綁在一起！」上官玥傾身向前，她盯著李蓉，「妳以為川兒還有退路嗎？他是上官家的孩子，註定已經沒有退路了。」

「既然綁得這麼死了，我們必須依賴上官家，那舅舅還有什麼不放心？一定要把他們湊在一起成親有什麼價值？什麼意義？」

這話把上官玥問愣了。

李蓉看著她，平靜道：「母后，其實我們都清楚，舅舅要的不是太子妃之位，是皇后之位。是這李氏每一代血統裡，都留著一半上官家的血統。妳已經是上官家的現在，舅舅想要川兒許諾的，是未來。」

「可這是李氏的天下，」李蓉認真看著上官玥，「上官家，該退了。」

「妳說什麼？」上官玥不可置信看著李蓉，「妳再說一遍？」

「我說，」李蓉提高了聲音，「上官家若還想好好的，它該退了！」

全場驟然靜默，上官玥愣愣看著李蓉。

李蓉站起身來，神色從容：「水溢則滿，盛極必衰。」她看著上官玥，神色平靜：「母后，父皇不可能容忍上官雅成為川兒的太子妃，一旦上官雅成為川兒的太子妃，父皇絕不可能讓川兒登基。他容忍不了，下一位帝王，還有一個上官氏的皇后。」

「讓上官氏逐漸退出皇城吧，母后。」李蓉低聲道，「這樣對所有人，都好。」

上官玥愣愣站在高臺上，李蓉轉頭看向李川，淡道：「起來，走吧。」

李川看了一眼上官玥，李蓉見他猶疑的模樣，大喝出聲：「起來！」

李川被李蓉一喝，慌忙起身。

李蓉朝著上官玥微微點頭，隨後道：「母后，我們先退下了。」說完，李蓉便領著李川走了出去。

出了未央宮，李川還有些回不過神，等走了好一截路，李川猛地反應過來，激動道：「姐，妳剛才太厲害了！」

李蓉瞪他一眼，用扇子敲在他腦袋上：「沒出息。」

李川被敲了腦袋，依舊還是很高興，他追在李蓉身邊，雖然已經努力克制，卻還是聽得出他情緒裡的激動：「我真的沒想到妳會這麼說，我一直以為阿姐也覺得我想得不對，會幫著母后來勸我。」

李蓉和李川漫步到御花園裡，她聽著李川的話，神色有些恍惚。

其實上一世，李川娶上官雅和四個側妃，的確是她勸的。那時候她覺得李川任性，然而如今想來，卻才覺得自己幼稚。沒有任何人，會因為單純的一段婚姻，就願意傾力相助。

秦晉之好，本也只是秦晉之間各懷鬼胎，利益衝突之時，一個女人又算得了什麼？

李川娶不娶上官氏，只要核心利益一致，上官家就一定會和李川綁在一起，娶上官氏對李川來說，百害而無一利。只是當年上官氏欺他們年幼，以不支持李川相威脅，那時候她尚未看透整個朝局裡各方真實意圖，才會受制於人。

她思路一路散漫而去，李川在旁邊絮絮叨叨著昨夜的實際情況，說了一會兒後，他小心翼翼開口：「姐，妳為什麼，突然會幫我啊？」

「我不是一直在幫你嗎？」

「不是這種幫。」李川想了想，形容道，「就是，妳好像突然知道我在想什麼了，妳以前肯定不會幫我這事的，妳肯定要跟著母后一起找我麻煩。」

「我找你麻煩，你就接受了？」

李川聽到這話，沒有出聲。

李蓉見他啞聲，轉過頭去，就看見李川低著頭，似是有些愧疚。

「怎麼不說話了？」

「其實的確是我任性。」李川苦笑起來，「妳自個兒嫁的人不是自己挑的，我又憑什麼要這種特權？算啦，不說啦，妳能幫我，我就很開心了，改天找個日子，我請妳吃飯去？」

李蓉聽著這話，低頭笑起來。

他們停在水榭前，李蓉想了想，緩聲道：「川兒，其實你不是任性，你只是不夠強大。」

李川轉頭看向李蓉，李蓉平靜道：「人只有在足夠強大的時候，才有選擇權，你想要選擇的權利，我永遠支持，可前提是，你有這個能力。」

「所以，」李川注視著李蓉，「如果我有能力做到這件事，不傷害不該傷害的人，那姐姐就不覺得我有錯，對嗎？」

「只要你覺得自己沒錯，」李蓉將目光從會面收回，看向李川，她笑起來，「就算我認為你有錯，也不重要，因為我不是永遠正確。」

「那如果我的想法和妳不一樣呢？」李川問得認真，眼神中帶了些許惶恐。

李蓉看著面前的少年，她從他身上，依稀看見日後幾分李川的影子。

她突然意識到，當年的李川，一個人奮力走在一條怎樣孤寂的絕路上。

他的父親憎恨他，他的母親利用他，他的姐姐也與他立在兩端，從不曾支持他，更不曾理解他。

李蓉靜靜注視著他，好久後，她緩聲道：「就算有一天，你和我想法不一樣，你也是我弟弟。我永遠不會放棄你。」

李川聽著李蓉的話，他也不知道怎麼的，就紅了眼眶。

他察覺自己失態，低頭笑起來，似乎有些不好意思，啞著聲道：「對不起，姐，我有些……我有些……覺得妳太好了。沒能保護妳……」李川頓住聲音，好久後，他才出聲，「對不起。」

少年他擔心李蓉和親，一心想日後平定四方，但還沒等他少年長成，他的姐姐就已經被迫嫁給一個不相愛的人。

李蓉聽出李川言語裡的愧疚，她愣了愣，片刻後，她遲疑著道：「其實……裴文宣，也挺好的。你不用擔心我，」李蓉笑起來，「我嫁得還可以。」

李川笑出聲來：「我感覺到了。」

李蓉挑眉：「嗯？」

「我覺得妳成婚以後，」李川抬眼看她，「笑得越來越多了。」

李蓉有些愣神，就是這個時候，侍從從小道趕過來，恭敬道：「公主殿下，駙馬在門口等著，說來接人了。」

「他煩不煩！」李川聽到這話，立刻道，「我不會送我姐回去嗎？讓他滾！」

「殿下。」裴文宣的聲音從不遠處響起來，「殿下事務繁忙，就不勞煩殿下了。」

「孤忙你不忙？你是不是閒得很？你閒和孤說啊，孤有的是事給你幹！」

李蓉聽李川罵人，忍不住笑起來。

裴文宣笑而不語，轉眼看向李蓉，解釋道：「剛下朝，聽說妳在宮裡，便想著接妳一起回去。」

「行。」李蓉點了頭，轉頭同李川道，「我們先走了，你下次再送吧。」

「那姐妳什麼時候有空，告訴我一聲，」李川趕緊道，「我請妳下館子。」

李蓉背對著他擺擺手：「隨時。」

兩個人一起走出宮門，李川看著兩個人的背影，過了好久，他忍不住笑起來。

而這時候，未央宮裡，上官玥也哭得差不多。

她緩過神來，侍奉她的嬤嬤翠玉低聲道：「您也別太難過了，公主和太子現下長大了，剛好是年輕氣盛的年紀，您別同他們計較，等以後他們就知道您的苦心了。」

「蓉兒這樣就罷了，」上官玥哭著道，「她畢竟嫁出去了，與宮裡也沒多大關係，可川兒這個樣子，妳讓我同哥哥怎麼說？」

「娘娘別多想，太子殿下一貫孝順，突然這麼逆反，一定有他的原因。」

這話點醒了上官玥，她猛地反應過來：「他怎麼會這麼抗拒婚事？他是不是心裡，有什麼人？」

翠玉從旁邊端了茶，恭敬道：「殿下年紀不小了，身邊有些雜七雜八的人也是常事，被人蠱惑了心思，也未必不可能。」

上官玥沉吟下去，片刻後，她立刻道：「讓人去查，最近太子身邊可有什麼可疑的女子。他去過那兒、做過什麼、遇見過誰，讓他身邊人統統報上來給我！」

第四十七章　爭奪

李蓉和裴文宣一起走出宮外，李蓉剛才想起來：「今日不去官署？」

「本有些事同妳商量，剛好聽聞妳在宮裡，就直接來了。」裴文宣解釋道。

「哦？」李蓉有些意外，「什麼事讓你這麼急著過來？」

「今日朝堂捷報，前線大勝。」裴文宣話出來，李蓉挑起眉頭，隨後聽裴文宣接聲道，「蕭肅報上來領賞的那批將領名單有了爭議。」

李蓉將這話過了一遍，立刻便明白過來。

蕭肅是柔妃的哥哥，以前就是個寒族，讀了幾年書，靠柔妃的關係一路提拔上來。這次李明端了楊家，再把李川派到戰場，透過操縱李川，讓世家被迫出力，費了不少力氣才把西北的局勢穩定下來，結果李明在立功前夕把李川緩下來，讓蕭肅強行換上戰場當了主將，這股氣估計還壓在上官家心裡。

上官家乃百年名門，在朝中多有姻親，此番和楊家對壘，朝中各家大族怕是出了不少力氣。而蕭肅乃寒門出身，是李明專門用來打壓這些世家的利刃，他給的領賞名單，就算不是他的人，也絕不可能是世家的人。世家前期廢了這麼大的勁兒，如今若是不撈點本回來，又怎麼可能鬆口？所以如今前線大獲全勝，這份名單送回來，世家立刻就要和李明吵起來。

「那他們是如何說呢？」李蓉手裡轉著小扇，思索著道：「蕭肅他們是動不了的，柔妃正得盛寵，要能動，他們早動手了，他們也就能撿軟柿子捏。」說著，李蓉想起來到：「蕭肅報了哪些將領？」

「一共十七位將領，」裴文宣說著，分析著道，「基本是科舉、寒門或二流世家。」

「秦臨可在裡面？」

李蓉馬上追問，裴文宣搖頭：「他不在，但秦風在，我聽了戰報，應該是蕭肅怕他資歷太淺，把他的功勞按在了他叔叔頭上。但都是一家人，這也無妨。」

李蓉應了一聲。秦臨如今還太年輕，太早冒頭，的確不好。但只要秦家能在西北站穩腳跟，秦臨出頭就是早晚的事。

「那麼……」李蓉輕敲著桌子，「世家怕是會從這些普通將領身上下手找麻煩了，陛下不會就這麼看著的。」

「對。」裴文宣應聲道，「下朝陛下就將我二叔叫了過去。」

裴家從裴禮之開始，就是李明專門扶持對抗士族的核心，裴禮之病故之後，裴禮賢繼續了他的路子，雖然才能並不如裴禮之，但還是占據了門下省納言的位置。

這位置雖不似裴禮之當年尚書省左僕射之位一般管轄六部，有實際執行權，但是卻也有封駁審議之權，與皇帝走得極近。

李明將裴禮賢叫過去，大約就是要商議如何和世家撕咬西北邊境這一塊大瓜。

李蓉更沒有說話，裴文宣坐在一邊，等了一會兒後，才道：「殿下怎麼想？」

「今日我與母后起了爭執。」李蓉淡道：「她一心想要川兒和上官家的人成婚，尤其是上官雅。昨日宮宴的事情她很憤怒，訓斥了我和川兒。」

「殿下怎麼說？」裴文宣知道李蓉不可能就這麼屈服於上官玥，便直接問了李蓉的應對。

李蓉緩聲道：「我將利弊同母后說清楚了，川兒娶上官雅沒有必要，反招禍端，但她看上去並沒有聽進去。」

「娘娘不可能聽進去。」裴文宣端茶輕抿，只道：「娘娘畢竟是上官氏的女兒，與上官氏密不可分，此番西北邊境戰亂，朝中世家都出了不少血，如果不以太子妃作為獎賞安撫世家，上官氏心中怕覺得不平，娘娘需要承受的壓力太大。」

李蓉沉默不言，裴文宣知道李蓉是在思考，他等了一會兒後，不由得輕笑起來：「殿下為何擔心？」

李蓉頗為不解，她抬起頭，看向神色中帶了幾分好奇的裴文宣：「什麼？」

「其實此事與殿下沒有太大關係。」裴文宣分析著道，「就讓世家和陛下鬥法，世家贏了，他們本就支持太子，沒什麼大礙。若是陛下贏了，蕭肅所舉薦的名單裡，一部分是我們的人，另一部分我們再另作辦法，殿下又有何擔心？」

李蓉沉吟，許久後，她緩聲道：「你真的覺得，世家將他們的人安排到西北邊境之後，他們的人，就是我們的人？」

裴文宣笑而不語，低頭倒茶。

李蓉見他並無回答的欲望，不由得道：「你為什麼不說話？」

「殿下，這得問妳，不問我。」

「什麼意思？」

「殿下上一世，不就是世家嗎？」裴文宣抬眼，神色平靜。

從李蓉成為長公主，李川登基開始，他們就已經不再是一路了。

「殿下上一世手中的權勢，完全等同於太子殿下的權勢嗎？」

李蓉說不出話來。

裴文宣雙手攏在袖中，輕輕一笑：「只有我活著的時候，殿下有一個需要打倒的人，一直需要太子殿下的說明，才會和太子殿下一直站在一起。若有一日我不在了，朝中唯有長公主一家獨大的時候，長公主的利刃，指的可能就是太子殿下了。」

李蓉抬眼看向裴文宣，她靜靜看著裴文宣，許久後，她終於道：「那麼，你的權勢，又屬於我嗎？」

「未來不知道。但至少此時此刻，」裴文宣答得誠懇，「連裴文宣這個人，都屬於殿下的。」

李蓉微微一愣，她看著裴文宣清明的眼，明知裴文宣是在說政事，卻仍舊忍不住心跳快了一拍。

她生生拉過眼神，看向窗外，摩挲著金扇上的紋路，繼續道：「你同秦臨聯絡好，他需要什麼說明，都給他送過去。朝廷這邊，我會讓拓跋燕幫秦家暗中打點，但這事不會讓其他人知道。秦家和我、和太子的關係看上去越遠越好。」

「明白。」裴文宣說完，兩人沒有多話。

過了一會兒後，李蓉轉過頭來，她將裴文宣上下一打量，看了許久後，她嘆了口氣，搖了搖頭，轉過頭去。

裴文宣被李蓉看得一臉茫然，不由得道：「殿下什麼意思？」

「裴文宣，」李蓉頗為無奈，「你這官怎麼升這麼慢啊？」

裴文宣聽得這噎人的話，輕飄飄看了李蓉一眼，無事人一般道：「殿下，您看來還是不夠受寵，不然我升官應該很快的。」

「看你那小嘴，」李蓉用扇子在裴文宣手上輕輕一敲，「可真招人煩。」

裴文宣笑了一聲，沒有搭理李蓉，自己取了摺子，低下頭去不再說話。

後面幾日，李蓉就讓人盯緊了各方動態，朝堂上就邊境各大將領封賞的問題爭論不休，核心不在於錢，在於職位。

一個蘿蔔一個坑，一個位置讓這個人上，另一個人就不能上，而楊家倒下後，西北這麼大塊肥肉，誰都想分一杯羹。於是每日就在朝堂上打嘴仗，世家攻擊著蕭肅推選出來的人，每次李明要賞，就說這個人有問題，李明強行要賞，中書省不肯下令，好不容易中書省下令，門下省又駁回，說也有問題。

李明氣得在宮裡砸了一夜的東西，等世家提出了一個獎賞的名單後，李明就直接撕了，駁回都不駁回。

兩方僵持了好幾日，在朝堂上天天吵。

裴文宣在御史臺，雖然官不大，卻是這次李明核心戰力，畢竟吵架這事，裴文宣以一打十毫無壓力，於是每天裴文宣回來，都累得要死，往床上一躺就睡。

李蓉本也不想打擾他，但每次她一回床上，就會聽見裴文宣迷迷糊糊問：「回來了？妳今天做什麼了？」

李蓉也不知道他是清醒不清醒，不過他問她就回答。她每日睡得足，精神好得很，有的是力氣回答裴文宣的問題。

她的日子比裴文宣悠閒許多，每日幹得最多的事，就是各處走一走，聯絡聯絡熟人，到茶樓裡聽聽士子清談盛會，看看有沒有什麼可以接近的人才。

她的日子或許太過無聊，隨意說幾句，裴文宣就睡了。

李蓉不免覺得好笑，不知道裴文宣這是個什麼習慣，一定要同她說幾句話，才肯睡過去。

轉眼吵了五、六日，李蓉把上官雅叫出來，偷偷同她打聽了消息，估摸著世家怕是不會再吵，應當會動真格了。

他們拿蕭肅沒辦法，拿李明沒辦法，便從這些封賞的官員裡，找出一個來殺雞儆猴，讓他們知難而退。要選一個人來嚇唬，當然得選這批軟柿子裡最硬、占據的位置最好那個。

李蓉拿著名單看了一圈，揣測著這些世家打算動的人應當是蕭肅最器重的山南蔣氏，再不濟也該是另外一些和蕭肅走得密切的人。

世家動了蕭肅的人，等於動了李明的人，李明必然不會善罷甘休，怕是要狠狠回擊，這麼一來二往，等他們累了，李蓉就可以出面暗中去說合世家和李明，選一堆不沾邊的二流世家來充填位置。

李蓉算盤打得好，她連人選名單都準備好了，誰知第八日夜裡，她正睡著，外面就傳來了急促的腳步聲。

那晚大雨，雨聲淹沒了外面的聲音，李蓉只隱約聽到人聲和雨聲交織，她還睡得迷糊，便被人抬手蓋住眼睛，提醒她道：「點燈了。」

李蓉緩過神來，裴文宣緩緩放開手，讓李蓉適應了光線，起身道：「我出去看看。」說著，裴文宣便披了衣服起身走出去。

李蓉見靜蘭進來點了燈，便知一定是出了事，她倒也不慌忙，起身穿了衣服，剛才穿好外衫，就見裴文宣折了回來。

他面色極為難看，手裡捏了一張紙條，冷著聲道：「刑部的人把秦家封了。」

聽到這話，李蓉猛地抬頭：「什麼！」

「昨天下午，由御史臺遞交的摺子，參奏秦家參與了楊氏案，同楊氏一起勾結戎國，通敵賣國。刑部連夜處理，由刑部、御史臺、大理寺三司一起下的搜查令，此刻已經調了城南軍的人將秦家圍住了。」

「那你還站著做什麼？」李蓉大喝出聲，直接往外道：「你即刻進宮稟告陛下，我這就帶人過去。」

「妳帶人過去做什麼？」裴文宣一把抓住她，急道，「妳若是過去，秦家與妳和太子的關係就暴露了！」

「我若不過去，他們搜查完就什麼證據都有了！還在意什麼暴露不暴露！」

李蓉伸手推開他，連傘都來不及取，便大喝著調了人手趕了出去。

裴文宣咬了咬牙，終於還是要了一匹馬，拿著權杖直衝入宮。

李蓉領著人一路奔向秦府，等到的時候就發現秦府哭喊聲成了一片，士兵將秦府圍得嚴嚴實實，李蓉不敢貿然出去，她站在暗處觀察著形勢，思索著對策。

大雨澆得整個世界霧濛濛一片，根本看不清周遭，李蓉站在雨裡，心中又驚又怒。

這批人是怎麼看上秦家的？

明明她早已經暗中讓拓跋燕打點過世家裡的人，而且秦家也絕不像山南蔣氏等人一樣引人注目，怎麼算，世家動手都不該從秦氏開始。

李蓉深吸了一口氣，決定先不管其他，上去拖住時間再說。只是她剛一動作，就有一隻手驟然伸出來，一把抓住了李蓉的裙角，李蓉猛然回頭，就看見旁邊的竹筐中，一隻手從裡面探出來。

李蓉一把掀翻了竹筐，看見裡面蹲著一個十幾歲的姑娘，她渾身顫抖著，臉色煞白，李蓉瞬間認出她是秦真真身邊的侍女。

李蓉蹲下身去，冷靜道：「我與秦臨相識，是來救你們的，妳家小姐呢？」

姑娘顫抖著唇，抬起手來，指向北方，結巴道：「跑……跑……」

李蓉立刻明白了這姑娘的意思，站起身來，便領著人按著她指的方向追了出去。以她對秦真真的瞭解，秦真真雖然中正得近乎天真，卻並不蠢，她這麼拚死跑出去，一定是她知道發生了什麼，帶著什麼東西離開。

李蓉追了片刻，便看見巷子牆壁上有劍痕，李蓉順著劍痕一路追出過去，沒多久後就看到了血，雨水將血液迅速稀釋，李蓉在黑夜裡努力辨認著雨水、血水、劍痕還有各種打鬥的痕跡。

這些痕跡一路蔓延到窄巷盡頭，這巷子盡頭似乎是普通百姓用來堆放雜物的，那些東西堆了半牆高，所有人下意識就往牆後面追去。

李蓉沒動，她在周邊掃視了一圈後，將目光凝在了雜物中央的一個木箱裡。她疾步上前，一把掀起木箱的蓋子，也就是那一瞬間，寒光斬破夜雨，一把染血的劍直直抵在李蓉脖子上。

李蓉看著渾身染血、面色蒼白的秦真真，對方似乎是受了很重的傷，她低低喘息著，和李蓉僅只有咫尺之隔。

秦真真審視著李蓉，手中的劍握得極穩。

李蓉俯視著面前這個似如鬥獸一般的少女，神色平穩，許久後，她平靜開口：「把劍拿開，我是為救妳而來。」

「我怎麼信妳？」秦真真沙啞開口。

李蓉靜靜看她，沒有半分驚慌：「妳若不信，就直接殺了我。」

秦真真不說話，她捏緊手中的劍，良久，她收了手中劍，從木箱裡艱難撐著自己起身。

李蓉一把扶住她，秦真真身上帶著傷，一動傷口就開始流血，她按住傷口上的血，喘息著道：「走。」

第四十八章 督查司

李蓉扶過秦真真，立刻召喚其他人來，一面讓人去取了馬車，一面讓人清查了周邊，確認周邊沒有人看到之後，她讓秦真真上了馬車，立刻趕回公主府。

秦真真身上有傷，李蓉從抽屜裡拿出了常備的藥來，替秦真真包紮好傷口，秦真真咬著牙關沒有吭聲。

到了公主府後，李蓉叫了公主府中的大夫過來會診，大夫把傷口清理過後，又開了藥，才轉頭同李蓉道：「這位姑娘身上都是皮外傷，稍作休養即可，殿下不必擔心。」

李蓉點了點頭，讓人先下去。

她站在床邊片刻，秦真真閉著眼，似在休息，她想了想，正要出聲，就外面傳來喧鬧之聲。李蓉趕緊出了內室，剛繞過屏風，就見裴文宣和李川走了進來。

「什麼情況？」

李蓉立刻抬眼看向裴文宣，裴文宣身上還帶著雨，神色沉凝：「他們查封秦家的流程沒有問題，現下陛下也只能是加派中間人手，盡量保證他們不要出差錯。」

「加了誰？」

「蘇容卿。他是刑部侍郎，身分高，而且沒有參與此次爭端。」

李蓉聽了蘇容卿的名字心下稍穩，裴文宣見得李蓉神色變化，他動作頓了頓，隨後又道：「我在宮門口前遇到太子殿下，他要來找妳，我便領著他一同回來了。」

李蓉應了一聲，她轉頭看向李川，李川眼眶微紅，神色卻是極冷，李蓉心知他在宮中必然是發生了什麼，便道：「你怎麼進宮了？」

「我去找母后了。」李川沙啞出聲。

李蓉頓了頓，猶豫道：「然後呢？」

李川沒有開口，許久後，他突然道：「這個案子，姐姐來查吧。」

李蓉愣在原地，李川平靜道：「我不好動手，我若動手，世家反彈太大，我怕他們會立刻考慮想辦法廢了我，現在父皇不信任我，我不能對世家太過強硬。」

「你想對此次參案之人動手。」李蓉肯定出聲：「這些都是舅舅的人，你想好了？」

「想好了。」李川冷靜道：「不聽話的刀，不磨掉銳角，我不要。」

李蓉沉默不言，過了片刻，她緩聲道：「母后和你說了什麼？」

「我得知秦家的事後，進宮質問於她。此事風險太過，若能如此顛倒黑白，僅憑世家內族關係，就將一個寒門世家的案子辦成鐵案，對於父皇來說，這是多令人忌憚之事？而且，朝堂之爭，如此誣陷滅人滿門，」李川閉上眼睛，「手段太過。」

「母后如何說？」

「她問我是不是和秦真真有私情。」李川笑起來，似是覺得荒唐，「問我是否因此不願娶上官雅。」

「她派人查了我。之前去找秦臨的事被她查到，她以為我是為了秦真真去找秦臨，後來宮宴之上，秦真真調香第二，我與秦真真多說了幾句話，也被她知道。」

「加上近來因為調香上秦真真出了風頭，宮中盛傳，父皇似乎有意將她封為太子妃，母后擔心秦真真威脅上官雅的位置，於是傳了消息給舅舅。」

李川有些苦笑：「舅舅剛好準備拿出一個家族殺雞儆猴，便選了秦家。」

「他們要拿一個家族開刀，我並不意外。只是我也沒想到，竟然會是如此雷霆手段。」李蓉也猜到上官家會選出一個家族來打壓，只是她也沒想過，扣上的會是通敵賣國的罪名。

這樣的重罪，誰都看得出來，這是上官家給李明的警告，而如今看來，也是給不願納太子妃的李川警告。

李川看上去有些疲憊，李蓉不說話，李川抬眼看向她，緩聲道：「姐，妳說過，一個人足夠強大，才能有選擇權。」

「是。」

「那麼，今天孤問妳一句，」李川注視著她，「妳要不要權力？」

李蓉沉默著，李川平靜看著她，繼續道：「如果妳想要，秦氏案是一個絕好的機會，孤會傾力扶持。」

「你要怎麼扶持我？」李蓉抬眼看向李川。

「父皇現在缺一個人。」李蓉聽李川平靜道：「一個位置夠高，能順理成章從品級上壓人，而且世家不敢動手、也不能動手的人，去幫陛下清理朝堂。上一次楊氏案沒有人願意審，父皇的人想審，但資格和能力都不夠，所以妳和裴大人被逼出面。這一次也是一樣。等未來，還會有許多次這樣的情況，世家姻親互聯，有能力的人不願出頭，願意出頭的沒有能力，所以這是妳最好的機會。」

李川繼續道：「妳今日可找一個合適理由，找陛下投誠，趁此機會，以徹查此案之名，建立一個獨屬於妳的衛隊，直屬於陛下分管，不納入三省管轄範疇，作為獨立於朝堂之外的監督，有生殺奪於之權。我方才與裴大人商討過，可設名為督查司。」

李蓉聽了這個名字，迅速看了裴文宣一眼。

裴文宣垂眸不言，李川繼續道：「妳設立此司，世家這邊若要找妳麻煩，我會壓著，母后也不會允許，他們不敢動妳太過，妳是如今查辦秦家案最適合的人選，所以妳現下去找父皇說，他一定會同意。」

「而日後，若我登基，」李川走上前，壓低聲音，許諾道，「這個督查司，依舊是妳的。」

這才是完全直屬於她的權力。

李蓉不言，李川見她斟酌，遲疑片刻後，緩下聲來：「不過此事風險太大，姐姐也不必急於決定。若姐姐不願意，也無妨。」李川看著她，頓了頓，神色鄭重，「無論如何，妳都是公主。」

李川說完，轉頭看向屋外大雨，低聲道：「我要準備早朝，姐姐好好休息吧，我先走了。」

「為何突然讓我設立此司？」李蓉突然開口。

李川背對著李蓉，看著夜雨，許久後，他終於道：「我理解父皇，也明白他要什麼，我一直想努力成為母后和姐姐心裡那個太子，可我漸漸發現，我做不到。姐姐妳說得沒錯。」

李川轉過頭來，看著李蓉，緩聲道：「我是太子，是李氏子孫。他們欲欺我至此，我不能忍。此司妳若不建，也會有他人建，早晚，它都會出現。我想若它出現了，不若交到姐姐手裡。」

李蓉沒有說話，李川沉吟片刻，抬手行禮，只道：「我先回了。」

李蓉應了一聲，和裴文宣一起行禮送走李川。

等李川走後，李蓉站在原地一直沒說話，裴文宣靜靜陪著她。

過了許久後，他才道：「妳先回去加件衣服，秦家已經入獄，此事不急……」

話沒說完，旁邊就傳來一聲輕呼：「殿下。」

李蓉和裴文宣一起轉過頭去，看見秦真真站在屏風旁邊。

裴文宣詫異看了李蓉一眼，想問點什麼，又不敢多話，只是不著痕跡退了一步，站到了李蓉身後。

李蓉靜靜看著秦真真，隨後就見秦真真握劍跪下，跪在她身前。

「民女願為殿下赴湯蹈火，懇求殿下，啟建督查司。」

「赴湯蹈火。」李蓉輕笑，「妳一個寒族世家姑娘，能為我做什麼？難道我還能讓妳去聯姻不成？」

「民女命薄身輕，除手中長劍，再無其他。若殿下願意……」秦真真抬起頭來，直視著李蓉，「此世可再無秦二小姐。」

李蓉看著秦真真的眼睛，她突然知道秦真真要什麼。

秦真真的確不屬於華京，也不屬於朝堂。

「我要妳殺人呢？」

「可。」

「我要去妳西北呢？」

「好。」

「秦真真，我不會為了妳一個人做這種決定。」

「但殿下做這個決定之時，」秦真真認真道，「就已經是我秦氏的恩人。殿下可以不要這份恩情，我卻不能不報。」

李蓉不說話，兩人靜靜對視，許久之後，李蓉摔袖轉身：「妳歇下吧，我再想想。」

李蓉吩咐了旁邊人照顧秦真真，直接往外走了出去。

裴文宣走在李蓉身邊，兩人並肩走在長廊上，李蓉摸著手中金扇，沒有出聲。

外面大雨淅淅瀝瀝，烏雲壓得天色黑漆漆一片，燈籠在長廊上被風吹得輕輕搖晃，裴文宣走在李蓉身邊，替她擋住襲來的寒風。

兩人一直靜默無言，過了許久後，李蓉突然道：「為何要同川兒提督查司？」

督查司是後來李明建出來的，由肅王一手掌握，但肅王年幼，實際上真正的操控者是後宮的柔妃。

這鬼機構後來給李川惹了不少麻煩，李川被廢時，許多案子都是督查司查出來的。

「殿下今日從宮裡回來，便下了決心要給世家一點顏色，讓他們知道自己的分寸。」裴文宣緩聲道，「太子殿下願意支持，有楊泉案在前面給殿下鋪路，現下又有秦氏案給殿下機會，如今不是最好的時機嗎？」說著，裴文宣提醒道：「反正要建，不在柔妃手裡，就在其他人手裡，我也不過就是給殿下一個選擇罷了。」

「我還有得選嗎？」李蓉淡聲開口。

「殿下只要捨得下權力，」裴文宣看著長廊盡頭，雙手攏在袖間，緩聲開口，「有什麼不能選？」

「不建督查司，甚至對太子不聞不問，您還是我的妻子，平樂公主。」裴文宣說著，轉過頭來，笑起來：「建立督查司，贏了，便是一人之下、萬人之上的長公主殿下。輸了，千刀萬剮、屍骨無存，也端看殿下喜歡。」

「我若什麼都沒有，我還會是你的妻子嗎？」李蓉覺得有些好笑，裴文宣沒說話。

李蓉問話過他腦海那一瞬間，他也不知道怎麼的，下意識就覺得——

若李蓉什麼都沒有，她或許就可以是他一輩子的妻子。

但這個念頭一閃而過，他沒有深究，無論是或不是，這個答案，都不適合在這個時候告知李蓉，因為他清楚知道，李蓉這個人不僅不會信，說不定還得踩兩腳。於是他輕笑起來：「也許有一天，到了那時候，妳就知道了呢？」

「那算了。」李蓉笑起來，「這代價太大，我還是不知道為好。」

兩人說著，一起走到房門前，李蓉緩聲道：「你要準備上朝了吧？去另一個房間換衣服，我好好想想。」

裴文宣應出聲，李蓉推開大門時，他突然叫住李蓉：「殿下。」

李蓉沒有回頭，聽身後人道：「其實不管妳選哪一條路，如果有一天妳千刀萬剮，我肯定在妳前面。」

如果她只是他的妻子，她死了，一定是別人從他屍體上踩過去。

如果她建立督查司，她完了，一定是他也已經完了。

無論是作為夫妻，還是作為盟友，他們早就生死與共。

「所以，」裴文宣放輕了聲音，「選一條妳喜歡的路。」

李蓉背對著裴文宣，不由自主揚起嘴角，只道：「知道了，聒噪。」說著，她進了房間，關上大門。

她進門之後，站在黑暗裡，隨後她走到書桌邊上，找了個位置坐下來。

建立督查司，上一世類似的事情她不是沒做過。

一個人權力的來源，一定源於他手中握著什麼決定著他人的權力。能決定的人越多，決定的範圍越大，她所真正管控的權力，也就越多。比如說現在的裴文宣受她掌控，核心是裴文宣需要她的錢、她的人，以及她公主的身分，讓他在官場上能夠無聲震懾其他人，可是錢、人、身分，這種東西並不是稀缺的資源。

她要構建以自己作為核心的權力中心，就一定要涉及掌握權柄的事。上一世她也建立過類似督查司的機構，但是大多是藉著長公主的身分，沒有這麼直接建立一個獨立於三省的機構出來。

督查司是一把利刃，用不好，她或許就會傷了自己。

李蓉閉上眼睛，用扇子輕敲著手心，將整個局勢全部梳理了一遍。

如今她有三條路走，第一條，按照上一世一樣，勸說李川迎娶上官雅為正妃，秦真真為側妃，只要秦真真對太子妃沒有影響，皇后不會堅持除掉秦家。

但這樣一來，李川就徹底暴露秦臨這張牌給上官家，完全依賴世家。李明未來會找一個理由廢掉太子，李川就得再一次依靠世家力量登基。但這一世楊家倒得太早，未來到底會有什麼變化，也不知曉，而依賴於世家，世家和李川的矛盾，依舊會在未來爆發。

第二條，不管所有事，讓李川和裴文宣自己去管，要麼李川徹底放棄秦家，要麼李川會回到第一條路，但無論如何，李川依舊要接受上官家的控制。

而第三條，建立督查司。

李蓉睜開眼睛，看向天明後的微光透過窗戶落在地上，她眼神一片明亮。

世家是刀，可刀必須有鞘，如今的寒族不足以為鞘，所以她得去當那一把刀鞘。

建立督查司，徹查涉及秦氏案的人員，用她的督查司威懾世家，然後暗中和上官家的其他人接頭，扶持新的上官家主。

這樣一來，她就可以徹底掌握上官家，威懾世家，甚至可以有權力直接扳倒柔妃，不用像現在一樣處處受人掣肘，而未來的柔妃沒有督查司，也就艱難許多。

世家成為了有刀鞘的刀，為她所掌控，未來李川和世家的矛盾，才能化解。上官家才不至於像上一世一樣，除了一個上官雅留在宮裡，若不是她拚死護著，大半人都慘澹收場。

權力要在她手裡，她才有選擇的餘地。

李蓉想到這些，有一種熟悉的熱血翻滾在血管裡。

如同裴文宣所說，督查司這條路，是最好的路，也是最危險的路。

「千刀萬剮……」李蓉扇子輕敲著手心，片刻後，她低笑出聲來。

她站起身，來到書桌前，將整個督查司的設立計畫預想了一遍，然後寫成了一份摺子。

她一面寫著摺子，一面吩咐外面的靜蘭：「靜蘭，去請秦小姐，讓她過來一趟，再讓人去宮裡，駙馬下朝就給他攔住，讓他回來找我。」

靜蘭應聲，沒一會兒秦真真就被領到房間來。

秦真真換了一套衣服，面色還有些蒼白，她進來先給李蓉行禮，李蓉抬手讓她起來，一面寫著摺子，一面道：「我等一會兒會入宮要求審查秦家的案子，妳有沒有什麼東西要給我？」

秦真真聽得這話，抬眼看向李蓉，眼中帶了幾分期望：「殿下答應了？」

「督查司的事，我會同陛下商議。至於妳，」李蓉抬眼看向秦真真，「我給妳路選。」

秦真真愣了愣，李蓉直接道：「妳不適合華京也不適合世家內部婚姻，今日妳有兩條路，把妳從秦家帶出來東西給我，我讓人保護好妳送回秦家，妳依舊是秦二小姐，未來妳會嫁給華京一個好人家，相夫教子，就此一生。」

「第二條路呢？」秦真真看著李蓉，直接詢問。

李蓉凝視著秦真真的眼睛，她想起上一世秦真真合上棺槨那一刻。

她躺在棺木之中，懷中抱著一把長劍，那不是尋常貴妃有禮制，那是李川強行給她放進棺槨中的。

李蓉看著她，許久之後，她出聲道：「督查司若建起來，查秦家案，或許會用些非常手段，我需要一個武藝高強的人幫我，動手之後，世家或許會有非常報復，他們不敢找我，會找我手下人的麻煩。」

「妳要我當那個人。」秦真真立刻出聲。

李蓉應聲：「對，秦家案結束，妳不能在華京再留下去。我會直接送妳去西北，西北現下楊家已倒，亂成一片，妳在西北建督查司分屬，協助秦臨拿到西北兵權，穩住西北。等日後我羽翼豐滿，再做圖謀。」

「但從此以後，」李蓉放沉語氣，「妳不姓秦，也不是秦家女，以免妳做的事牽連秦家。秦真真這個人，我會安排一個合理的死法。」

秦真真沉默著沒說話，李蓉低頭寫下摺子最後一句，而後她放下筆，抬起頭來：「給我一個答案。」

秦真真廣袖一展，跪下叩首，恭敬出聲：「請殿下賜名。」

李蓉並不意外秦真真的選擇，她靜靜看著秦真真，只道：「不後悔？」

「殿下為秦氏行於荊棘之路，民女安敢獨善其身？民女手中有劍，」秦真真抬頭，神色認真，「願為殿下手中兵刃，助殿下，劍指四方。」

「我不是為了秦氏，」李蓉迎著她的眼神，「妳若是報恩，不必如此。」

「我也是為了我自己。」秦真真答得認真。

李蓉看著她，許久後，她拿著摺子，走過秦真真：「日後妳叫荀川。起來吧，同我一起入宮。」

秦真真站起身來，跟在李蓉身後，李蓉拿著摺子：「妳家裡給妳的東西是什麼？」

「秦家內部的家族權杖。」秦真真低聲道，「還有爺爺自陳清白的血書，本讓我帶到西北去給三叔和哥哥。」

「好。」李蓉點頭，領著秦真真走出去。

秦真真身上的傷口浸出血來，下意識抬手去捣，李蓉掃了一眼，笑起來道：「今天可能得委屈妳了，看著越慘越好。」

「聽殿下吩咐。」

兩人上了馬車，不一會兒就到了宮門前。李蓉在宮門口等了一會兒，裴文宣剛下朝就得了李蓉的人來通報，讓他到宮門口見她。

裴文宣得了消息，下朝便興致勃勃趕了過去，高興捲了簾子跳進馬車，歡喜道：「今兒妳可是有事求……」

話沒說完，裴文宣就僵住了。

他抬眼看見坐在裡面的秦真真，又看了一眼李蓉，猶豫了片刻後，他轉身道：「要不我換個馬車……」

「坐下。」

李蓉直接開口，裴文宣立刻坐在了李蓉邊上，彷彿靠李蓉近一點，就能得到某種安全感。

李蓉奇怪看他一眼，繼續道：「我入宮去找陛下，就說秦真真是你舊識，跑出來之後找到你，為你所救，你將她引薦給我，我不忍看秦家慘烈景象，所以決定來給秦家做主。」

裴文宣應了一聲，只道：「嗯，我會和陛下交代，是我挑撥妳和皇后關係，讓妳想掌握自己的權勢，妳才有了建督查司的心。」

「好。」

「摺子你看看。」李蓉將摺子交給裴文宣，「看看有沒有問題。」

裴文宣應聲接過來，將李蓉摺子掃了一遍，隨後道：「就這樣。」

兩人商議對好了口供的細節，讓秦真真如實說就行，只是把救人的人改成裴文宣，不要說是李蓉。

三方對好口供，到了御書房，裴文宣和李蓉下來，秦真真有傷，就讓她先在馬車裡休息，兩個人一起站到御書房門口，讓人通報給李明。

站在門口時，裴文宣明顯輕鬆了很多。

李蓉瞟了他一眼，淡道：「你在馬車裡瞎緊張什麼？」

「我也不知道。」裴文宣嘆了口氣，想了想，不由得道，「大概就像蘇容卿在馬車裡時，妳的感覺一樣吧。」

李蓉頓時明白了這種感覺，她想了片刻，湊過去，小聲道：「得麻煩你一件事。」

裴文宣聽這話就直覺不好，扭過頭去，有些警惕看著李蓉：「妳這麼說話，慣來不是好事。」

李蓉笑了笑，露出一個討好的笑容：「等會兒去官署，替我約一下蘇容卿？」

裴文宣：「……」

李蓉挑眉：「你連這點忙都不幫，還敢說是朋友？」

「時間地點。」裴文宣轉過頭去，面上一派雲淡風輕，「要妳不知道定哪兒比較好，我還能幫你。」

「那您給我推薦一下？」

「聽風樓樓頂，聽風賞月談心，有格調得很。」

裴文宣這建議李蓉聽著不錯，就算是談正事，李蓉也喜歡風雅一點。於是她小扇往手心一敲，高興道：「好極，那就定在今天下午聽風樓。黃昏對飲，頗有雅趣。」

「別做夢了。」裴文宣斜瞟她一眼，嘲諷道，「這地方熱鬧，得提前一個月定，妳自己隨便找個茶樓談完就算了，還要什麼格調？」

「你這話就不對了。」李蓉立刻糾正他：「蘇公子……」

話沒說完，福來就走了出來，打斷了兩人。

「公主、駙馬，陛下請二位進去。」

兩人對視一眼，李蓉點了點頭，便提步走了進去。

第四十九章　撩人

兩人跟在福來身後，相隔得很近，李蓉靠近裴文宣，用極小的聲音道：「配合著些。」

裴文宣還沒反應過來，就見李蓉看見了李明，然後上前了一步，急急往前一跪，大聲道：「父皇！您快來為臣子做主啊！」

這一聲驚得李明手上一顫，裴文宣也嚇了一跳，但他面上不顯，恭敬先同李明行禮：「陛下。」

「這是出了什麼大事？」李明抬眼皺眉，「一驚一乍的，還有沒有點公主樣子？」

李蓉面上帶怒，只道：「父皇，你聽兒臣細稟，今日兒臣剛醒，就聽秦家……」

「妳先別說了。」李明一聽是秦家的事就直接打斷了李蓉，抬手示意兩個人起身落座，轉頭同裴文宣道，「這事你昨夜進宮來找過朕，你說。」

「是。」裴文宣沉穩道，「昨夜我與殿下在公主府中，聽聞刑部帶人圍了秦府，微臣便連夜入宮求見陛下，陛下派了蘇大人過去，但刑部發出的文書齊全，抓捕秦氏的確是合理、合法，所以蘇大人只能放行。」

大夏審案的流程一般都是由底層府衙、華京順天府處理普通案件，底層的官府處理不了，又或者涉及官員，就由底層官府或御史臺向刑部、大理寺提請審查立案。刑部主管普通案件和官員案件，大理寺則主管涉及皇室宗親的案子。

刑部和立案後，若決定抓捕，則直接由內部官員簽發批捕令，若對方品級過高，則往上彙報至左右僕射，也就是眾人口中慣稱的左相、右相，而大理寺立案批捕，則需報告給皇帝。

秦氏並非皇族，家中最高品級也不過正四品，御史臺提請立案，刑部立案，提請報到左相上官旭手中簽發批捕令，整個流程沒有半點問題。就算是李明去了，要強行攔下來，也沒有道理。

這個流程若是平日，倒也沒什麼。可就瞅在雙方糾結西北官位冊封問題上時出現，便其心可昭了。

這件事是早上李明已經知道的，他端了茶，緩聲道：「所以呢，你們這麼衝進來是來做什麼？」

「微臣告知陛下之後，回府路上，突然遇到一女子求助，微臣救下此女，發現此人正是秦府二小姐。秦家與我父親本是舊識，我與二小姐年幼相識，二小姐向微臣言及秦氏蒙冤，於是微臣將此秦小姐帶回公主府中交給公主，公主審問之後，得知秦家冤屈，憤於此事，」裴文宣說著，看了一眼李蓉，繼續道，「故而與臣一同入宮。」

「秦小姐跑出來了？」李明思索著，抬眼道，「人呢？」

「在外面。」

裴文宣應聲，李明看了一眼福來，福來忙出去，將人領了回來。

秦真真身上都是傷，血早就染透了白衣，她蒼白著臉跪在李明身前，恭敬道：「見過陛下。」

李明見她的樣子，嘆了口氣：「一個姑娘家，怎麼弄成這個樣子？」說著，他抬了手：「起來吧。」

旁邊人扶起秦真真，秦真真坐到位置上，李明見她坐下來，只道：「怎麼回事，妳說吧。」

秦真真低聲道：「稟陛下，昨夜官兵圍困秦府，提及秦府夥同楊氏，通敵賣國，此乃一派胡言，祖父危機之下，寫此陳冤血書，交付於民女，命民女尋找機會，面呈於陛下。」說著，秦真真又跪下去，雙手奉上一個盒子，福來趕忙上去，將盒子交到李明手中。

李明打開盒子，見是一封鮮紅色的血書，上面是秦家一家的自白，言及自己絕無謀反之意。除了這封自白的血書，還包括了另外一疊簽字畫押的紙張，上面是秦家人各自陳述參加幾次戰役的戰場戰況，這些「口供」都簽上了秦家人的名字和日期，並都做出了說明，無論日後有其他任何口供，都以此份口供為准。

李明一封一封看過去，緩了片刻之後，他抬眼看了一圈這些年輕人，隨後道：「秦小姐身受重傷，平樂，妳先照顧著秦小姐下去。」

李蓉聽到這話，站起身來，扶著秦真真要走，秦真真目光落在那個放著口供的盒子上，李蓉拍了拍她的手，低聲道：「放心。」

秦真真深吸了一口氣，終於同李蓉一起走了出去。

等李蓉走後，李明和裴文宣留在殿內，李明慢條斯理合上盒子，緩聲道：「你把這姑娘帶來得太早了。」

如今秦家什麼審查結果都沒有，這些證據此刻毫無效果，只有等定案時候，這些口供才可以作為翻案時的原因。

裴文宣知道李明的意思，笑著道：「給秦氏翻案是早了些，但若是要做準備，卻是不早了。」

李明抬眼看向裴文宣，裴文宣壓低了聲，似是暗示著什麼：「陛下，平樂公主來了。」

「你賣什麼關子？」李明嗤笑：「年紀輕輕的，那些老臣裝神弄鬼的伎倆，倒學了不少。」

裴文宣聽李明罵，卻也沒氣惱，依舊笑咪咪道：「陛下，之前楊泉案時，殿下被關在牢獄之中，近兩月時間，皇后卻都不聞不問。如今平樂殿下嫁作人婦，又見得如此不公，心中有氣，也是自然。」

李明聽著裴文宣的話，心裡便明瞭了幾分。知道裴文宣是在暗示著李蓉和皇后生了間隙，如今李蓉嫁了人，裴文宣煽風點火，便有了其他想法，想藉著秦家這個案子，撈點什麼。

李明倒不介意臣子從他這裡得到東西，只要這個臣子給的分量足夠，更何況這個臣子是李蓉。

李蓉畢竟是他的女兒，如果能順著他的意，那是再好不過。

李明從桌上端起茶，只道：「她想做什麼。」

「微臣同殿下商量了。」裴文宣恭敬道，「如今朝中世家龐大，朝綱不振，總需要那麼幾個人，來當這個破冰人。殿下身分高貴，乃太子親姐，從品級上說，除了陛下相關的事，這朝堂之上，殿下管誰，只要陛下願意，都是應當。」

李明轉著手中的檀木珠，聽著裴文宣繼續分析：「殿下如今差的，只是一個職位。」

「她想要權。」李明淡聲開口：「要多大的權力？」

「那取決於陛下想讓殿下做什麼。」

裴文宣應答的平靜，李明抬眼看他：「你覺得她能做什麼？」說著，李明嗤笑出聲：「朕給她權力，她守得住嗎？」

「不還有微臣嗎？」裴文宣面上帶笑，提醒道，「微臣，畢竟是殿下的丈夫。而且，太子也是殿下的弟弟。」

太子代表著世家，世家再如何，也要顧及太子和皇后幾分。

有許多事，別人做了，可能就是個死。可李蓉來做，若真殺了她，那要承受的就是太子、皇后以及皇帝三方的怒火，不到一個極限，李蓉可以做的事，遠比普通人多。

李明想了一會兒，隨後道：「你們已經有想法了？」

「有了。」裴文宣恭敬道，「都在公主殿下要呈上來的摺子上。」

「那……」李明猶豫著，緩聲道，「把摺子給朕，朕再想想，你帶平樂先回去，讓她好生照顧著秦小姐。」

裴文宣應了一聲，福來得了李明的話，趕忙出去，同李蓉要了她準備好的摺子後，便折了回來。

裴文宣同李明告退，走之前，他將目光落在李明手上的證據上。

李明見他不走，只盯著自己手邊的木盒，他反應過來，有些哭笑不得道：「想要就說話，這麼盯著這東西做什麼？」

裴文宣恭敬笑開：「陛下賜給臣，臣才敢要。陛下不說話，微臣又怎麼敢主動開口？」

裴文宣無孔不入說著好話，李明明知裴文宣是在吹捧，卻仍舊覺得舒心，抬手讓裴文宣先行離開。

裴文宣取了木盒，恭敬退下，等他走之後，福來給李明倒著茶，笑著道：「裴大人年紀不大，但卻是個明白人。」

「小滑頭。」李明笑了一聲，想了片刻後，點頭道，「的確是個能辦事的。」

裴文宣領了木盒出來，就見李蓉站在門口等他。

他將木盒交給李蓉，隨後道：「差不多了，回吧。」

「你覺得幾分把握？」李蓉小扇輕輕敲擊著手心。

裴文宣想了片刻後，緩聲道，「我聽陛下的語氣，問題應該不大。我把事都往我身上攬，說是我慫恿了妳，這樣一來，他便不會覺得妳太過聰明，會放心很多。」

李蓉應了一聲，她想了一會兒，突然意識到，如今李明和裴文宣似乎關係不錯。她不由得有些奇怪，轉頭看向裴文宣：「我覺得怪得很，你說不管哪個皇帝你都能哄得高高興興的，你怎麼不哄哄我？」

「我還不夠哄妳嗎？」裴文宣震驚回頭。

李蓉挑眉：「你什麼時候哄過我了？」

「時時刻刻，無時無刻。」裴文宣語重心長，「殿下，妳真的太難哄了。」

「胡說八道。」李蓉小扇輕輕往裴文宣腦袋上一敲，便笑著走上前去。

裴文宣跟在李蓉身後，有幾分不樂意了：「殿下，和妳商量個事。」

「拒絕。」李蓉拉長了聲音：「肯定不是好事。」

「妳以後別敲我頭。」

李蓉斜眼敲過去，挑眉：「嗯？」

裴文宣見得李蓉眼神，退了一步，商量著道：「人前別敲。」

話剛說完，李蓉的小扇就輕輕敲在了裴文宣的頭上，溫柔道：「傻瓜，我敲了你又能怎麼樣呢？」

裴文宣：「……」

李蓉見他吃癟，笑出聲來，小扇一開，搖著扇子便走了出去。

裴文宣靜靜注視著那個背影，七月末的時節，姑娘穿著楓紅色薄衫，勾勒出她妖嬈柔美的線條，搭配著開始帶了幾分秋色的庭院和紅色廊柱，讓整個畫面都帶了幾分張揚的暖意。

裴文宣覺得自個兒心像是秋日的暖陽，恰到好處出的泛出一片不冷不熱的溫柔。

兩人一起出了宮門便分道揚鑣，李蓉帶著秦真真回了公主府，裴文宣去官署繼續忙活。秦真真身上帶傷，回去後李蓉讓人給她包紮好，算是徹底歇下了。而後李蓉便開始查自己的帳，看看自己還剩下多少銀子。

畢竟不管是養線人還是成立督查司，多少都要花錢。

李蓉早上起得早，晚上天一黑就睏了，她打著精神撐著自己看著最新傳過來的情報，看著看著就覺得眼前模糊，打了幾個哈欠，自己都沒察覺，就閉著眼睛睡了過去。

裴文宣從官署回來，本以為李蓉睡下了，沒想到到了門口，還見到屋內燈火通明，靜蘭、靜梅在外面候著。

裴文宣不由得有些奇怪，一面脫了外面的風衣，一面同靜蘭小聲道：「殿下還沒睡麼？」

「還沒。」靜蘭低聲回道，「還在辦公務呢。」

裴文宣點了點頭，推門進屋去。

剛進屋就看見李蓉坐在書桌邊上，撐著下巴，似乎是在百無聊賴看著什麼。裴文宣沒有出聲走過去，正想說話，就看見李蓉雖然撐著頭，但眼睛卻已經是閉上了。

她本來生的美豔，平日凌厲慣了，便覺得高高在上，此刻閉著眼睛撐著頭，強撐著要打起精神來，無形中就帶了幾分說不出的可愛，這可愛讓她眉目都變得柔和起來，那份美豔便化作了攪人心池的春花，輕飄飄落在泛著波瀾的湖面上，讓人不自覺有了笑意。

裴文宣見她睡過去，輕輕抽走了她手邊的帳目，本想叫醒她，但猶豫片刻後，又覺得這樣被人生硬喚醒，怕她覺得不舒服，想了想，他便乾脆把人打橫抱了起來。

他抱起李蓉，李蓉便睜了眼睛，見了裴文宣，她從善如流往對方懷裡一靠，打著哈欠道：「回來了？」

裴文宣見她貓兒一般靠在自己胸口，忍不住笑起來：「妳這個人怎麼一點警惕都沒有？我都給妳抱起來了，妳都不慌一下。」

「有什麼好慌的？」李蓉迷糊著道：「我還怕你不成？」

「我好歹是個男人。」裴文宣哭笑不得，「妳能不能稍微警戒一點。」

「男人又怎麼樣？」李蓉同他鬥著嘴，又睏又想說話，含糊著道，「反正你長得好，當個面首，我也不介意。」

李蓉這話堵的裴文宣一句話都說不出來了。

他先是無奈，隨後便想起來，李蓉這麼說也不奇怪。

畢竟，她的確是養過面首的。說是客卿，實則什麼關係，大家心裡都清楚。而且按著李蓉的性子，若不是當年在那個人身上有了心，面首養個十個、八個，也不奇怪。

裴文宣倒一時不知道，李蓉是養一個上了心的面首好一些，還是養一堆不上心的面首好一些。只是不管是那樣，他都覺得胸悶得慌。尤其是一想到李蓉這半睡半醒間被人抱起來就順勢一靠的習慣哪裡來，他心裡就悶得難受。

但他也說不得什麼，畢竟他和李蓉也不過就是名義夫妻，他當年管不了李蓉，現在更管不了。他想他也就是習慣了，習慣了嫉妒李蓉身邊的人，也習慣了討厭蘇容卿。

未來這個習慣得改。

畢竟這輩子，他們早晚是要分開的。

裴文宣輕輕把李蓉放到床上，看這個人睡得歡暢，頗有些無奈，覺得也就是他每天思來想去這麼多，這個人怕是從來沒想過這些的。

裴文宣嘆了口氣，見李蓉的妝容未卸，他起身打了水，幫李蓉擦了臉，卸了頭上的髮飾，低聲道：「自己脫了衣服睡。」

李蓉含糊應了一聲，裴文宣起身去洗漱。等他洗完澡回來，李蓉已經把衣服脫好，穿了單衫睡在床上。

裴文宣掀了被子躺進去，便見李蓉翻過身來，她似乎是醒了，轉頭看著裴文宣道：「你今天幫我轉了消息了嗎？」

「什麼消息？」

裴文宣皺起眉頭，李蓉挑起眉頭：「忘了？」

裴文宣回憶片刻，才想起是清晨御書房的事，他轉過身去，背對著李蓉，悶聲道：「明天幫妳說。」

「你平時記性不挺好的嗎？」李蓉笑起來：「早上才和你囑咐過的，你就忘了？」

「事太多。」裴文宣應聲，過了片刻之後，他轉過身來，看著李蓉道：「妳怎麼突然要找他？」

「突然嗎？」李蓉有些奇怪，她趴在枕頭上，下巴放在交疊的雙手上，思索著道，「這不是理所應當的嗎？我要想建立督查司，總得有點人手，蘇容卿是刑部侍郎，還是這一次秦家案的查辦人員，我若是能讓他和我合作，刑部那邊我就有了人。」說著，李蓉抬起手來，板著指頭數：「不僅是蘇容卿，還有大理寺、御史臺、順天府……這些，我都得有點人手。找個時間，得一趟一趟跑一遍。」

裴文宣聽李蓉說著這些，他也學著李蓉的樣子，翻過身來，趴在床上，聽著李蓉說話，他緩聲道：「妳就為這個？」

「不然還有什麼？」李蓉有些疑惑，想了片刻之後，她想起來：「當然，接觸也是很重要的。辦公時候順便同他聊一聊，也不錯。」

裴文宣沒說話，李蓉抬眼看他：「怎麼不說話？」

「哦。」裴文宣假作回過神來，淡道，「我就是想著妳要真想和蘇容卿發展什麼，得有個計畫。」

「這個也是。」李蓉撐著下巴，緩聲道，「以前總是很抗拒和他成婚，今天想想，其實要是真能同他在一起倒也沒什麼不好。我和他上輩子就是差了點緣分，他未來肯定是要繼承蘇家的，我有了督查司，本身也是上官家出身，如果能再嫁給蘇家，那日後我的位置就穩了。」

裴文宣靜靜聽著，李蓉說起這些，頗為高興：「我本來也挺喜歡他，怎麼算都是樁好姻緣。」

「妳以前不是這麼想的。」

裴文宣聲音平淡，李蓉想了想，緩聲道：「可能是因為，上一世的結在我心裡慢慢解開吧。」說著，李蓉轉頭看向裴文宣，笑起來：「其實這還得感謝你，打從重新活過來，我覺得我體會了不少東西。」

「什麼？」

「也不知道是什麼，」李蓉放下手，將頭枕在手臂上，側臉看向裴文宣，「就覺得許多事情，慢慢看開了，內心越來越平靜，許多事，也就不彆扭了。看你、秦真真、川兒，換了個角度，都是不一樣的世界。那麼我換一個角度看蘇容卿，」李蓉聲音裡帶了幾許期盼，「也許會有新發現呢？」

裴文宣沒說話，李蓉想了想，她靠近他，用手肘戳了戳他：「話說秦真真打算捨了秦家的身分，她和川兒也就沒可能了，你真的不考慮一下？」

「不考慮。」

裴文宣果斷開口，李蓉「唔」了一聲，少有來了興致：「話說你喜歡什麼樣的，心裡有沒有點數，我幫你物色著？」

「暫時沒這個打算。」裴文宣淡道，「我如今身分尷尬，這些事等以後吧。」

「說得也是。」李蓉點頭，「你和我不一樣，我得操心這蘇容卿什麼時候不小心和別人定親，你還沒有個心儀的，也就無所謂了。」

裴文宣低低應了一聲，他有些不想聊這事，便道：「秦家的案子妳打算怎麼辦？」

「等唄。」李蓉輕輕晃著懸在半空的腳，慢悠悠道，「等我舅舅的人把這個案子辦下來，我們就去查。秦家肯定沒問題，他們能拿出什麼像樣的證據？追著查下去，大概全是驚喜。」

裴文宣聽李蓉說起案子，語氣就高興許多，他沉吟了片刻，有些奇怪道：「話說，妳為什麼不選擇另一條路呢？」

「哪條？」

「不建督查司。」裴文宣抬眼瞧她，「其實以妳我的關係以及妳的身分，妳就算不建督查司，也沒什麼大礙。現下妳是平樂公主，日後我若得勢，也會保護妳。」

「你若得勢？」李蓉笑起來，「裴大人對自己自信得很吶。若你敗了呢？」

裴文宣一時哽住，李蓉轉過頭去，緩聲道：「裴文宣，我不喜歡把我的命交給別人。我喜歡自己做主自己的命運，這就註定了，我必然要貪慕權勢，也必須擁有權勢。我為什麼要你保護呢？」李蓉轉頭看裴文宣，面上像是孩子一般的笑，「我能保護別人，我才覺得高興。」

裴文宣沒說話，他看著面前李蓉。

李蓉穿著穿白色的單衫，頭髮散披，她的單衫微微敞開衣領，露出些許起伏。她手臂從衣衫裡探出來，腳在身後曲在空中，說話時隨著她的言語不自覺輕輕晃著，圓潤潔淨的小腳在月光下，泛出一層淡淡的華光。

她說著這些話，坦率中帶了些天真，動作語氣都帶了稚氣，似乎是一個少女在說著再美好不過的幻想。

可是裴文宣卻清楚知道這言語的分量，他也不知道是怎麼了，看著李蓉露出這樣天真又包含野心的模樣，看著她在月光下轉頭朝他一笑，含了水色的唇張張合合，小舌不經意劃過嘴角，叫了他的名字：「裴文宣。」

他身體驟然有了變化。

他突然意識到，此刻的李蓉，毫無戒備的少女天真與充滿欲望的野心混雜，似如盛開到極致的薔薇在春光下顫顫巍巍的模樣，對他來說是有一種難以言喻的吸引力的。

這是獨屬於他的李蓉，任何其他人，怕都難以看見此刻的李蓉。

他覺得自己神智有些恍惚，將目光從她身上挪移有些困難。

李蓉察覺裴文宣盯著他發著呆，便抬起手揮了揮：「你在發什麼呆？你聽我說話沒？」

「嗯？」裴文宣強行收回眼神，不著痕跡換了個方向，低頭看著面前枕頭上的繡花，淡道：「妳方才說什麼？」

「算了，你總發呆，沒意思。」李蓉嘆了口氣，躺下身來：「睡吧。」

裴文宣應了一聲，過了一會兒後，李蓉忍不住道：「你剛才在想什麼呀？想得這麼出神？」

「我在想……」裴文宣聲音有些啞，但他控制住，不注意聽，根本聽不出那份喑啞，李蓉還想著其他事，就隨便聽聽，便聽裴文宣道，「公主殿下美得很。」

李蓉得了這話，笑出聲來。

「你早上說你時時刻刻哄著我，我現下信了。」李蓉心滿意足睡下，「罷了，本宮免你走神之罪，睡吧。」

裴文宣知道李蓉以為他在玩笑，他無奈苦笑，在夜裡睜著眼睛，僵著身子。

緩了許久，他終於才閉上眼睛。

『還是得分床睡。』

閉上眼睛前，裴文宣清楚的意識到，他終究不是柳下惠。

李蓉這個人，哪怕當朋友，也有著不經意的撩人，對於一個男人而言，若不小心一些，太容易動情。

第五十章　結盟

裴文宣熬了大半夜，終於才恍惚睡過去，感覺沒睡多久，又被叫醒，開始準備去上早朝。

他起身時，李蓉正睡得香甜，裴文宣心裡一時氣不打一處來，忍不住抬手捏了李蓉的臉一把。

李蓉皺起眉頭，抬手打他，嘟囔道：「你幹嘛呀你。」

裴文宣聽李蓉似是不高興了，心裡終於舒服了幾分，站起身來走了。

李蓉被裴文宣捏臉，心裡有些不滿，但著實太睏，也就沒有計較，恍惚睡了過去。

等睡醒之後，李蓉才想起來裴文宣做了什麼，洗著臉時冷笑了一聲。

靜梅見李蓉笑容中帶著寒意，不由得道：「殿下是想起什麼煩心事了？」

一般李蓉露出這種眼神，就有人要倒楣，李蓉從旁邊接了帕子，淡道：「沒什麼。等駙馬回來的時候，把他的茶水換成鹽水。」

靜梅愣了愣，迅速看了一眼靜蘭，隨後兩個人抿唇笑起來，李蓉瞟她們一樣：「笑我？膽子大了？」

「近來殿下做事成熟不少，」靜蘭趕忙接口，「現下終於有了幾分往日脾氣，我們忍不住懷念罷了。」

李蓉聽這話有些舒心，畢竟這證明她越活越年輕了。

她搖著扇子，也沒追究這個話題，旋身進了屋中，找了人來道：「讓大夫去看看秦小姐，再讓人去刑部裡帶個話，說我想去探望一下秦家人，看他們怎麼回。」

靜梅應了聲，下去吩咐了人去辦事。

李蓉坐到院子裡，躺在躺椅上，一時有些偷得浮生半日閒的感覺。

之前一開始忙著賜婚、楊家的事，後來忙著成親、李川選妃的事，如今一切做好決定，要成立督查司，前面的事有了了結，接下來還得等著李明的回覆，她一時竟然少有空閒下來，躺在躺椅上瞧著藍天，有些不知道該做些什麼。

她鮮少有這樣空閒的時候，在院子裡躺了一會兒，乾脆讓人拿了個話本子出來，又端了些水果瓜子，一面嗑著瓜子，一面瞧著話本。

裴文宣回來的時候，就見李蓉躺在搖椅上，看話本看得樂呵，裴文宣走到她身邊去，用笏板輕拍了她一下：「看什麼笑成這樣？」

「這話本可太有意思了。」李蓉笑著放下書，直起身來，「一個公主、一個丞相小姐、一個青樓名妓，三個人追著一窮書生緊追不放，丞相小姐同他私奔，公主為他自殺，笑得我眼淚都出來了。你說這是哪兒來的窮書生，大半天的就這麼做夢，他見過公主嗎？」

「哪個正經人寫這些東西？」裴文宣將一封摺子放到李蓉懷裡，笑道，「陛下給回應了，督查司的事依妳。但是建這麼個東西，還需得個由頭。」

「陛下說了，」裴文宣將手攏到袖中，漫聲道，「想個法子給他個臺階，他不僅批妳建督查司，還再多給妳十個縣的封地。」

「當真？」李蓉坐直起來，亮了眼睛。

裴文宣被她逗笑了：「區區十個縣，殿下就這麼高興？」

「不當家不知柴米貴。」李蓉瞪他一眼，「成天只會和我要錢，怎麼知道我的難處？」

裴文宣靠在樹邊，笑咪咪道：「我吃軟飯的命，得勞煩公主多多照顧。」

「去去去。」李蓉站起身來，往飯廳走去。

裴文宣跟到她身後，輕聲道，「現下去找麻煩不太適合，等秦家人的案子定下來，再去翻案，動靜鬧大些，妳這督查司要建，才名正言順。」

「我明白，我今日讓人去刑部問了，先看看情況。」說著，李蓉想起來，「你同蘇容卿說我要約他沒？」

裴文宣聽到這話，笑容斂了幾分，淡道：「下朝的時候說了。」

「約好了？」

裴文宣轉過頭來，露出一抹看好戲的笑來：「人家不答應。」

「不答應？」李蓉頓住步子，有些震驚：「他竟然不答應見我？」

裴文宣見她震驚，翻了個白眼，「妳又不是什麼天仙，為什麼一定要答應妳？」

李蓉沒說話，她當真沒想過蘇容卿會不答應。或許是上一世的慣性，又或許是這一世蘇容卿起初對李蓉所展現的一直是示好，突然這麼拒絕李蓉，倒讓李蓉有些驚訝了。

她追著裴文宣上去，語氣滿是不解：「他為什麼不答應？說理由了嗎？」

「不答應就不答應了，妳又什麼好急的？」裴文宣見李蓉語氣不善，語氣也不好起來，只道，「他說知道妳要找他做什麼，秦氏案牽扯太多，讓妳別管。」

李蓉得了答案，思索了一會兒，便明白了蘇容卿的意思。

之前楊氏案蘇容卿幫忙，那是因為楊家本身就是游離於華京之外的貴族，常年盤踞西北，與華京的貴族往來不多，甚至於可以說，楊家擁兵自重，和華京的世家呈現的是一種敵對又合作的關係，蘇容卿幫她，沒有任何阻力。

但這次情況不一樣，這次所牽扯的世家繁雜，而華京中的世家多有姻親，這次怕是連蘇家都可能會牽扯在內，就算不是幫忙的人，也絕對不會是攔路的虎。

李蓉敲打著扇子，想明白蘇容卿的想法，一時覺得自己有些好笑。

她低頭笑起來，裴文宣轉頭看她：「妳笑什麼？」

「我只是再次確定了一下，」李蓉看向裴文宣，「你還是比我要更瞭解我自己一些。」

裴文宣沒聽明白，用眼神詢問她，李蓉嘆了口氣：「你之前說我心裡多少有他，我還有些懷疑，如今卻是信了。你說，若我不是對他還有幾分情誼，怎麼會沒想到，此番他不可能幫我。」

裴文宣沒說話，李蓉搖頭輕笑：「是我糊塗了，算了，換一條路走吧。」

「妳……」裴文宣緩了緩，慢慢道，「倒也不用難過。他如今和妳不熟，一切從利益出發，也是正常。」

「你怎麼安慰起我來了？」李蓉挑眉，「這麼點小事，我會想不開嗎？算了，你下午有事嗎？」李蓉搖著扇子，「我打算去找上官雅，你若沒事，不如陪我？」

裴文宣聽得這話，便知道李蓉的意思，上官雅這人可能會去賭場，若是去賭場的話，倒的確需要他陪著。

於是他點了點頭，應聲道：「好。」

兩人找上官雅，照舊先去了上官府，得了上官雅去茶樓的消息後，兩人這次就不繞道，直奔賭坊。

裴文宣打朋友那兒再借了一次權杖，熟門熟路進去後，李蓉不由得道：「下次咱們乾脆自己弄一個權杖吧。」

「也成。」

不然總借權杖，他也不好意思。

他在人群裡護著李蓉找了一圈，就在打葉子牌的桌邊遇到了上官雅。

上官雅穿了一身男裝，正打得起勁，李蓉走到她身後，剛聽她大喊了一聲：「碰！」

李蓉拍了拍她的肩，上官雅不耐煩道：「小爺打牌……」

話沒說完，上官雅就僵住了，李蓉笑咪咪瞧著她：「有事找妳。」

上官雅勉強笑起來：「能不能等我打完這一輪，我快贏了。」

李蓉得話，輕輕一笑，轉身道：「那我包間等妳。」

賭坊一般都設得有貴客包間，只要賭錢的數到一個額度，就能進去。

李蓉直接上了二樓包間，在裡面坐下，拿著篩盅玩了一會兒後，就聽上官雅站在門口，有些忐忑道：「那個，我進來了？」

李蓉放下篩盅，直起身來：「進吧。」

上官雅推開門，進到屋裡來，她關上門來，笑著走到桌前：「在這地方見妳，總有些不習慣。」

說著，她坐到位置上，裴文宣站在一邊，給上官雅倒了茶。

上官雅將裴文宣上下一打量，端起茶同李蓉笑道：「妳這駙馬不錯呀，我喜歡。」

裴文宣笑而不語，立在李蓉身後，瞧著上官雅不說話。

李蓉回頭看了一眼裴文宣，又看向面前口無遮攔的上官雅，輕笑了一聲：「膽大包天。」

「我知道公主不會介意。」上官雅舉了舉茶杯，似如舉酒杯一般，喝了一口後，放下杯子，斜依在椅子扶手上，笑咪咪道，「殿下說吧，找我來，是談秦氏的案子？」

「怎麼全天下人都知道我想管這個案子？」

李蓉雖不意外上官雅知道此事，但也有些好奇，上官雅撐著下巴，看著李蓉：「殿下上一次管了楊泉的案子，又插手宮裡選妃的事情，若秦氏案殿下不插手，我才覺得奇怪。」

「哦？」李蓉挑眉：「那妳覺得我插手，又是為了什麼呢？」

「殿下不覺得，」上官雅瞧著她，眼中全是明瞭，「世家管得太多了嗎？」

李蓉不說話，她看著上官雅。

上官雅直起身來，帶了幾分在宮中才有的端正：「陛下為了世家，逼著平樂殿下嫁給裴大人，如今世家又要逼著太子殿下娶妃。妳說，命運都掌握在別人手裡，殿下能忍嗎？太子殿下能忍嗎？陛下能忍嗎？」

「這就是妳在宮中調換香爐的原因？」

「殿下聰明。」上官雅恭維道，「上一次殿下對阿雅說的話，阿雅是聽進去的。只是上官家畢竟不在阿雅手裡，阿雅做不了主。」

上官雅最後一句話說得意味深長，李蓉看著上官雅，她清楚知道上官雅對上官家的掌控力。

現在上官雅還太弱勢，但是上一世後來，上官雅雖然身在後宮，但才是上官家實際的掌權人。

上官雅和上官家的關係，與上官玥和上官家的關係截然相反。上官玥為上官家而活，而上官家，為上官雅而存在。

李蓉張合著手裡的摺扇，緩聲道：「所以，妳打算讓上官家如何呢？」

「我與殿下一個意思，」上官雅收起臉上笑意，認真道，「上官家應當慢慢退出朝堂，所以我希望能和殿下建立一個更好的關係。」

「什麼關係？」

「殿下是否想過，扶持一個更好掌控的人掌控上官家，」上官雅聲音平緩，「這樣一來，上官家可澈底效忠殿下，幫助殿下輔佐太子登基，然後緩慢退出朝廷，只留幾個人在朝中撐個面子，其他人都回幽州去。」

「為何不現在退出呢？」李蓉唇邊噙笑。

上官雅摩娑著茶杯，「您何必明知故問，如今陛下被上官家壓了十幾年，噁心憋在心裡，上官家能退嗎？如今上官家一退，怕就只有一條死路。唯一的辦法，就是和太子、您建立一個好一些的關係，讓二位放心上官家，等未來太子登基，容上官家自行退出。」

李蓉聽著上官雅的話，笑出聲來：「妳想當上官家的主事人？」

「現在不可以，」上官雅挑眉，「未來呢？」

「我憑什麼幫妳？」

「殿下，」上官雅探過身子，笑著開口，「妳我同為女子，又想法相合，我若想當上官家的主事人，必然要依仗殿下，這樣的上官家，是不是要比現在好管控許多？只有這樣，」上官雅神色中意味深長，「上官家才是殿下手中的上官家。」

李蓉澈底聽明白上官雅的意思。

如今上官家與李蓉李川的關係，是上官家在掌控他們，而非他們在掌控上官家。

長久以往，李川也好，李蓉也好，早晚會變成如今的李明。

上官雅看得清楚，但改變不了她父親的驕橫，只能另外找一條路。

上官雅如今是將上官家的未來交到李蓉的手裡，一來是為了示弱，二來是也是尋求了一個保護傘。

如果上官家徹底交在李川或者任何一位君主手裡，對方就會為了自己的權勢和朝廷無限削弱世家。而交到李蓉手裡，上官家和李蓉休戚與共，李蓉不可能徹底削弱上官家，只能管控，面對李蓉管控的上官家，只要君主足夠信任李蓉，就會放鬆對上官家的警戒；若君主不信任李蓉，扳倒上官家之前，也得先動李蓉。

如今李明和上官家已經是不死不休的局面，而李蓉和上官雅的目標，就是扶持李川之後，讓李川和上官家不至於再落到如今的局面，而後上官雅會為上官家找一個更安全的位置，不至於像今天，岌岌可危。

上官玥也好，上官旭也好，他們出生在上官家最鼎盛的時候，內心深處並不相信李明這個帝王能對他們怎麼樣。他們始終堅信，上官家與李明的對壘裡，還占據著優勢。

所以皇后保護儲君之位的方法就是無限依賴於世家，讓世家成為李川不可割捨的部分，在她心中，這就是保住她兒子最好的方式。

這個法子，既保證了李川登基，又能保證上官家的輝煌繼續下去。只是她忽視了，出身在皇家的人，對尊嚴和命運自主權的看重，遠超他們的想像，而上官雅清楚的看到了這一點。

因為她本身，也是如李蓉這樣的人，她清晰知道李蓉和李川的想法，也就明白上官家岌岌可危的命運。

李蓉看著對面的上一世的友人，倒也不驚訝於她的敏銳，片刻後，她笑起來：「好極，那妳需要什麼，可以同我說。」

「大多數情況是不需要殿下幫忙的。」上官雅似乎是早知道李蓉會答應，倒也不驚訝，靠在椅背上，一隻手無意識撥弄這骰子，只道，「偶爾需要幫忙，或許就是大忙了。」

「我需要妳幫忙的地方可多了。」李蓉倒也不客氣，「妳可想好了？」

「放心，我聽殿下吩咐。」上官雅抬眼，「所以這一次，殿下想要我做什麼呢？」

「這次參與的有哪些人妳知道嗎？」

「最近來我家的叔伯有三家，滎陽滊氏、清河崔氏、隴西王氏，妳可以順著查他們朝堂上在刑部、御史臺裡任職的人有哪些，妳大概就知道參辦秦氏案的有哪些人了。」

上官雅明顯有備而來，李蓉見她這麼上道，輕鬆不少。

「還有其他消息嗎？」

「事情才開局，我幫妳盯著，如果有消息，我會立刻通知妳。」

「好。」李蓉點頭，交換道，「妳需要其他什麼，也大可告訴我。」

「二十個人。」上官雅毫不客氣，「我要安排進上官府。」

「好。」李蓉立刻應下。

雙方達成交易後，上官雅站起身來，「若沒有其他事，我再去打一圈，時間不多，打完我得回府了。這包間您開的，我可不付錢。」

李蓉聽到錢字就有些心塞，好在賭錢這點錢對她來說九牛一毛，她擺了擺手，嘆道：

「去吧。」

上官雅行禮退了下去，李蓉轉頭看向裴文宣，無奈道：「你說你們一個個的，怎麼都是伸手要錢的主？什麼時候才能給我個財神爺，緩解一下我這一家之主的壓力？」

裴文宣聽得好笑，同她一起走出門去：「妳努力一點兒，讓陛下送妳那十個縣，銀子就來了。」

李蓉聽到這話，回眸往裴文宣身上上下下打量。

裴文宣被她盯得發毛，不由得道：「妳瞧我做什麼？」

「我就是突然想起來……」李蓉抬手挽住裴文宣，笑咪咪道，「文宣，你不還有家業可以繼承嗎？」

裴文宣被李蓉這麼一挽，整個人都僵了，腦子像被漿糊糊了一般，都黏在一塊，話都不會說了。

李蓉想到裴文宣的家業，一時高興起來：「你們裴家的產業，大多不也是你爹掙的嗎？按理說你已經成年了，你叔父再幫你保管就不妥當。咱們找個機會，去和你家裡談一下，你覺得怎麼樣？」

裴文宣沒說話，他整個人的感官都在李蓉和他觸碰著的地方。

李蓉是當真不拿他當外人，這麼挽著他的手，像兩個大姑娘說話似的。

裴文宣看得出李蓉是被錢逼瘋了，想起他家裡的錢，李蓉的口氣都溫柔了很多：「公公是個有能耐的，當年以一己之力把裴家從個二流世家生生擠進了一流，想必留下的家產也不少，你得同他學學，不能總是想著同我要錢，該學著有些男人的尊嚴，你說呢？」
裴文宣聽到她說到男人，終於有些回神了，他上下瞟了一眼李蓉，轉過頭去，直接道：「我沒尊嚴。」
李蓉一聽就來氣，知道裴文宣是拒絕她的提議，便伸手捏著裴文宣的軟肉一擰，憤憤道：「你怎麼這麼沒出息呀？」
「哎喲、我的姑奶奶，」裴文宣嘆了一口氣，「妳能不能現實一點，我二叔是門下省納言，也就比上官旭這些人差一點點，咱們現在去要錢，那叫虎口奪食。您想錢可以，能不能想點其他容易一點的法子？」
李蓉也知道這個道理，她嘆了口氣，憂愁道：「賺錢好難啊。」
裴文宣聽了李蓉的話，轉頭看了李蓉一眼，見李蓉似乎是真的認真在愁這事，不由得笑出聲來。
李蓉抬眼瞧他，有些不樂意了：「你笑什麼？」
裴文宣被李蓉挽著手，這麼一聊天打岔，他也不覺得緊張了，同李蓉挽著手一起往馬車走去，低笑道：「沒想到殿下也有為錢苦惱的一天。」
「你這是笑話我麼？」
李蓉挑眉，裴文宣趕忙道：「不敢。就是覺得殿下這個樣子少見，可愛罷了。」
「嘖。」李蓉露出嫌棄神情來，「裴文宣，你拍馬屁可什麼話都能說。」
裴文宣笑著轉過眼，看向前方馬車，緩聲道：「其實殿下也不必憂慮，之前我投產下去的一些產業已經開始盈利了，明年應該就會有盈餘。殿下封地青州土壤肥沃，接手殿下產業之後，我便讓人去請了穀塵子，如今他應該已經在青州教著百姓如何務農。」

穀塵子是上一世出了名的「稻聖」，他研究農耕一生，尤其是在種植稻草上頗有研究。上一世他還要過些年才寫出《農術》聞名大夏，如今卻已經被裴文宣提前請到了青州。

「萬事開頭難，」裴文宣勸著李蓉，「等明年就好了。」

「行啦，我知道。」李蓉嘆了口氣，「我就是隨便說說，你賺錢厲害得很，我又不是沒見過。」

李蓉說著，就到了馬車邊上，裴文宣扶著她上了馬車，而後捲起簾子，進了馬車裡。

裴文宣聽李蓉誇他，頗有幾分高興，坐下來後，抬眼看李蓉尋了舒服的姿勢，懶洋洋窩在馬車裡，他不由得笑起來：「既然知道，殿下就放心才是。這些年我幫殿下打理著產業。」裴文宣翻開茶杯，聲音溫和，「等日後，多出來的銀子，便當微臣送殿下的嫁妝了。」

聽到這話，李蓉「噗哧」笑出聲來：「裴文宣你可真夠意思，連嫁妝都給我備好了。」

「終歸相識一場，」裴文宣笑著抬眼，看向在一旁笑得開懷的李蓉，「送妳套嫁妝，免得妳嫁不出去，賴我一輩子。」

「不要臉。」李蓉用小扇戳了他一把，「誰想賴你一輩子？」

裴文宣笑而不言，低頭倒茶。

李蓉在他旁邊轉著扇子，他用餘光一抬，就可以看見那纖長漂亮的手指翻轉著金色的小扇，彷彿某種奇特的舞蹈一般，帶了無言的美感。

他目光在那纖長的指頭上頓了頓，不知道怎麼的，就想起了上一世，那時候他們剛成婚，有時李蓉來葵水，這漂亮的手便有了用處。

裴文宣目光微暗，忙垂下眼來，低聲道：「殿下，和妳商量個事吧。」

「嗯？」

「我覺得咱們還是得分床睡。」

「哦？」李蓉轉頭瞧他，有些奇怪，「你不覺得麻煩嗎？」

之前沒分，如今分是為了什麼？

李蓉有些不解，片刻後，她露出些許調笑來：「裴文宣，莫非你對我有了企圖？」

「殿下未免太看得起自己了。」裴文宣迅速回答：「瞧了幾十年的人了，我還能有得起什麼企圖？」

裴文宣答這話時，心跳得飛快。

李蓉點了點頭，緩聲道：「說得也是，你和我也太熟了些，若這樣都能有企圖，可見你們男人當真是葷素不忌，禽獸不如了。」

裴文宣：「……」

聽著李蓉罵他，裴文宣不知道怎麼的，竟然有幾分心虛。

他覺得李蓉說得也對，他同李蓉如今如此純潔的朋友關係，他怎麼能看只手都看出這些想法呢？

當真是他太過下流了。

於是他重重點頭，附和道：「殿下說得沒錯！」

「那你為什麼想要分床？」

李蓉抬頭瞧他，眨了眨眼，裴文宣一時被問住了，憋了半天以後，他終於道：「我每天早上起太早上朝，怕吵到殿下。」

「就這事啊。」李蓉笑起來，大氣揮手道，「沒事，你起來一般都沒吵到我，你別太擔心。分開睡太麻煩了，若是被人發現，若咱們倆不和的消息不小心傳出去，陛下怕就得懷疑我這督查司到底有多少水分。畢竟如今他信任我，有一大部分也是看你的面子，以為我嫁了你，就嫁雞隨雞、嫁狗隨狗。沒有太大必要，還是就睡一塊吧，反正咱們也不做什麼，你看開些。」

裴文宣聽著李蓉的話，也不敢多說，點了點頭，從抽屜了抽出摺子，淡道：「妳不介意就行，那就算了吧。」

他多洗幾次冷水澡就是了。

第五十一章　麻煩

得了李明暗中建立督查司的胥口，李蓉在公主府裡百無聊賴等了十天。

不過這十天她也沒閒著，四處查探著人手，思索著督查司建立之後，調哪些人進來，同時又暗中訓了一批戲班子，演了一出暗示秦氏案的宮廷戲。

這些事多是別人替她操勞，她管著個大致的方向就是，沒事四處走訪，偶爾去找上官雅打個葉子牌，日子倒也過得頗有趣味。

十日後，秦家的判令就下來了，證據確鑿，確認秋後問斬。

秦家定案的消息很快傳滿了華京，李蓉趕緊讓已經準備好的戲班子搭了檯子，在秦家立案當天就開唱起來。

秦家案子剛定，就唱了這樣暗示秦氏被陷害的戲，一時之間，流言四起。

等到第二日，李蓉便安排秦真真跪到公主府門口。

大清早人來人往，大家就看見有個姑娘跪在公主府門口一動不動。

看熱鬧的人越來越多，李蓉在屋裡化好妝，就聽靜蘭進來道：「殿下，差不多了。」

李蓉站起身來，高興道：「走吧。」

李蓉領著人走出門去，剛一開門，就看見秦真真跪在門口，大喊了一聲：「殿下！」

李蓉見得秦真真，露出驚詫表情：「妳是……」

「民女秦府長房二女秦真真。」

秦真真按著他們之前對過的本子報上名來，李蓉故作驚訝：「呀，妳怎麼在這裡？」

她趕緊讓人去扶起她，忙道：「妳先起來，妳在我門口跪著是做什麼？」

「民女一家蒙冤，」秦真真舉起一份血書，猛地叩頭在地上，大聲道，「求殿下替民女做主！」

李蓉往後退了一步，慌道：「妳……妳讓我什麼主？」

「殿下，」秦真真抬起頭來，眼中含淚，「戎國來犯，我叔伯兄長廝殺於疆場，如今邊疆告捷，朝堂世家為爭封賞，竟誣陷我父兄勾結楊氏，通敵賣國！求殿下為民女做主啊！」

「這事妳為何找我呢？」李蓉遲疑開口，「我只是個公主……」

「殿下乃李氏血脈，正宮嫡出，」秦真真打斷她的話，激動道，「如今御史臺、刑部相互勾結陷害我滿門，這封血書無人敢接、無人敢管，除了殿下，民女再無出路。若今日殿下不接這封血書，民女便一頭撞死在公主府前，隨我秦氏一門去了！」

「秦姑娘，妳別……」話沒說完，秦真真便猛地起身，在李蓉驚叫之間朝著門口石獅一頭撞了過去！

秦真真袖中早已備好血袋，在她起身的瞬間，血囊便滑落到了手心，撞到石獅之前她用手稍稍一擋，撞爆了血囊之後，她快速摸在額頭上，隨後就倒了過去。

秦真真撞石獅時，李蓉便帶著人湧了過去，遮住了百姓的視線，而後在秦真真倒下後，她趕忙將秦真真翻過來，激動道：「秦姑娘！」

「殿下……」秦真真喘息著，手上的血書顫抖著遞給了李蓉，「求殿下……幫我……幫我……」

秦真真說著，眼一閉便歪過頭去。

李蓉抬手去探她的鼻息，隨後便變了臉色，顫抖著手沒說話。

人群竊竊私語。

「是死了嗎？」

「死了吧。」

「這秦家真慘，要不是受冤，這姑娘能一頭撞死在公主府門口嗎？」

「她為什麼不找太子啊？」

「太子在朝堂上和那些世家穿一條褲子，怎麼可能管？」

「那平樂殿下會管嗎？」

「誰知道呢？」

所有人低低說著話，都等著李蓉的決定。

許久後，李蓉取了秦真真手裡的血書，緩緩站起身來。

「將秦姑娘送進去，找個地方厚葬了吧。」李蓉聲音有些抖，而後她抬起眼來，咬牙道：「備車，我要入宮！」

聽到李蓉這一聲備車，人群立刻沸騰起來。

有人似是極為高興，高呼道：「殿下接了血書！殿下要管這事！」

對於百姓來說，李蓉接下這封血書，無疑是在世家盤踞的華京中劈出的一道光。

所有人都沒有想到李蓉竟然會真的接下這封血書，於是在李蓉坐上馬車後，旁邊的百姓卻越圍越多。

他們跟在李蓉馬車後方，大聲呼喊著：「殿下，我們支持您！」

李蓉握著血書沒有說話，她端莊坐在馬車裡，旁邊百姓追隨著她的馬車，馬車嚴嚴實實，根本看不見裡面的人，只在偶爾車簾揚起時，能窺見裡面人隱約的姿容，看上去鄭重莊嚴，讓人敬畏。

李蓉的馬車一路直入宮城，到皇宮時還未下朝，她就讓人直接通報進去。

太監跑進大殿，將李蓉入朝的消息一路傳到李明耳裡，李明早就等著她了，直接抬手道：「宣。」

李蓉手握著血書站在大殿門口，聽裡面傳來太監洪亮的宣召聲：「宣，平樂公主進殿——」

李蓉聽到這聲宣召，手握血書走進大殿，而後跪在大殿中央，揚聲道：「兒臣見過父皇，父皇萬歲萬歲萬萬歲。」

「現在在早朝，」李明坐在高座上，明知故問道，「妳來做什麼？」

「稟告父皇，兒臣為伸冤而來。」

「為誰伸冤？」

「涼州秦氏。」

「所冤為何？」

「秦氏滿門忠烈，被誣夥同楊氏通敵，御史臺、刑部、尚書省三司枉法，刑訊逼供，錯辦冤案，今日秦氏女為伸冤撞死於兒臣朱門之前，兒臣於心不忍，縱知前路艱險，也要為秦氏討一分公道！」

聽到這話，滿朝無人出聲，上官旭看過來，笑著道：「公主說什麼話，此案乃三司核查，不會有誤，公主不解實情，怕是被小人所誤。」

「上官大人。」李蓉抬眼看向上官旭，「有人會拿自己的命來讓本宮誤會嗎？」

上官旭沒有說話。

秦真真死了，這就是最難反駁的事情。

從情理上，秦真真一死，秦氏在這件事上就占據了天然優勢。

李蓉見上官旭不言，轉過頭來，將手中血書舉起來，恭敬道：「父皇，這是秦氏女交給兒臣的陳冤血書，此案若當真為他人誣陷，怕為千古奇冤。父皇一世英名，不可毀於蟻穴。」

李蓉說著，那封血書便送到了李明的手中。

李明打開來，看了一會兒後，李明一巴掌拍在桌上，怒道：「豈有此理！」

李明看向上官旭：「上官愛卿，此事你需得嚴查，秦氏案換人再審，之前審案官員也要查清楚，到底有沒有刻意構陷。」

「是。」

上官旭答得四平八穩，李蓉卻揚聲道：「不可。」

全場轉過頭去看李蓉，就見李蓉認真道：「父皇，此案涉及人員眾多，許多為世家子弟，世家姻親關係密切，此案交給上官大人，我信不過。」

「那微臣……」

蘇容卿突然開口，李蓉冷眼看向蘇容卿，立刻道：「本宮也信不過！」

「這也信不過、那也信不過，」李明似是煩了，「妳要怎樣？」

「父皇，秦氏女死在兒臣懷裡，兒臣答應過她一定會查清此案，還請父皇允許，由兒臣親查此案！」

「這怎麼可以？」上官旭立刻出聲，急道，「公主乃後宮女子，朝堂之事……」

「我沒管過嗎？」李蓉抬眼看他，認真道：「我大夏從無公主不可參政一說，楊氏案本就是本宮查出來的，如今秦氏案乃受楊氏案牽連，本宮來查，有何不可？」

李蓉這話說得硬氣，上官旭未曾想過李蓉同她這麼說話，一時氣得臉色煞白，吹著鬍子道：「殿下，按著輩分來說，微臣也算您的長輩。您當聽微臣一句勸……」

「那按著品級來說，殿下乃陛下嫡長女，上官大人見到殿下還要行禮，上官大人該聽殿下一句勸才是。」

站在遠處的裴文宣突然出聲，涼涼一句，逼得上官旭勃然大怒，喝道：「不知尊卑的東西，有你說話的份嗎！」

「上官大人什麼意思？」裴文宣聽上官旭的話，不顧周邊所有人的顏色，手持笏板，神色淡然，「莫非這朝堂之上，面對上官大人，連御史臺的人都不能說話了？」

這話上官旭是不敢接的，御史臺品級再低，也監察群臣，御史大夫連皇帝的不是都能說，裴文宣雖然只是個監察御史，但上官旭也不過只是個臣子，他的錯處自然沒有什麼不能說的。

上官旭沒有說話，他盯著裴文宣。

裴文宣將他當做不存在一般，恭敬道：「陛下，此案若當真如殿下所說，那幾乎等於牽連了朝中所有審查機構，的確應當由公主協力來監察。」

「你說得，的確不錯。」李明敲打著桌子，緩聲道：「這樣吧，平樂，這個案子妳先辦，秦氏案重啟再審，之前審核秦氏案的官員也再查一遍。之前楊氏案是妳辦的，朕知道妳的能力，若是此次也能辦好，那日後監察群臣這事，慣例就交給妳了。」

說著，李明笑起來：「妳隨時能見到朕，又是朕的女兒，做事可以自由些，若是有什麼處理不了的事，妳報告也方便。御史臺監察著群臣，總得有個人監察御史臺，」李明一面說一面玩笑一般看向御史大夫上官敏之，「你說是吧，上官？」

上官敏之行禮不言，當做默認贊成。

眾人面上不顯，但心中卻已是驚濤駭浪。

李明的話大家都聽得明白，一個監察群臣的公主，做事自由一些，事情可以直接報告給皇帝，完全不經過三省，那將是一個多麼可怕的機構。

「殿下。」右相蘇閔之遲疑著開口，「監察群臣之事，已有御史臺能辦，如今再讓公主監察……」

「又有何不可呢？」李蓉轉過頭去，盯著蘇閔之：「蘇大人是覺得沒必要，還是覺得本宮不行？」

蘇閔之聽得李蓉問話，一時不敢答話，正斟酌著用詞，就聽李蓉道：「若是今日御史臺能替代本宮直接辦事，那最好，可如今御史臺也牽扯其中，不知蘇大人要如何辦？」

蘇閔之沒有出聲。李蓉問的的確是個問題，如今朝中沒有不牽扯在這個案子裡的審訊機構，臨時組建一個機構合情合理。

「至於覺得本宮不行，」李蓉笑起來，「行不行，不得試試嗎？此案難道蘇大人還能找出一個品級比我更高、又不屬於三司，還查辦過案子的人嗎？」

「倒也……的確沒有。」

蘇閔之遲疑著開口，李明坐在上方，高興道：「就這樣吧。平樂長大了，要替父皇分憂，那就給她這個機會。」李明笑著道：「妳在城中軍營，任選五百個人過去幫妳，此案幹好了有賞，好好幹。」

「謝父皇。」

李蓉忙應聲下來，李明撐起身子，似乎有些疲憊：「行了，就這樣，退朝吧。」

說著，李明就在眾人的恭送聲中走了出去。

裴文宣逆著人群走到李蓉邊上，抿唇道：「一起回去？」

「行啊。」

李蓉同他一起往外走去，壓低了聲，小聲道：「今日我表現不錯吧？」

「一流。」裴文宣豎起大拇指。

兩人正高興說著話，就聽後面傳來上官旭的聲音：「殿下留步！」

李蓉和裴文宣停住步子，裴文宣不著痕跡朝著李蓉挪了挪，小聲道：「麻煩來了。」

第五十二章　為難

裴文宣說完，和李蓉一起笑著轉過身去。

上官旭到了李蓉身前，朝著李蓉行了個禮後，看也沒看裴文宣，只道：「殿下可否移步，與老臣一談？」

「舅舅客氣了。」李蓉笑起來，轉身同裴文宣道：「你先到宮門口等我吧。」

裴文宣拱手應聲，朝著上官旭行禮，隨後先行離開。

李蓉回過頭來，看向上官旭：「舅舅是要回府，還是要去官署？」

「老臣打算回府，殿下要出宮麼？」

「是。」

「那一起吧。」上官旭抬手請李蓉一起出去。

兩人一起往外走去，李蓉手握著摺扇，同上官旭一起走出大殿後，就聽上官旭緩聲道：「殿下此次為何突然想到要管秦氏的事情？」

「方才不已經說了嗎？」李蓉慢慢道，「秦小姐找上了我，我不忍心看秦氏蒙冤。」

「殿下已經嫁人了，」上官旭嘆了口氣，「何必管這麼多呢？」

「舅舅……」李蓉遲疑著回頭，「是讓我不要管的意思嗎？」

「此次西北之事，」上官旭同李蓉一起走下臺階，「本是陛下交給太子的爛攤子。老臣憂心殿下，才聯繫幾位族親，想盡了辦法，穩下西北。大勝之前，陛下臨時換將，強行讓蕭肅成為主將，蕭肅報給陛下的領賞名單，有許多問題，這一點，不知殿下可知曉。」

李蓉微微低頭：「願聞其詳。」

「這些名單裡，大多是寒族，此次世家子弟，基本未得封賞，所以朝中才爭論。殿下想為秦家討一分公道，老臣明白，但是，老臣這裡的公道，」上官旭看向李蓉，神色中帶了幾分壓迫，「不知殿下，打算如何給？」

李蓉靜靜聽著上官旭的話，有一瞬間，她彷彿體會到了上一世李川剛剛登基時的內心。想管他們，這些人不僅是親族，還是恩人。

不管他們，又肆無忌憚。

李蓉沉默著，許久後，她緩聲道：「那秦家，到底有沒有罪呢？」

上官旭不說話。

兩人行在廣場上，李蓉抬眼看著遠處宮門，看鳥雀振翅飛過朱紅色的高牆，輕聲道：「我知道舅舅心疼我與川兒，我與川兒，也記掛舅舅。朝廷徵稅，免世家稅賦，上官家在幽州，擁地近半，每年收益，甚至於多朝廷稅賦。除卻免稅，還有管理冶鐵等特權，」李蓉笑起來，「然而邊境受擾，又逢天災，朝廷兩頭顧不上的時候，父皇想向世家強行募征，便是川兒念及舅舅，與陛下商議，說服了陛下。」

李蓉這些話看似散漫，什麼都沒說一般，但上官旭臉色卻是冷下來。

他聽出李蓉言語裡的敲打。

世家擁地免稅，又特權眾多，朝中稅賦不夠，少人少錢，戎國來犯，世家自己躲在朝廷後面，看朝廷出錢，朝廷把錢給到邊境，邊境又是楊家這種世家把持，楊家怕削弱自己，於是搞出了個花錢買通敵國做戲的荒唐事。

上官家扶持李川，而李川也就必須維護著上官家，哪怕世家積弊種種，李川卻也得維護下去。

「西北邊境戰時如何，我的確不是很清楚。但是依照我片面的瞭解，朝廷負責運轉一切，戎國雖為小國，想必也牽扯眾多，舅舅乃尚書省左僕射，勞苦功高，父皇未曾體諒，是父皇的不是。」

「殿下過獎。」上官旭硬著聲，李蓉明著說體諒，但暗裡的意思，他已經聽明白了。

按照整個朝廷的運行機制，如果世家不在中間多做阻攔，上下齊心攻打戎國，的確問題不大。只是大家各自有各自的算盤，所以一直以來，從決定應戰、軍餉籌備、撥發、糧草運輸等等環節上，都有各種問題。此次如果不是上官家說服各世家許諾了各種好處，也不可能這麼順利。

西北是爛攤子，華京也是爛攤子。

但這爛攤子，本就爛在世家，上官家出面收拾是功勞，但也是始作俑者之一。

上官旭捏著笏板，捏的關節泛白。

李蓉一時不忍，臨到宮門，她突然道：「舅舅。」

上官旭聽得這一聲舅舅，抬起頭來，李蓉看著他，緩聲道：「小時候，舅舅來宮裡，經常給蓉兒帶風車，蓉兒很是喜歡。」

上官旭有些發愣，李蓉凝視著上官旭，認真道：「舅舅始終是蓉兒的家人，蓉兒希望，我的家人都能好好的。水盈則滿，月盈則虧，聖人之道，還望舅舅銘記於心。」

上官旭沒有說話，李蓉深吸一口氣，轉頭笑起來：「到宮門了，我便不送上官大人，本宮先行了。」說著，李蓉行禮，先行離開。

等李蓉走遠，旁邊幾個大臣走到上官旭身邊，急道：「上官大人，殿下怎麼說？」

上官旭沉默著，許久後，他緩聲道：「殿下方才同我說了許多，以她的見識，應當說不出這些。」

幾個人面面相覷，片刻後，上官敏之緩聲道：「怕是得去和裴禮賢說一聲，他那家孩子，有些過於放肆了。」

「年輕人。」上官旭笑了一聲，「還是氣盛。」

李蓉告別了上官旭，等她走出宮門，剛好看見裴文宣站在門口。

他穿著黑衣紅紋朝服在馬車邊等她，看著李蓉走出來，裴文宣就笑起來。

裴文宣這個人，雖然一肚子壞水，但是生得清俊中正，笑起來時，便似春風拂四月青田，溫柔中帶著勃勃生機。

李蓉看見他的笑容，心境也輕鬆起來。

裴文宣走上前來，笑著瞧她：「需要微臣扶殿下一把嗎？」

「為何如此問？」

李蓉有些奇怪，裴文宣伸出手來，只道：「若殿下累了，便扶著微臣吧。」

李蓉瞧著他，抬手搭在他手上，由他扶著上了馬車。

進了馬車之後，裴文宣：「我們先回去，到了家裡後，陛下的聖旨和權杖應該就到了。然後我們去刑部調出秦氏的案子，再看一看秦家人的情況。」

李蓉應了聲，同裴文宣回了家裡。

在公主府等候不久，李明讓她專門查辦秦氏案，上下不得阻攔的聖旨就到了，同聖旨一起來的還有李明賞下來督查司的特製權杖。

得了聖旨和權杖，李蓉和裴文宣便一起趕往了刑部，剛到刑部門口，兩人便被刑部的人攔住。

李蓉亮了手中權杖，直接道：「本宮奉旨而來，找書令史調卷宗。」

刑部的人愣了愣，明顯是還沒接到通知，李蓉抬眼瞧他們：「怎麼，你們是信不過本宮，還是信不過聖旨？」

「不敢。」守門的侍衛趕緊讓開，同李蓉道，「殿下裡面請。」

按理這些人應當領著李蓉進去找書令史，但是卻沒有一個人有上前引路的意思，好在李蓉和裴文宣上一世早就摸透了各部，也懶得和他們爭執，自己提步進去，直接就到了存放卷宗的地方。

到了存放卷宗的倉庫後，李蓉讓下面的官員將長官叫出來，李蓉給了聖旨之後，直接道：「將秦氏案的卷宗調出來，本宮帶走。」

聽到這話，那書令史猶豫了片刻後，隨後笑起來：「殿下，不是下官為難您，刑部有刑部的規矩，要從調走卷宗，還請殿下拿到批令。」

「批令？聖旨上讓本宮主審此案，上下不得阻攔，以本宮的品級，難道還需要批令？」

「殿下。」書令史苦笑起來，「這也是規矩，除非是陛下親自前來，不然都是要批令的。哪怕是尚書大人過來，也需得按著規矩。」

李蓉不說話，她和裴文宣都清楚知道，這是下面的人為難。

閻王好找、小鬼難纏，李蓉許多年沒同小鬼這麼糾纏過，她不由得笑起來：「那這批令，我該找誰？」

「您找高主事，告知他一聲，高主事給了批令，卑職立刻將秦氏卷宗交給殿下。」

「那高主事在何處？」李蓉繼續詢問，書令史抬手道，「應當是在前方左走的房間之中辦公，還請殿下移步。」

「好。」李蓉點頭，「本宮去瞧瞧。」

李蓉說完，便同裴文宣一起去找高主事，到了高主事的房間裡，卻見屋內空空，李蓉挑起眉頭，看了一眼門口的侍衛：「高主事人呢？」

「高主事外出公幹了。」那侍衛小心翼翼道，「殿下……殿下要不明日再來？」

李蓉沒說話，她抬眼看向裴文宣，裴文宣瞧著侍衛，淡道：「高主事外出做什麼去了？」

「這……這卑職不知啊。」

侍衛面露難色，裴文宣沉默下去，過了許久，李蓉笑出聲來：「行吧，那本宮改日再來。」

李蓉說完，便轉過身去，領著裴文宣直接出了刑部。

等出門之後，裴文宣趕忙道：「殿下不必惱怒，今日早朝督查司才定下，如今刑部怕是還沒得消息……」

「得什麼消息！」李蓉低喝出聲，「這批人把本宮當猴耍呢？找什麼高主事，要今日是蘇容卿在這裡，我看他還需要高主事？分明是欺你我不懂事罷了！」

裴文宣沒說話，見李蓉怒氣衝衝朝外走去，他緊跟上去，低聲道：「殿下打算如何？」

「如何？他們欺我年少，我就讓他們知道什麼叫年少！」

說著，李蓉到了馬車邊上，大步跨上馬車，裴文宣見她氣惱，怕她激憤出事，趕忙拉住她道：「殿下打算去哪裡？」

「去找人！你別跟著我，去軍營裡，把我之前看上的人裡面叫十個好手過來，等一會兒就在那兒，」李蓉抬手一指旁邊的茶樓，「我在那兒等你。」

「我去找人了，殿下呢？」

「我……」

李蓉還沒說完，就聽見上官雅頗有幾分高興的聲音響了起來：「呀、殿下！」上官雅在不遠處揮手，「巧了呀！」

第五十三章　醒悟

李蓉聽到上官雅聲音，和裴文宣都是一愣。

裴文宣掃了一眼周邊，小聲提醒李蓉：「這裡離賭場不遠。」

李蓉點了點頭，這地方離賭場不遠，旁邊都是酒樓、茶樓，上官雅又是一身男裝，估計是剛賭完來這邊吃飯的。

李蓉冷靜些許，同裴文宣低聲吩咐道：「你去找人，再派個人去府裡把……把荀川叫來，我同上官雅在那邊酒樓等你。」

裴文宣應了一聲，便和旁邊人各自分開下去。

上官雅走到李蓉邊上，抬眼看了刑部的大門，笑道：「來刑部辦事啊？」

「妳來吃飯的？」

「對呀。」上官雅大大咧咧道，「中午沒吃，餓得慌，殿下若是無事，不若一起？」

「行呀。」李蓉笑起來，從馬車上下來，同上官雅一起往她指給裴文宣的酒樓走去。

上官雅同李蓉並肩走在一起，小聲道：「秦家案子辦下來了，殿下今日應當得了建督查司的聖旨了吧？」

「得了。」李蓉回頭瞟了刑部一眼，淡道，「小鬼難纏。」

「那殿下打算怎麼辦？」上官雅背著手，看向裴文宣離開的方向，「您好像不打算進宮參他們？」

「有什麼好參的？」李蓉低笑，「小鬼都擺不平，還要進宮找別人做主，我怕父皇明個兒就得把我的職撤了。」

「那殿下打算？」上官雅挑眉。

李蓉同她一起進了酒樓，漫不經心道，「妳等一會兒瞧熱鬧就是。」

上官雅點了點頭：「行。」

兩人叫了一個二樓的包間，進了包間內，上官雅拿起菜單，劈裡啪啦報了菜名，便轉頭看向李蓉。

李蓉坐在窗邊，瞧著刑部的方向，轉著手裡的扇子。

上官雅給自己倒了茶，有些奇怪道：「方才我好像看見駙馬，妳讓他做什麼去了？」

「叫點人。」李蓉聽上官雅問話，她回過頭來，將她上下一打量，有些奇怪道：「妳這一天天的在外面賭，妳家裡也不知道？」

「暫時還沒發現。」上官雅聳聳肩，「也可能發現了，但也不是什麼大事，就算了吧。」

「有妳這樣的女兒，妳爹得頭疼死。」

李蓉笑起來，上官雅伸出一根指頭，搖著指頭道：「妳可說錯了，能有我這種聰明機智的女兒，我爹得高興才是。」

兩人說著話，菜品便端了上來，上官雅埋頭苦吃，李蓉見她吃得香，便坐在一邊也加了幾筷子。

兩個人一面吃飯，一面閒聊，等吃完飯後，也不知道怎麼的，就聊到李蓉的婚事上來。

兩人坐在窗臺旁邊椅子上，看著樓下人來人往，上官雅端了杯茶，漫不經心道：「妳這門婚事外界看是門當戶對，但咱們有眼的都看得清楚，裴文宣身分低了些，我還以為妳應該瞧不上他，沒想到你們感情還不錯呀。」

李蓉聽得這話，笑起來：「他人還不錯。」

「的確。」上官雅點頭，「長得好，脾氣也好。不過殿下，」上官雅放下茶杯，湊到她面前，小聲開口，「有事，我特別好奇。」

「嗯？」

「你們倆，」上官雅聲音更小了些，「圓房了嗎？」

李蓉聽到著話，抬眼瞧向上官雅，挑起眉頭：「何出此言？」

「殿下，」上官雅有幾分不好意思，「我雖然沒吃過豬肉，但也見過豬跑，您和駙馬新婚夫妻，每日形影不離，感情也不還不錯，但你們言行舉止沒有半點親暱，走在一起還要保持幾分距離，看對方的眼神坦坦蕩蕩，我說實話，」上官雅嘆口氣，「您說駙馬和您的關係，和我與您的關係，有什麼區別？」

李蓉一時被上官雅哽住。

上官雅觀察人細緻入微，這事她上一世就知道，沒想到上官雅不僅在正事上觀察得透，這種事，她也感興趣。

上官雅見李蓉的神情，她笑起來，退回了自己位置上，頗有些高興道：「還當真給我料到了。殿下放心，我不會瞎說，我就是好奇，您二位，到底算個什麼關係。」

李蓉倒也不擔心上官雅知道這些，上官雅是個有分寸的，既然上官雅知道了，也問了，李蓉也不遮掩，端著茶碗笑道：「就妳說那關係。」

「嗯？」

「朋友。」李蓉緩聲道，「關係很好的朋友。」

「那……」上官雅思索著，繼續道，「你們總不能當一輩子朋友吧？」

「怎麼不能呢？」

李蓉挑眉，上官雅趕緊道，「總得有個孩子啊。」

李蓉聽著上官雅說這些，忍不住笑出聲來：「妳年紀輕輕的，自個兒婚事還沒解決，急人家的做什麼？」

「我自己的，隨緣。」上官雅無所謂道，「反正我們家孩子多，說句實話，沒遇到個喜歡的，我倒寧願窩在自個兒家裡，以後從那些個偏房裡過繼一個孩子在我名下放著就是了。不過您不同啊，」上官雅趕緊道，「您和駙馬都成婚了，您自己打算過一輩子，駙馬呢？」

「你難道就沒想過，」李蓉見上官雅整個思路都歪了，笑著道，「我和駙馬，有一天會有各自的選擇？」

上官雅得了這話，驚了片刻，隨後詫異道：「你們打算日後和離？」

「有何不可呢？」李蓉攤手，坦坦蕩蕩，「他這個人念家，我倒是可以一個人一輩子無所謂，他心裡呀，得有個人陪著他，我就不耽擱他了。而且呢，這天下俊美的君子何其多，我何必一定要找這麼好的朋友下手呢？畢竟，男人好找……」

「姐妹難得。」上官雅接了下一句，領悟了李蓉的話，兩個人頗有默契笑起來。

上官雅高興道，「那殿下心裡有下一任的人選嗎？以殿下的年紀，如今好的公子差不多都到了適婚的時候，殿下若是不出手，日後可選的範圍，怕是小了不少。」

「妳說的，我也在考慮。」李蓉緩聲道：「不過如今還是朝事要緊，這些事往後再想吧。若是沒有合適的，養幾個面首又有何妨？」

上官雅點點頭，便就是這時，門口傳來敲門聲，隨後一個低啞的聲音響起來：「殿下，卑職荀川，奉命前來。」

李蓉聽到聲音，便點了點頭，直接道：「進吧。」

李蓉音落，一個面戴半張鐵面具的青年便走了進來。

他生得不算高挑，但整個人十分勻稱，便顯修長。作為男子而言，他體格偏瘦弱一些，整個人不卑不亢站在屋中，恭敬朝著上官雅行了個禮：「公子。」

上官雅將她上下一打量，看了看李蓉，李蓉介紹：「這是我手下，督查司荀川。」

上官雅點點頭，朝著荀川拱手：「初次見面，在下上官氏。」

「坐吧，等一會兒，駙馬便會帶人過來。」

荀川聽到這話，應了一聲，倒也沒有拘謹，坐到旁邊椅子上。

李蓉摸著茶杯，緩聲道：「等一會兒駙馬會帶幾個人過來，那些人新到，怕不會太聽從安排，一會兒若他們不動手，你就帶著他們動手，明白嗎？」

「明白。」青年應聲，似乎十分清楚。

督查司的五百人，都是李蓉前些日子已經挑好的，能力不錯，但是能力不錯的人，自然也清楚如今的局勢，怕是誰都不想進來。

今日李蓉打算直接在刑部動手，帶這些人過來，就是為了給他們提個醒。

三個人等了一會兒後，便看見裴文宣便帶著人過來了。

上官雅高興道：「來了、來了！殿下，這熱鬧我能一起去嗎？」

「找個面具把臉遮上。」李蓉頗為嫌棄，「別讓認出來了。」

「這個我有經驗。」上官雅趕緊掏出半張鐵面具來，倒和旁邊荀川有些像，上官雅認真道，「我經常備著呢，就怕人認出來。」

準備這麼周全，李蓉都不好意思讓她不去了。

三個人沒等裴文宣上來，就一起走了下去。

裴文宣趕到酒樓門口，就見李蓉領著兩個戴了半張面具的青年走下來，裴文宣愣了愣，左右打量了片刻後，壓住心中疑問，同李蓉道：「殿下，人到了。」

「到了就走唄。」

李蓉走在前面，領著人走到刑部。

剛到門口，守門的人正要攔，李蓉給了一個眼神，荀川抬手就將權杖舉起來，抬劍推開旁邊守門侍衛，冷聲道：「督查司辦案，讓。」

「殿下的路你們也敢攔，」上官雅揚聲道，「好大的狗膽，聖旨看不見嗎！」

兩人一唱一和，立刻便將路開了出來。

李蓉含笑從容而入，裴文宣站在李蓉旁邊，低聲道：「妳哪兒找來這倆活寶？」

李蓉笑著看了裴文宣一眼：「是不是比你好用？」

裴文宣一時哽住，四人帶著十幾個滿臉茫然的青年一起直奔放置卷宗的倉庫，守門人見他們進去，其中一個立刻道：「你在這裡守著，我去找蘇大人。」

如今在刑部坐著的最高官員就是蘇容卿，他們現下也只能想到找蘇容卿了。

李蓉領著人疾行到倉庫，書令史一見李蓉，便笑起來：「殿下，可是找到高主事了？」

「找了，他人沒在。」李蓉笑道：「不過我把聖旨又看了一遍，我左看右看，聖旨上寫的好像都是讓我查案此案，其餘人等全力配合。本宮想了一下，督查司似乎也不屬於刑部，我要調卷宗，為何要遵刑部的規定？書令史直接給我就是，出了什麼事，本宮擔著。」

「殿下，」書令史賠笑，「您為難下官了。」

「書令史不願給本宮？」李蓉笑起來，看了一眼裴文宣，「去。」

裴文宣得了這話，便直接進了倉庫。

上一世裴文宣在刑部也待過幾年，這存放卷宗的地方倒也熟悉。

裴文宣一進去，書令史立刻急了，忙著去攔裴文宣，荀川見書令史追過去，直接一把就把書令史用劍壓在桌上，用劍刃抵在書令史脖頸上，抬眼看向其他準備動手的侍衛，冷聲道：「誰敢？」

「你們愣著做什麼？」李蓉冷眼看向其他愣著不敢動手的十幾人，小扇往桌上一拍，怒道，「你們是督查司的人，現下還要本宮吩咐你們該做什麼嗎？」

聽到李蓉厲喝出聲，那些跟來的人慌忙拔刀，堵在了倉庫門口。

裴文宣在房間內慢慢找著卷宗，書令史被荀川壓在桌上。

李蓉坐到旁邊，漫不經心搖著扇子，書令史低低喘息著，勸說道：「殿下，微臣雖然官職低微，但也是朝廷命官，殿下如今既然要管秦氏案，便應當循著規矩辦事。如此蠻橫，哪怕是陛下聽聞，也不會讚同。」

「書令史說得是。」李蓉點頭，笑意盈盈道，「明日早朝，本宮等你的摺子哦。」

李蓉說完，外面就傳來腳步聲，沒了片刻，蘇容卿便領著人到了門口。

蘇容卿一見這場景，便皺起眉頭道：「殿下，妳這是做什麼？」

「本宮奉命查秦氏案，這位書令史多次為難，和本宮起了衝突，書令史情急之下意圖毆打本宮，我手下護主心急，讓蘇大人見笑了。」說著，李蓉抬手道：「荀川，不得無禮。」

荀川聽李蓉的話放開了書令史，書令史剛得了自由，立刻朝著蘇容卿衝了過去，急道：「大人！他們沒有批令就要從這裡調卷宗，卑職也是謹遵刑部內部規矩做事，公主卻強行要搶這卷宗，卑職絕對沒動過公主一根毫毛，還請大人做主！」

「哦，你是說我說謊了。」

李蓉說話間，暗中用手上戒指在手臂上劃了一道傷口，舉到蘇容卿面前，頗為委屈道：

「蘇大人你看，這就是他傷我的，本宮金枝玉葉，難道還會為了誣陷他傷了自己不成？」

蘇容卿看到李蓉的傷口，愣了片刻，李蓉眨了眨眼：「蘇大人，您說是不是？」

蘇容卿被李蓉這麼一喚，才回過神來，旁邊書令史滿臉震驚，急道：「殿下，這裡這麼多人看著，您怎麼能如此指鹿為馬？妳……」

「陳大人，」蘇容卿終於開口，淡道，「別說了，你受了傷，先下去吧。」

蘇容卿從袖子裡拿出了一方白絹，一手托住李蓉的手，一手將白絹覆到李蓉手上，動作輕柔打了結，他垂著眼眸，淡道：「我信殿下，殿下不必拿這傷口給微臣看。」

李蓉沒想到蘇容卿這麼好說話，不由得愣在原地。

裴文宣找到了卷宗，高興回頭，便看見蘇容卿在給李蓉包紮傷口，李蓉愣愣瞧著他。

裴文宣心裡彷彿是被猛地刺了一下，一時竟有些僵了。

蘇容卿給李蓉包好傷口，低聲道：「尚書平日不在刑部，日常刑部由我主事，殿下若有什麼麻煩，可直接來找微臣，不必為難下面的人。」

「嗯。」李蓉聽蘇容卿平緩說話，情緒一時也緩了下來。

裴文宣拿著卷宗走到李蓉身後，低聲道：「殿下，卷宗找到了。」

「既然找到了，」蘇容卿聲音平淡，「那微臣送殿下出去吧。」

「人這麼多，」裴文宣笑起來，「就不勞蘇大人送了。擾了刑部清淨，望蘇大人見諒。」

蘇容卿聽裴文宣的話，抬眼看他：「殿下乃督查司司主，在這裡理所應當，不知裴大人是個什麼身分，今日如此強闖刑部？」

「殿下初涉朝堂，有諸多事情還需人指點，在下乃殿下丈夫，受殿下所托，在此幫著殿下，不可嗎？」

蘇容卿冷冷看著裴文宣，裴文宣靜靜候在原地，片刻後，蘇容卿淡道：「裴大人既然覺得無妨，那明日早朝，倒看陛下怎麼說。」

「恭候蘇大人。」裴文宣拱手行禮，轉頭同李蓉道：「殿下，我們走吧。」

「那……」李蓉正打算和蘇容卿行禮，就被裴文宣一把拽著，李蓉還沒反應，就直接被拖著走了出去。

剩下的人都有些茫然，上官雅一雙眼滴溜溜亂轉著瞧著周邊。

荀川收劍走到上官雅身邊，淡道：「別看了，走吧。」說著，她便領著一行人走出去。

上官雅笑著同蘇容卿行了個禮，追著李蓉趕了上去。

裴文宣拉著李蓉出了門，李蓉終於開口，哭笑不得道：「你這什麼脾氣啊，蘇容卿說要參你，你氣成這樣啊？行了、你別拉著我往前了，人還在後面呢。」

裴文宣聽到這話，終於停住步子，他面色不太好看，轉過身來，只道：「妳手沒事吧？」

「能有什麼事？」李蓉看裴文宣將她手舉起來認真端詳，笑起來道：「就剛才我自己用戒指劃了一道小劃痕，又不是什麼大事。」

裴文宣沒說話，他盯著李蓉手上的白絹看著，上官雅和荀川領著人走出來，上官雅笑道：「殿下，卷宗到手，也算大功告成了。」

「對，妳現下哪兒去？」

「我得回去了。」上官雅想了想，又道：「殿下不如送我一程？」

「行啊。」李蓉知道上官雅有話要說，轉頭同荀川道：「你領著他們先回公主府，我一會兒回來。」

荀川抬手行禮，李蓉和裴文宣領著上官雅上了馬車，三人坐好之後，上官雅道：「送我到聚賢茶樓，一會兒我從那回去。」

「妳這戲做得挺足。」

上官雅笑了笑，她沉默著沒說話。

裴文宣沒管她們倆姑娘的對話，將李蓉的手拉過來，小心解開了蘇容卿的白絹，抬手扔到一邊，端詳著李蓉的傷口，確認沒什麼大事之後，從旁取了清水和藥膏替她處理傷口。

上官雅看著兩個人互動，片刻後，她收回眼神，緩聲道：「殿下，我長話短說，這話可能冒昧，但是也只是個建議。」

「妳說。」

「若按照殿下今日所說，其實殿下也在找下一任合適的人選，何不就找蘇容卿呢？」

聽到這話，裴文宣動作僵住，李蓉挑眉，聽上官雅分析道：「我觀今日蘇大人神色，對殿下似乎並非全然無意，若殿下如今能將蘇大人爭取過來，日後行事也會方便許多。」

「妳這什麼意思？」

裴文宣冷眼看向上官雅，上官雅似是歉意一笑，緩聲道：「冒犯裴大人了，今日我已在公主那裡聽聞了二位日後的打算，所以給個建議。若殿下有心，蘇大人無論是人品才貌、家世地位，與殿下都再合適不過，殿下何不此事就出手，先將蘇大人穩下來，既爭取了蘇大人的立場，讓殿下督查司組建更為順利，又解決了殿下日後婚事，以免二位和離之時，合適的青年才俊都已婚配，徒留遺憾。一箭雙雕，在下以為，很是合適啊。」

「妳說這個，我也在考慮。」李蓉緩聲道，「只是我尚未確定對蘇大人的想法……」

「沒有確定，就是有些好感，感情都是培養的。」上官雅思索著道，「只要殿下不介意，不如我來安排。」

「妳要安排什麼？」裴文宣直接道，「殿下的婚事不應當與這些事染上關係。」

「若是單純為了權勢犧牲感情，那自然不該，」上官雅笑著道，「但若殿下本身也有意，這難道不是順水推舟，錦上添花嗎？裴大人，你我都是殿下朋友，自然都是為殿下著想的。還是說……」上官雅似笑非笑，「裴大人有其他想法？」

裴文宣無言，他盯著上官雅，馬車到了茶樓門口，車夫在外面恭敬道：「殿下，聚賢茶樓到了。」

「呀、真快。」上官雅站起身來，朝著二人拱手，「在下先行，殿下若是想好了，同在下說一聲，在下安排。」說完，上官雅掀了簾子，走出馬車。

等她出去後，馬車重新啟程，裴文宣給李蓉擦好藥膏，包紮好傷口，低聲道：「她的話，妳怎麼想？」

「唔。」李蓉思索著道，「倒也不錯，你如何想呢？」

「殿下。」裴文宣抬眼，「妳我就是因權勢成親，我與殿下和離，是希望殿下能找一個喜歡的人，不要沾染這些雜七雜八的東西。如果今日殿下是為權勢和蘇容卿相交，那與妳我有何差別？」

「自然是不一樣的，」李蓉笑起來，「我當然是要等我確定喜歡他，才會在一起呀。」

「那殿下為何不等確定此事呢？」

裴文宣問得認真，李蓉思索著道：「那我要如何確定呢？」

裴文宣被問愣了，李蓉緩聲道：「你對我說過，如今的蘇容卿與上一世不同，我若不去接觸他，如何又知道我喜不喜歡呢？」

李蓉笑起來，「而且，阿雅說得也的確不錯，這事就是順水推舟，錦上添花。文宣，我知道你這個人感情看得重，容不得裡面有雜質，但是很多事情不是一定要分得這麼開的。我不能每次都和刑部這麼起衝突，總得有個在中間緩和的人。」

「那我幫殿下去談。」裴文宣立刻道，「若殿下是覺得在刑部行事不便，還有其他法子，我幫殿下……」

「為何就不能是蘇容卿呢？」李蓉皺眉看著裴文宣，「不是你同我說的，應當同他試一試嗎？」

裴文宣被問住了，他看著李蓉認真中帶了不解的神情，他覺得胸口發悶，他內心有種說不出的酸澀湧上來，他靜靜看著李蓉，什麼都沒說。

李蓉緩了片刻，慢慢道：「文宣，我知道你對蘇容卿一直有敵意，但你慣來不是感情用事的人，你能否給我一個理由？」

裴文宣慢慢冷靜下來，他看著李蓉詢問的眼神，好久後，他垂下眼眸：「殿下說得是，是我感情用事了。今日同他起了爭執，心中一時有氣，聽著上官雅這麼說心裡不舒服，殿下不必在意。」

李蓉聽著，笑起來道：「你這個人怎麼小孩子一樣？越活越回去。」

「人老都是越來越像小孩子的。」裴文宣苦笑，垂下眼來，換了話題，「殿下今日為了個書令史劃傷自己不妥當，日後不要這樣了。」

「知道了。」李蓉見裴文宣婆媽，擺了擺手，「也不是什麼大事。千金之軀都是說給別人聽的，不都是個人嗎？劃道痕而已，你這麼包紮已經很過分了。」

「殿下還要珍重玉體。」

裴文宣言語有些疲憊，李蓉聽了，回頭看向裴文宣，她想了想，湊了過去，裴文宣抬眼看她，聽李蓉有些關心道：「裴文宣，你是不是有心事啊？」

「沒什麼。」裴文宣苦笑，「就是想著明日朝上蘇容卿肯定要參我了。」

「這你別擔心。」李蓉抬手拍拍他的肩，「明日父皇頂多做做樣子扣扣你的俸祿，他給你明面上扣的，我都給你私補回來。以後我要是和蘇容卿成了，我讓他十倍補給你。」

「謝謝了。」裴文宣淡道，「都是小事，微臣不會記在心上。」

李蓉見裴文宣面上還沒什麼改善，摸了摸鼻子，也不再說話了。

她回過頭去，只道：「把秦家的卷宗給我吧。」

裴文宣應了一聲，將卷宗遞給李蓉，李蓉打開卷宗，在馬車裡靜靜看著。

卷宗包括三個部分，第一個部分紀錄了秦氏案整體來龍去脈，第二個部分則是具體如何查辦以及經手官員的報告和批文，第三個部分是所有證人的口供謄抄、以及證據紀錄。口供和證據保管在其他地方，李蓉大概一時半會兒拿不到，李蓉便仔細看了整個案件經過。按著紀錄，這個案子是由御史臺一個叫溫平的監察御史發現的，溫平收到一封舉報信，說戎國與大夏開戰之處，秦家鎮守黃平縣，守軍三千，敵軍來犯三千，而後秦家受楊烈指使偽裝戰敗，棄城逃竄。

溫平得到舉報信之後，從兵部調來了當時這一戰的官方紀錄，的確是守軍三千，敵軍三千，最後敗走棄城。按照常理，攻城人數應當遠大於守軍才有勝算，在軍力相等的情況下，正常不該有這樣的失誤，於是溫平察覺異常，寫了摺子提交給了刑部，要求刑部立案。

刑部主事崔書雲受理此案，找到了當初參與此戰的副官羅倦，羅倦供認當初的確是在可以贏的情況下棄城，於是崔書雲根據口供和兵部行軍日誌、檢舉信提請查封秦府，收押相關人員。

秦府查封當日，從秦家搜到了楊烈寫給秦家當家人秦朗的書信，言及如果秦家假敗，就給秦家一千兩黃金，之後又從秦府地窖之中，搜查出了一千兩黃金。而後秦朗對此事供認不諱，說自己受楊烈行賄，指使兒子秦風放棄黃平縣，假作敗走。

於是此案定案。

李蓉細細看過謄抄後的楊烈的信、秦家人口供以及兵部行軍日誌，看了一會兒後，她笑起來道：「他們也花了力氣了，一千兩黃金買秦府一家人，出價未免也太低了些。」

裴文宣聽著李蓉提到正事，緩了緩情緒，他抬起頭來，從李蓉手邊拿了卷宗，和李蓉一起看過後，緩聲道：「此案大約有三個切入點。」

「首先要找到那個寫信的人是誰，然後找到羅倦。」李蓉開口道，「羅倦的供詞肯定是假的，得把當初參戰的人，再找幾個出來。」

「然後是楊烈的信，」裴文宣接著道，「需得拿過來辨別真偽。」

「最後是那一千兩黃金，」李蓉思索著道，「得把當時查封秦府的人找出來，只有他們才知道，那一千兩是怎麼放進去的。」

「明天讓荀川去找羅倦和參戰過的老兵，拿到他們對當年案件的口供。楊烈的信和搜查秦府的人……」

李蓉遲疑著，裴文宣直覺不好，正要開口，就聽李蓉道：「若是蘇容卿能開口，就再好不過了。」

裴文宣沒說話，他低垂著眉眼，許久後，只道：「若蘇容卿不肯鬆口呢？」

蘇容卿不鬆口，他們要拿到楊烈的信這些證據，恐怕要大費周章。至於搜查秦府的人，怕是更難知道了。畢竟信還可以透過層層施壓拿到，可搜查秦府的人，一句忘了，便打發了。

李蓉聽裴文宣的話，只能道：「若是蘇容卿不肯鬆口，怕就是兩手準備，一方面看刑部還有沒有其他合適的可以收攏的人選，另一方面就是要走正規的流程，誰不給我證據，就找誰麻煩，一直找到他們給為止。」

但這樣其實消耗的也是他們的時間，是下下策。

裴文宣應了一聲，只道：「就這麼辦吧。」

李蓉和裴文宣到了府裡，下馬車後，李蓉轉頭同旁邊人吩咐道：「給上官小姐帶個信，說她想怎麼安排就怎麼安排，越快越好。」

下人愣了愣，隨後應聲下去。

裴文宣聽她的話，只道：「殿下還有什麼打算嗎？」

「我得去看看那十幾個人，你呢？」

「微臣還有公務，先回官署。」

李蓉聽裴文宣的話，想他已經陪了她一天，應當積了不少活，笑起來道：「今天到耽誤你了，都忘了你還有自己的事，以後我自己去忙就好，免得你深更半夜還要去做事。」

「殿下的事，就是我的事，是我想陪著殿下。」裴文宣聽李蓉要自己去做事，心裡更難受些，他深吸一口氣，行禮道：「我先過去了。」

裴文宣轉身離開，走了沒幾步，就聽李蓉在後面道：「把一定要做的做完就是，明個兒我讓川兒去找你長官說一說，你別強。」

裴文宣聽李蓉的話，心裡又酸又有些高興，他低低應了聲，只道：「妳也別太晚，早睡。」

「知道，去吧。」

裴文宣自己去了官署，李蓉進了公主府，就見荀川領著一群人站在院子裡。

李蓉瞧著他們，掃了一眼後，笑著坐到位置上，捧著茶杯，緩聲道：「你們的調令，應該差不多都到了吧。」

所有人不敢說話，李蓉緩聲道：「你們這幾個人出身寒族，在軍營裡一直不上不下的，明明本事不小，但就是升不上去，心裡不覺得委屈嗎？」

幾個人面面相覷，李蓉一一點了他們的名字，隨後道：「你們這些人，我都記得，日後留在督查司裡好好幹，本宮不會虧待你們。我知道你們心裡怕惹麻煩，但本宮直說了吧，打從你們進督查司那一天開始，你們就是督查司的人，就算你們不惹麻煩，麻煩也會來惹你們。」

「你們幹得好，本宮送你們青雲梯。」李蓉說著，冷下臉來，「你們幹不好，無需本宮動手，你們也沒命回去，你們早就沒退路了，知道嗎？」

那些人聽得李蓉的話，面上神色各異，李蓉氣笑了：「怎麼，當狗當慣了，本宮給你們一個當人的機會，你們還不願意了？」

「一切聽從殿下差遣。」一個機靈的終於反應過來，明白李蓉說的不假，慌忙跪下去，

「日後卑職生是督查司的人，死是督查司的鬼，效忠殿下，絕無二心！」

「很好。」李蓉站起身來，指了指旁邊的荀川道：「日後他就是你們的長官，他叫荀川。而你，」李蓉回頭，凝視那個最先跪下去的人，「你叫田生是吧？日後你就副官，其他人明天去把督查司名單上其他人找出來，分成十二小隊，每人領一組，各自負責好各自的差事，報給田生。後日給我一個摺子，寫清楚你們具體安排，由荀川交我。」

李蓉吩咐完，有些累了，打著哈欠道：「行了，本宮先去休息，你們回去路上小心些。」

李蓉說完，便在一片恭送聲中擺手離開。

她自己回到了屋中，拿出秦氏卷宗裡的口供仔細看過，她本想等一等裴文宣，沒想到到了深夜，裴文宣也沒回來，她熬不住了，打著哈欠洗漱後，便到了床上。

躺倒床上，她稍稍有幾分精神，便想著要不再等等，裴文宣陪她辛苦了一天，她自個兒睡得美美的，那小心眼兒回來瞧著，指不定又覺得不公平要生氣。

李蓉想著，便隨意翻了床頭一本書，帶著睡意看著。看了一會兒後，終於沒熬住，不知不覺就倒下睡了。

裴文宣忙完了自己的事，披星戴月回府，剛一回府，下人便迎上來，給他端了一碗梨湯，笑道：「駙馬，如今秋燥，殿下給您備了梨湯，您喝了梨湯潤潤。」

裴文宣愣了愣，這倒是李蓉的習慣了，他應了一聲，端了梨湯，喝了小半碗後，便去了浴池洗漱。

洗漱完畢，他才回房，到了門口，就見房裡燈火通明，他皺了皺眉頭，低聲詢問旁邊的靜蘭：「殿下沒睡嗎？」

「殿下說駙馬今日辛苦，她想等駙馬回來。」

「妳們也不攔著。」裴文宣心弦微動，垂眸低聲道，「日後不能讓她這麼任性了。」

「駙馬先去睡吧，」靜蘭笑著勸道，「日後我們會勸的。」

裴文宣知道靜蘭是安慰他，李蓉的脾氣，別說靜蘭、靜梅，他在也攔不住。

他有些無奈，推門進去，正要說話，就看見李蓉倒在床上，也不知是醒著還是睡了。

裴文宣動作頓了頓，過了一會兒後，他輕輕走過去，在床頭立住。

李蓉在床上睡得歪歪斜斜，明顯不是正常睡下的，她睡姿一貫規矩，不會是這樣子，她臉下還枕著本書，明顯是看著書睡過去的。

已經入秋了，她還是只穿一件單衫，幾縷頭髮遮住了她的臉，黑的髮襯著白色的肌膚，更顯得墨髮如綢，膚白勝雪。

裴文宣靜靜看著這個等著他回來等到睡著的姑娘，覺得自己彷彿是漂泊在海裡的船，終於找到港灣，輕輕停靠下來。

他有些留戀這一刻的溫柔和寧靜，便坐到床邊，他靜靜凝視著李蓉，什麼都沒做，就那麼看著，他都覺得，有那麼些歡喜，那麼些迷戀。

他突然意識到，無論前世，還是今生，他所有期盼著的、留戀著的、嚮往著的，所謂家的感覺，其實就是這一刻。

從官署回來，喝一碗梨湯，然後看見那個驕傲的姑娘，卸下周身鎧甲，靜靜睡在他身邊。

那是李蓉給過他的，這世上，最美好的時光。

裴文宣忍不住伸出手去，覆在李蓉臉上，他凝視著她，他突然有些不敢想，如果這樣的片刻，他再也無法擁有，是什麼樣的感受。

他感覺到手下的溫度，忍不住啞聲輕喚：「蓉蓉。」

李蓉迷蒙中察覺裴文宣似是回來了，她呢喃出聲：「嗯？裴文宣？你回來啦？」

裴文宣聽到她的聲音，忍不住笑了。

他起身把這個人輕輕抱到裡側，柔聲道：「回來了，以後別等我了，嗯？」

李蓉被他的動作弄醒了幾分，她甩了甩頭：「不是怕你小氣生氣嗎？」

「我哪兒有這麼容易生氣？」裴文宣哭笑不得：「妳可別冤枉我。」

「你小氣得很。」李蓉背對著他，睡過去道，「熄燈吧。」

裴文宣無奈起身，熄了燈後，睡到床上。

他瞧著李蓉背影，李蓉似乎睡過去了，他這麼靜靜瞧著，就忍不住抿唇笑了。

只是剛一笑，他就覺得幾分心驚。

他慌忙背過李蓉，不敢看她。

他突然意識到了什麼。

他笑什麼呢？他在高興什麼呢？他在生氣什麼呢？他在害怕什麼呢？

「裴文宣。」李蓉睡了一會兒，好像在夢裡才想起來要和裴文宣說什麼，側過身來。

他們挨得近，李蓉一翻身，頭就靠在了裴文宣背上。

李蓉睡得懵了，靠著裴文宣，低聲道，「你以後別看見蘇容卿就生氣了，你一邊勸我和他試一試，一邊又老生氣，我很難做啊。」

裴文宣愣愣沒說話，他感覺這個人靠著他，有那麼一瞬，一句話差點脫口而出。

那就別試了。

就當他瞎說，他後悔了。

第五十四章　圈套

這個念頭閃過那一瞬，裴文宣有些驚到。

身後是李蓉平緩的呼吸聲，裴文宣僵著身子，他在黑夜裡睜著眼，不敢想下去。

可是腦子停不下來構想，他開始忍不住幻想蘇容卿和李蓉在一起，那樣的場景並不陌生，這是他記憶裡見過無數次的事。

但這幻想比記憶裡更殘忍的是，這一生和前世不同。

前世他清楚知道，蘇容卿一輩子不能真正搶走李蓉，他身有殘缺，他身分低微，他和李蓉隔著血海深仇，他們兩個人不過是在黑夜中偎依取暖，他不可能真正意義上擁有李蓉，李蓉是裴文宣的妻子，永遠都是。

可如今不一樣。

蘇容卿如今是名門公子，幾百年世家出身，他可以八抬大轎娶回李蓉，生兒育女，從那一刻開始，李蓉就和他不會有任何、一點點的關係。

這個想法浮現在腦海的時候，裴文宣從未如此清晰的感知到銳痛劃過內心，這種疼痛似乎是在提醒，也是一種預告。

讓他明白，所謂讓李蓉和蘇容卿在一起，於他而言，不過是葉公好龍。

他其實貪慕著李蓉的一切，前生如此，今生，他也並沒有真正擺脫。

前世他知道自己得不到李蓉，便不斷告訴自己，他不在意，在謊言和偶爾的清醒裡苦苦掙扎，一直到今生去回顧，才敢說出那一句他最大的遺憾，是李蓉。而如今他彷彿又是在回顧上一世的路，他得不到李蓉，他清楚知道。

李蓉這樣的人，哪裡會這麼輕易回頭，當年她對他的喜歡便不過是淺嘗輒止，又何況如今的他？

他給過李蓉傷害，刺痛過李蓉的信任，而他也不是什麼完美的人，他小氣、優柔寡斷、感情用事、心思深沉，家裡亂七八糟的事一大堆，和蘇容卿根本沒法比。別人看或許還會說他是裴大公子，可李蓉卻把他看得真真透透，知道他這皮囊下，是多麼普通的一個狗東西。

他知道這樣的自己，無法讓李蓉回頭，於是他偽作自己也從沒回頭，但其實李蓉於他，便似烈酒、如罌粟，沾染過後，是根本戒不斷的癮。

再來多少次，只要兩個人相遇，他便會淪陷其中。

裴文宣意識到這一點，閉上眼睛，有些痛苦。

他不願再深想下去了。

他閉著眼，或許是因為一日太過疲憊，終於還是睡了過去，只是一夜夢裡恍惚都是些前世的場景，又回顧到他娶李蓉那一天，他看見李蓉將手裡團扇放下來，然後抬起眼來，笑著瞧他，叫了一聲：「容卿。」

他從夢裡驚醒，在黑夜中喘著粗氣，外面人低聲提醒他該上朝去了。

裴文宣緩了一會兒，才低低應聲，正要起身去隔壁洗漱，以免吵到李蓉，就看李蓉坐起身來，揉著眼道：「要去早朝了？」

「是。」

裴文宣說著，才想起來，李蓉既然建立了督查司，有了官職，她便也得去上早朝。

李蓉頭一天上朝，掙扎著爬起來，看上去顯得異常痛苦，這模樣惹笑了裴文宣，他伸手扶了她一把，喚人進來，扶著她下床來，笑道：「今天要上朝，昨個兒還不早睡，吃苦頭了吧？」

「裴文宣，」李蓉閉著眼，想爭取再多睡一會兒，含糊道，「你每天怎麼起床的呀？」

裴文宣被她問笑，卻也沒答話，侍女進門來，扶著李蓉給李蓉穿衣服。

兩人換了衣服，李蓉打著哈欠和他一起出門，此時天還沒亮，李蓉坐上馬車，便對裴文宣道：「到了你叫我，我得再睡一會兒。」

裴文宣應了一聲，他看李蓉撐著頭靠在馬車邊上睡，他靜靜瞧了一會兒，心裡五味陳雜。

他不知道自己如今是該靠近李蓉一點，還是該離李蓉遠一點，他就看著李蓉對一切渾然不知，還和平常沒有任何不同一般低頭打盹。

裴文宣看了許久後，終於是在李蓉差點摔下去前一瞬，一把扶住她。

李蓉茫然抬眼，裴文宣坐到她身邊來，抬手將她按在自己肩上，低聲道：「靠著吧。」

李蓉應了一聲，也沒察覺什麼不同，就靠在裴文宣肩頭。

到了皇宮時，天有了幾分亮色，兩人從馬車上下來，一起步入宮中。

清晨的風帶著幾分涼意，吹得李蓉頭腦清醒了許多，她來了精神，轉頭看向一直不說話的裴文宣：「今個兒你很奇怪啊。」

裴文宣手持笏板，神色平靜，不痛不癢道：「哦？」

「你今天在想什麼呢，我都快摔了你才過來給我靠？你平時不這樣的。」

「嗯？」裴文宣假作無事，「我也沒注意，可能沒休息好，沒想到。」

「也是。」李蓉點頭，隨後她想起什麼來，笑道，「我許久沒體會過睡不足的感覺，如今終於體會到，覺得太過難受。日後你忙起來還是要適度，不要太過勞累了。」

裴文宣應了一聲，淡道：「謝過殿下。」

李蓉見裴文宣情緒不佳，她狐疑瞧了他幾眼，實在理不清楚裴文宣的想法。好在很快兩人就到了大殿門口，李蓉和他分別站開。李蓉身分高，便站在前列，裴文宣站在隊伍後排，兩人隔得遠，倒也沒什麼話說。

李蓉往人群一站，所有人都偷偷窺探著。昨日督查司設立的聖旨就已經下來了，隨後就一一通知了各部，做事的都是皇帝身邊的親信，可見皇帝對此事極為看重。

如今李蓉真的來上朝了，所有人便都又好奇又疑惑，偷瞧著李蓉，看李蓉打算怎麼上這個朝。

所有人暗中打量李蓉，李蓉心裡知道，絲毫沒有少女的羞澀，老神神在，兩眼一閉，站著補覺。

過了一會兒後，李明便到了，開始宣布臨朝，所有官員流水一般進入大殿，李蓉同上官旭並列而入，一個人成了一排，等進了大殿後，她也沒有半分尷尬。

李蓉跟著眾人叩首後，直起身來，李明見她就站在大殿中間，不由得笑起來：「平樂怎麼和上官愛卿站一塊兒了？來，到朕邊上來。」

李蓉得了這話，笑著道：「是。」接著她便上了高臺，站在李明左手下方的臺階上。這便算是她的位置了。

這個位置一站，所有人心中便有了些底，知道李明設置督查司這事，怕是心意已決。

李明安排了李蓉的位置，轉頭笑道：「諸位愛卿今日可有本要奏？」

李明問完，蘇容卿和裴文宣便同時站了出來，高聲道：「陛下，微臣有事啟奏！」兩人一起出列倒讓李明愣了愣，李明左右猶疑片刻後，指了蘇容卿道：「蘇愛卿先說吧。」

「陛下，微臣要參監察御史裴文宣裴大人。裴大人昨日擅闖刑部，打傷書令史陳大人，搶奪卷宗，還請陛下對如此惡徒嚴懲不貸！」

蘇容卿這一番說完，所有人的目光便落在裴文宣身上，李明聽笑了，看向裴文宣：「裴愛卿，你又有什麼事要奏呢？」

「回稟陛下。」裴文宣聲音不徐不疾，「微臣要參刑部書令史陳平，抗旨犯上，刻意為難平樂殿下辦案，甚至意圖謀害殿下，請陛下嚴查。同時蘇容卿為陳平直屬長官，管教不嚴，理應同罪。」

「朕聽明白了。」李明聽這兩人的話，點點頭，「這事不出在裴愛卿身上。平樂，」李明轉頭看向李蓉，「妳來解釋一下。」

「回父皇。」李蓉恭敬道，「昨日兒臣領旨前去刑部提秦氏案卷宗，按照您的旨意，刑部應全力配合兒臣，然而刑部卻對兒臣左右為難，情急之下，兒臣與陳大人起了衝突，陳大人怒急動手，便被兒臣侍衛扣下，剛好蘇大人趕到，便以為是駙馬動的手。」

「這樣，」李明點了點頭，轉頭看向蘇容卿，「蘇愛卿，平樂說的可是實情？」

「陛下，這其中有誤會，」蘇容卿緩聲道，「昨日聖旨剛下，陳大人還未得到刑部上級的通知，卷宗乃機密之物，殿下雖然拿著聖旨過去，但未得上級允許，陳大人也不敢隨意放行，並非特意為難。而陳大人動手一說，更是殿下誤會了，陳大人嗓門大了些，怕是驚到了殿下。這些微臣都知道，昨日驚擾殿下，微臣深感愧疚。所以微臣所參並不涉及殿下，而是裴大人。」

說著，蘇容卿轉過頭去，看向裴文宣：「公主乃督查司司主，去刑部調卷宗乃公辦，合情合理。裴大人御史臺之人，誰給裴大人的權力，如此擅闖刑部？若今日裴大人不處置，誰都能來我刑部如此放肆，我刑部日後又如何治人、如何辦案？」

蘇容卿一番喝問，李明也覺得面上有些掛不住。

裴文宣抬頭看了李蓉一眼，李蓉朝他輕輕搖了搖頭。

此刻和蘇容卿硬掰下去不是不可以，但是蘇容卿說的一點是對的，刑部畢竟是一國司法之所，他們這麼硬闖終究理虧，掰扯下去，李明最後還是要給刑部幾分顏面。無論如何，他們已經把卷宗拿到手裡，多少要給刑部一個臺階。

裴文宣得了李蓉的意思，嘆了一口氣，他跪下身去，朝著李明叩首道：「陛下，昨日微臣擅闖刑部，也因擔憂公主，微臣雖為臣子，亦是公主丈夫，一時情急，忘了身分，雖有情理，但失法度，還望陛下以及刑部各位大人見諒。」

裴文宣服了軟，李明揮了揮手，點頭道：「行了，事情很清楚了。朕讓督查司辦事，陳平攔著，不僅攔著，還傷了平樂。平樂、裴文宣硬闖刑部不對，刑部把話當耳旁風也不對，各打五十大板，陳大人扣三月俸祿，平樂和裴文宣也扣俸三個月，可以了吧？」

「陛下，這……」

刑部還有人要說話，李明直接道，「怎麼，刑部還不滿意？」

「陛下聖明。」蘇容卿立刻開口，恭敬道，「微臣並無意見。」

蘇容卿開了口，其他人也就不好再說什麼。

李明滿意點頭道：「行吧，就這樣吧。裴愛卿起來吧，諸位愛卿可還有其他事？」

李明將話題移了過去，眾人也知趣，不再多問，往兩邊分開。

李蓉偷偷瞟了面無表情的裴文宣一眼，見他依舊板著臉，忍不住思考，對於如今的裴文宣來說，三個月月俸，是不是讓他感到了心痛？

兩人上著朝的時候，天剛剛亮，上官雅便穿戴完畢，藉著去詩社參加清談的名義去了賭場。

她昨夜回來前便得了李蓉的消息，知道李蓉是答應了她，於是大清早她就來了賭場，一路尋覓之後，就看見正在賭桌邊上壓著大小的蘇容華。

她和蘇容華算不上熟識，只是因為上次見過，後來蘇容華又常來賭錢，便也算有了幾分交集。她到了蘇容華身後，見蘇容華正賭得激動，輕輕拍了拍蘇容華的肩膀：「蘇大公子。」

「嗨別煩……」蘇容華話沒說完，就意識到身後站的是誰，他帶了幾分詫異回頭，將上官雅上下一打量，有些不確定道：「上官小……小公子？」

「大公子可有時間借一步說話？」上官雅笑咪咪開口。

蘇容華聽這話，頓時笑起來：「其他人問我，那就沒時間，但上官公子的話……」

蘇容華將她上下一打量，神色裡全是調笑，那眼神看得上官雅皺起眉頭，隨後就見這人輕輕彎腰，湊到她面前來，輕聲笑道：「在下隨時有時間。」

「看來上次那巴掌是沒抽夠啊。」上官雅慢悠悠出聲，轉身道，「走吧。」

上官雅領著蘇容華上了二樓，兩人進了包間，在賭桌邊上各坐一邊。

上官雅讓人下去，蘇容華將扇子插在腰帶上，起身給上官雅倒茶，笑著道：「無事不登三寶殿，上官小姐有事用得上在下？」

「本來打算碰個運氣，沒想到真能碰上你。」上官雅雙手環胸，瞧著對面的蘇容華，嗤笑出聲：「大清早就來賭場，你可真夠不著調的。」

「彼此彼此。」蘇容華放下茶壺，瀟灑搖起扇子，「上官小姐大家閨秀，精通琴棋書畫，上官家太子妃人選，有點時間就泡在這兒，在下與大小姐相比，那簡直是關公面前耍大刀，不自量力。畢竟在下區區七品小官，又非御史臺特殊官員，不用上早朝，待在這兒賭個錢，正常。」

一番對話，上官雅差不多知道這是個什麼主了，她懶得和他掰扯，直接道：「和你商量個事吧，公主殿下想見見你弟弟，你看你能不能把你弟弟請出來，殿下坐莊，吃頓飯如何？」

蘇容華不說話，他端了杯子，抿了口茶。

上官雅在旁邊繼續道：「好處不會少了你的，我知道你和謝家三公子約了下個月鬥雞，他手裡是華京第一雞王，你正在找能鬥贏他的大公雞，正巧我手裡有一隻。打從幽州來的雞王，廝殺疆場，未有敗績，我送你，如何？」

蘇容華聽到這話，差點一口茶噴出來。

他被茶水嗆到，哭笑不得抬頭：「上官小姐，用一隻雞換我弟弟，您沒和我說錯吧？」

「這當然是好處啊。」上官雅神色自若，「壞處呢，不到必要，不需要談，談了傷感情，您說是吧？反正就是見個面、吃頓飯，我想蘇二公子自己，可能也有這個心思，未必不同意，您說呢？」

「唔。」蘇容華思索著道，「叫他出來和姑娘吃飯，他未必同意，但若是殿下，的確就不一樣了。可是……」蘇容華抬眼看向上官雅，「我憑什麼要幫他、幫妳們呀？」

「那大公子是想怎樣？」上官雅聽出蘇容華的意思，大約是要好處了。

蘇容華看了看賭桌，笑道：「要不賭一局？」

「賭什麼？」

「賭大小吧，三局兩勝，妳贏了，我幫妳，我要是贏了……」

上官雅喝著茶不說話，聽蘇容華道：「穿次女裝給我看唄。」

上官雅聽著蘇容華調笑的話，冷笑出聲來。

「那你等著輸吧，賭大小這事，我可從來沒輸過。」

「哦？」蘇容華抬手搗在胸口，「那我太害怕了。」

「來人。」上官雅叫了門口的侍從，吩咐道，「去宮門口等著，公主下朝了就告訴她，請她把晚飯時間空出來，打扮好看些，我約她吃飯！」

跟著上官雅來的隨從是李蓉給她的人，聽了她的吩咐，立刻應聲下去。

上官雅拿過骰子，自通道：「開始了？」

蘇容華撐著下巴，滿臉癡迷地看著上官雅，微笑道：「妳搖吧，我喜歡看妳搖骰子的樣子。」

「有病！」上官雅翻了個白眼，隨後就開始瘋狂搖骰子，蘇容華閉上眼，彷彿是聽絕妙的音樂一般，滿臉陶醉。

等到上官雅放下骰子後，他將扇子輕輕點在「大」上，眼睛都不睜，含笑道：「大。」

上官雅僵了僵，隨後開了骰子，果然是大。

一連搖了三局，蘇容華全中，上官雅有些急了，冷著臉道：「不行，這不算，都是我搖骰子，你來搖。」

「好呀。」蘇容華伸出漂亮的手，取了骰子，笑道，「美人的話，不敢不從。」

上官雅和蘇容華僵持著的時候，李蓉和裴文宣正從朝堂上出來。

李蓉見裴文宣神色不佳，便安慰著他道：「你那些月俸我賠給你，你別想了。還是你覺得自個兒受了氣？你不是這麼想不開的人呀……」

裴文宣聽李蓉絮絮叨叨，他低聲道：「殿下，我是想到公務之事，殿下不必擔心，這都是小事，微臣不放在心上。」

裴文宣這個人李蓉是瞭解的，她哪兒肯信他的鬼話，但也覺得逼他說話不妥，於是只能點頭道：「算了，我也不深究，但若你心裡有什麼不舒服的，一定要與我說。」

裴文宣應了聲，兩人剛出宮門，就被上官雅派來的人攔住了。

那人將上官雅的原話轉告，李蓉聽了便笑了：「約我吃飯，還讓我打扮得漂亮些？她人呢，在哪兒？」

「在賭場。」來人一板一眼稟報道，「和蘇大公子正賭著呢。」

聽到這話，李蓉挑起眉頭：「蘇容華？」

「是。」

李蓉緩了片刻，隨後直接道：「走，帶我過去瞧瞧。」說著，她轉頭看向裴文宣：「你是不是還有事啊？」

「殿下若是要去賭坊，那微臣便陪著過去。」裴文宣皺著眉頭，他不放心李蓉單獨去那種地方。

李蓉笑道：「你若是有事的話……」

「昨夜已經做完了。」

裴文宣直接打斷她，李蓉聽得這話，才放下心來，便道，「那走吧。」

兩人說著，便一起趕到賭場。

兩人由侍從領著上了包廂，一進門就看見上官雅和蘇容華正對坐著，上官雅手裡拿著牌，雙眼通紅，頭髮亂得不行，像極了一個賭急了的賭徒，對面蘇容華悠然自得喝著茶，慢悠悠道：「上官小姐，殿下都來了，輸這麼多局了，也該放棄了吧。」

「不行！」上官雅立刻道，「我能贏，我馬上就能贏了！」

李蓉聽著這話，就知道上官雅是賭傻了。

裴文宣小聲道：「把人帶走吧，賭下去沒個頭。」

李蓉走到上官雅身後去，拍了拍上官雅肩膀：「阿雅。」

上官雅被李蓉嚇了一跳，見李蓉來了，她才想起什麼來，結巴道：「殿殿殿殿……殿下！」

「妳這做什麼呢？」李蓉笑起來，她鮮少見上官雅這麼失措的樣子，她說著，抬頭朝著蘇容華點了點頭。

蘇容華站起身行禮，裴文宣同他行禮：「蘇大人。」

「裴大人。」

「蘇大人怎麼和阿雅賭上了？」李蓉見上官雅似乎是有些尷尬，便轉頭問蘇容華。

蘇容華笑著瞧向上官雅：「上官小姐想幫殿下約我弟弟吃飯，說同我賭一局。我輸了就答應她，結果耍賴到現在了。」

「見笑。」

「哦？」李蓉被這事逗笑了，「沒想到蘇大人賭技如此精湛。」

「殿下……」上官雅有些尷尬，小聲道，「我今天手氣不好。」

「妳同他賭請蘇容卿吃飯？」

「是。」上官雅低聲道，「沒把事辦好……」

「唔。」李蓉想了想，「這事，是本宮拜託妳的。妳也盡力了，這樣吧，」李蓉笑著看向蘇容華，「不如讓駙馬和蘇大人賭一局？」

「還是賭請我弟弟吃飯嗎？」蘇容華看向裴文宣，裴文宣站在旁邊面無表情。

李蓉笑道：「是，若是裴大人輸了，我讓阿雅陪你吃飯。」

「啊？」上官雅有些懵。

蘇容華拍手，高興道：「妙極！裴大人請。」

裴文宣站著不動，李蓉親自給裴文宣拉了凳子，招呼道：「文宣，來，讓蘇大人看看你的水準。」

裴文宣沒說話，李蓉挑眉：「文宣？」

裴文宣抬眼看著李蓉，見李蓉催促中帶了期盼的目光，他深吸一口氣，還是坐到了椅子上。

李蓉給裴文宣捏肩，覆在他耳邊，小聲道：「好好幹，贏了有賞。」

裴文宣垂著眼眸，蘇容華抬手道：「裴大人想賭什麼？」

「推牌吧。」李蓉替他做了決定。她知道裴文宣擅長什麼，裴文宣神色不動，蘇容華看著他確認了一遍：「裴大人？」

「聽殿下吩咐。」

蘇容華微微頷首，便取了牌來。

推牌就是拿一副骨牌，發牌給兩方，雙方每次開始叫牌，可以選擇取一張牌，扔一張牌放在桌上，等下一張扔出來的時候，再扣上。或者同時取兩張牌，手裡的牌總數不能超過十，否則立刻為輸。雙方任一一方可以隨時叫停，停下來後對比雙方大小，在不超過十的情況下最大為勝。如果中途沒有人叫停，那麼一直到牌發完後，就雙方攤牌比大小。

推牌不僅看運氣，最重要的是算牌，裴文宣並不沉迷賭博，但是玩推牌卻是少有敵手。

侍從清理了桌子，便開始給雙方發牌，李蓉站在裴文宣身後，看裴文宣取牌。

蘇容華悠然自得撐著下巴，盯著自己的牌，選擇要一張或者是兩張。

裴文宣推牌的時候不喜歡說話，李蓉站在他身後，緊張看著他取牌。

裴文宣感覺到李蓉這種緊張，他神色不變，心裡卻有些難受。

他有些想就這麼輸了就走，又知道不能這樣。

他的感情是他的感情，他得幫著李蓉，李蓉想做什麼，他幫著才對。

不能因為他心裡不舒服，他喜歡李蓉，就阻止李蓉走她想走的路。

他是她朋友，她信任自己，他不該辜負這片信任。

他若喜歡這個人，就該成全這個人。

他捏著牌的動作用了力氣，李蓉全神貫注瞧著，見他兩張牌面已經是八點，此時他可以選擇棄一張牌，拿一張牌，也可以選擇拿兩張牌。

八點已經太大了，李蓉見他猶豫，趕忙道：「棄牌呀。」

裴文宣沒說話，蘇容華笑起來：「看來裴大人的牌面不小啊。」

「蘇大人的牌面也不小。」

裴文宣骨節分明的手摩娑著手中的牌，李蓉見裴文宣不出聲，她也不敢出聲，她突然理解了上官雅沉迷賭博那種刺激感，她站在裴文宣旁邊，等待著裴文宣的決定。

片刻後，裴文宣輕聲一笑，抬起清潤的眼看她，問了句：「想贏？」

「當然想啊。」李蓉回得理所應當。

裴文宣把牌往前方一推，直接道：「兩張，開牌。」

「裴大人膽子夠大啊。」

蘇容華挑眉，裴文宣沒說話，他從旁邊端了茶，慢條斯理抿了一口。

侍從將兩張牌推過來，翻開，兩張一點，加上裴文宣已經有的牌面，正好十點。

蘇容華失笑，推開牌來，剛好九點。

「蘇大人打算把時間地點定在什麼時候？」

裴文宣問得彷彿公務，蘇容華無奈：「今晚吧，明月樓。」

「好。」裴文宣點頭，站起身來，只道：「既然事情定了，我和殿下先走，失陪。」

說完，裴文宣便拉上李蓉，直接往外走去。

李蓉給上官雅打再會的手勢，上官雅崇拜看著裴文宣，蘇容華猶豫著道：「裴大人，要不再打一局？」

裴文宣沒理會兩人，拖著李蓉出了門，等兩人走了，上官雅忍不住感慨：「好俊啊。」

蘇容華輕咳了一聲，走到上官雅身後，搖著扇子道：「今日在下手氣也不太好，不過上官小姐輸了在下這麼多局，打算怎麼賠？」

「你想怎麼賠？」上官雅回頭，頗有些奇怪。

蘇容華笑道：「吃頓飯囉？」

「那算了。」上官雅擺手，「我走了。」

「那在下去上官府找上官大人吃？」

蘇容華繼續出聲，上官雅立刻回頭，溫柔道：「蘇大公子覺得哪裡合適？」

李蓉被裴文宣拉著出了賭場，剛出門，李蓉就笑起來。

「妳笑什麼？」裴文宣拉著她，不知道怎麼的，就有那麼幾分不願意放手。

他假裝對一切一無所知，只是忘了一般拉著她，李蓉還沒從方才緊張的情緒裡緩過來，小扇輕輕指在胸口：「我總算知道阿雅為什麼愛賭錢了，方才開牌的時候，我心跳快了好多，竟然有些緊張了。」

「殿下也有緊張的時候。」

裴文宣拉著她慢慢往前走，李蓉緩聲道：「是呀，我自己也沒想到。不過說真的，裴文宣，」李蓉笑著瞧向他，「你方才當真俊得很。」

裴文宣輕笑：「殿下也有看我順眼的時候。」

「大多數時候我看你不都挺順眼的嗎？」李蓉說著，慢慢察覺手上似乎有些溫度，她突然意識到裴文宣還拉著她，而對方明顯沒發現這一點。

她一時不知道怎麼開口，若是說出口來提醒，她怕裴文宣那個性子又覺尷尬拘謹，怕是要連連道歉。可是不說話，她也不知道怎麼的，或許是尷尬，竟然覺得心跳快了一些。

她抬手用扇子搧風驅趕臉上的熱度，繼續談笑風生：「方才你是怎麼知道最後兩張牌是一點的？」

「算的。」裴文宣面色平淡，他拉著李蓉，心裡有種偷來的甜蜜，緩緩蔓延。

兩人走在長廊上，李蓉在放大的心跳聲中，聽著裴文宣清朗的聲音平和解釋：「我記住了我們雙方棄過的每一張牌，大概推測出來他手裡的點數，也算出了後續的牌來，這不是什麼難事。」

「你還是聰明，我就記不住這麼多。」李蓉笑道：「怪不得你讀書總是第一。」

「因為殿下也不需要記這些，殿下的聰明，在大局之上。」裴文宣同她說著，一起到了馬車邊上。

到了馬車邊上，他就不得不放手了，他垂下眼眸，扶著李蓉上了馬車，隨後才放了手，而後笑道：「我方才都沒有察覺……」

「無事、無事。」李蓉趕忙安慰他，「我就是怕你這麼介意，才沒有提醒你。你要去官署嗎？」

「殿下呢？」裴文宣瞧著李蓉，「回去了嗎？」

「我得回去準備呀。」李蓉高興道：「阿雅這麼費心擺的局，我總不能辜負了她的心意。好好選件衣服，化個妝……」李蓉笑起來，似是有些不好意思，「總得有些姑娘的樣子。」

裴文宣靜靜注視著李蓉，見她笑容裡帶的那幾份歡喜、幾分羞怯、幾分少女式的期盼，他脫口而出：「一定要去？」

李蓉奇怪瞧他，裴文宣忙解釋道：「我的意思是，秦氏案的卷宗……」

「我都看完了。」

「那羅倦還有其他當初涉及黃平縣一戰的相關人員……」

「我讓荀川去找了。」李蓉知道他在擔心什麼，解釋道，「你放心，我心裡有數。現在最重要的就是拿到查封秦府的負責人名單和楊烈的信，這事只要蘇容卿鬆口，一切好說，我今日先去接觸他。你還有什麼擔心的？」

「沒了。」

裴文宣瞧著她，李蓉笑起來：「你放心，今天我會早回的，你也注意著些，我估計朝堂上不少人盯著你，別出事了。」

「是。」裴文宣垂下眼眸，行禮道：「殿下放心，文宣會好好顧忌自己。文宣預祝殿下……」裴文宣覺得唇齒泛苦，「今日旗開得勝，一切順意。」

「謝了。行了，你先去做事吧，我回了。」李蓉打了個手勢，便進了馬車。

她進馬車後不久，靜蘭、靜梅便坐了上來。

平日裴文宣在，靜蘭、靜梅便跟在後面的馬車裡，如今裴文宣坐著後面的馬車離開，靜蘭、靜梅便上前來照顧李蓉。

兩人一個給李蓉倒茶放置糕點，一個給李蓉捏肩。

「駙馬今個兒瞧著興致不高，殿下可是和駙馬吵架了？」靜梅頗有些好奇。

李蓉趕忙道：「妳可別冤枉我，我對他好著呢。」

「駙馬這兩天都心事重重，」靜蘭緩聲道，「殿下還是多關心一下，夫妻之間，最要不得的就是藏事。」

「妳年紀輕輕的，」李蓉聽靜蘭的話，笑起來道，「婆家都沒一個，說話像個老太太。」

靜蘭笑笑不言，李蓉想想：「不過也是，妳們平時幫我多瞧著些，我心思不細，駙馬是個多愁善感的，我哪兒招惹了他，我自個兒都不知道。」

兩人聽李蓉的話，都不由得笑起來，三個人就著裴文宣的話題，便說了一路回去。

回到公主府，李蓉確認了一下，荀川已經領人去找羅倦和當初黃平縣一戰的舊部，然後她將各部人的名單拉出來，思索了一陣後，給出了一份名單和相應的禮單，讓人給送了過去。

等忙完了正事，她便開始沐浴熏香，選衣服化妝，挑選髮簪首飾。

這些事看似簡單，但女人真做起來，卻極為耗時，李蓉左挑右選，便有些後悔沒叫裴文宣過來。

裴文宣審美極好，他挑的衣服配飾，比這些丫鬟挑的好太多，李蓉選了許久後，終於定下來，她選了一身紅色金線繡牡丹的長裙，纖腰廣袖，把女人的身姿勾勒到極致。

李蓉打扮好後，天已經黑了，外面傳來消息，說上官雅到了門口，李蓉起身出去，便見上官雅換回了水藍色長裙趴在馬車窗口等她。

李蓉用扇子輕輕敲打了她一下，笑道：「在我面前是越發沒規矩了。」

「我在妳面前已經丟臉丟澈底了，」上官雅趴在馬車車窗，看著外面人來人往，生無可戀道，「不在乎什麼臉面了。」

「妳這是受了什麼打擊，成這樣了？」

「等一下把妳送到明月樓，」上官雅直起身來，嘆氣道，「妳和蘇容卿吃飯，我得和蘇容華吃飯。」

「妳怎麼就答應和他吃飯了呢？」李蓉頗有些奇怪。

上官雅無奈，「他說要告我爹我賭錢。」

李蓉被她逗笑了，坐在一邊笑得肚子疼。

上官雅頹廢了一會兒，便打起了精神：「好餓了，吃頓飯而已，我不怕他。今晚的重點是在殿下，」上官雅說著，抬眼看向李蓉，上下一掃後，皺起眉頭，「妳這穿得是不是太正式了？」

「嗯？」李蓉抬手，「不好看嗎？」

「倒也不是不好看，就是，」上官雅想了想，「氣勢太足，壓迫感重了點。不過也沒關係，」上官雅上下打量，「人長得好看，怎麼樣都好。我們來預習一下今晚要做什麼。」

「嗯？」李蓉奇怪，「還要預習？」

「那當然。」上官雅果斷道，「凡事都要有計劃，有準備。妳畢竟是成親了的，雖然你們這個關係，我和妳心知肚明，但蘇容卿不知道，妳貿然開口，怕是會嚇到他。所以今晚重在談正事，然後用妳的個人魅力征服他。」

「所以我怎麼辦呢？」

「妳說話，只能正事，但是呢，妳要學會眼神。」

上官雅說著，坐正起來，比劃道：「妳看我啊，妳要在不經意之間，比如說一回頭啦，一抬頭啦，要慢慢看過去，就這樣。」

上官雅給她示範，她先低頭，然後再抬頭，一雙眼便像是會說話一般，盈滿了秋水，輕輕朝著李蓉一掃。

李蓉愣了片刻，隨後擊掌道：「妳可以呀！來，妳看我這麼做對不對。」

李蓉說著，就開始學。

倆姑娘在馬車裡，便開始練習起眼神來。

李蓉和上官雅往明月樓去時，裴文宣也差不多批完了最後一封文書。

他本來也不是大官，活也不多，平日裡幹得勤，如今想要再找點事幹，竟然也找不到了。

他在官署裡坐了一會兒，算著李蓉差不多出門了，才自己起身來，走出門去。

童業守在門口，見他出來了，便道：「公子今日這麼早？回府嗎？」

「嗯。」

裴文宣低聲回應，童業嘆了口氣：「公子也就是幾年沒回華京，以往陪公子那些個公子哥兒便都散了，平日裡說話人都沒有。早知道這樣，公子還不如留在廬州呢。」

裴文宣沒說話，徑直上了馬車。

年少的好友，其實他早不記得多少了，太多年了，他後來的朋友，也就是李川、秦臨這些人。

如今李川還是太子，秦臨等人遠在邊疆，他身邊除了一個李蓉，卻是誰都沒有了。

裴文宣覺得有些疲憊，他抬手捣頭，低聲道：「回去吧。」

馬車緩緩而行，從人聲沸騰之處慢慢行到暗處，還沒走出巷子，就聽前面傳來急促的呼喚聲：「公子！大公子！」

馬車驟然停住，裴文宣冷眼抬頭，隨後童業便捲簾進來，急聲道：「公子，夫人病重，說讓您現在趕緊回裴家一趟。」

裴文宣沒說話，捲開簾子就看向傳話的人，來的的確是他母親的貼身侍從，對方哭得梨花帶雨：「大公子，您趕緊回家吧。」

「母親病重，為何先前一句不同我說？」

裴文宣冷冷看著對方，對方低泣道：「原先也沒什麼的，夫人說不要驚到您，您打從成婚便許久沒去看過她了，夫人想著您事物繁忙，半個時辰前，夫人突然就暈了，大夫也沒請到，府裡人多多刁難，奴婢也是沒法子了……」

「公子別問了，」童業急道，「先趕緊回去吧。」

裴文宣不說話，他捏緊了車簾，許久後，他突然笑了。

「行。」他回過頭，同童業道：「你去明月樓，等公主辦完事出來了，讓她到裴府來接我。」他附在童業耳邊，輕聲道：「多帶點人。」

童業愣了愣，裴文宣緩聲道：「去吧，在門口好好等著，別驚擾了公主。」

裴文宣說完，回了馬車，同外面道：「去裴府。」

馬車緩緩離開，童業站在原地，愣了許久後，他才反應過來裴文宣吩咐了什麼。

他家公子慣來聰慧，必然是察覺不對勁才會這麼吩咐，童業心裡又慌又急，趕忙往明月樓狂奔而去。

但在童業動身前一刻，已經有暗衛提前離開，將消息一路傳過去。

李蓉還在馬車裡和上官雅打打鬧鬧，便被急急趕來的暗衛攔住了馬車，李蓉抬起車簾，冷聲道：「什麼事？」

「裴家把駙馬叫過去了。」

「什麼理由？」

李蓉皺起眉頭，暗衛立刻道：「溫氏病重。」

李蓉沒說話，片刻後，她轉頭同上官雅道：「妳下車。」

「啊？」

上官雅滿臉茫然，李蓉直接道：「裴文宣出事了。妳去明月樓，幫我和蘇容卿解釋一聲。」

「不是，」上官雅急道，「他在裴家能出大事？這都到明月樓門口了，妳見一面再走啊。」

「不見了。」李蓉直接道：「我放心不下，趕緊的。」李蓉直接把她推了出去，轉頭吩咐暗衛：「去找公主府調人，直接到裴府去。」

暗衛應聲，李蓉讓馬車調轉車頭，便往裴府趕去。

她坐在馬車裡，閉上眼睛。

她心裡把裴文宣的想法和在裴府可能遇見的事想了一邊，過了一會兒後，她不由得被氣笑了。

她想好了，等見裴文宣，她要幹的第一件事。

就是狠狠搧他一大巴掌。

第五十五章 挨打

裴文宣閉眼靠在馬車上，靜靜思索著此番去裴家的所有可能性。

溫氏雖然身體不太好，但上一世也是活到了十幾年後的，中間也一直沒有什麼大毛病，所以突然這麼出事叫他回去，還恰恰就是在李蓉建好督查司之後，來得未免太巧。

如果不是溫氏病重，裴家人卻將他叫回去，那只能是李蓉的事情了。

李蓉如今劍指各大世家，找李蓉麻煩，找他卻沒有那麼麻煩，畢竟宗族禮法在上，就算是李明，也很難插手裴家內部的事情。

今個兒回去，裴家人怕是打算對他恩威並施，讓他來勸李蓉。

如果真的是溫氏病重，他回去看一眼也就罷了。如果是他們假借溫氏病重的名義要找他麻煩，他就要和他們計較計較了。

裴文宣心裡定下來，到了裴家門口，他抬眼看了一眼四周，在暗處看見一直跟在他身邊的暗衛，他收回眼神，下了馬車，走進裴府。

他剛下馬車，便有人上前來，恭敬道：「大公子，請。」

裴文宣雙手攏在袖中，跟著那人往前，只道：「不是說我母親病重嗎？為何不往母親別院方向過去？」

「大夫人在正堂等您。」

那人沒有直接回答，只應了這麼一句，裴文宣便心裡就有數了。

他跟隨著那人一路到了正堂，便見到裴家人幾乎都在，他祖父坐在高處，母親坐在旁邊，餘下坐著宗族裡幾位長老，以及他兩位叔叔、他的堂兄弟都站在邊上，侍衛將整個院子圍住。

裴文宣領著兩個李蓉派給他的手下進了院子，朝著座上人一一行禮，恭敬道：「見過祖父、母親、諸位長輩、諸位兄弟。」

裴文宣行禮之後，抬眼看向溫氏，平靜道：「聽聞母親病重，兒子特意趕回來，如今看來，母親貴體似乎無恙。」

「我……我叫你過來……」

「是我叫你過來的。」裴玄清見溫氏結巴著，直接開口道，「知道你不會回來，便讓你母親召你。」

「祖父說笑，」裴文宣笑起來，溫和道，「家中長輩有召，文宣怎敢不回？直接叫人就是，謊稱母親病重，白讓孫兒憂心。」

「憂心？你還知道憂心？」裴玄清一巴掌拍到桌上：「你要知道憂心家裡人，就不會慫恿公主去做那些傷天害理的事！」

「祖父的話，孫兒聽不明白。」

裴文宣聲音平淡，裴禮文聽他這樣開口，頓時怒了，站起來道：「你還揣著明白裝糊塗？你說，公主建督查司這事是不是你慫恿的？」

「督查司是公主自己的主意，與文宣有什麼關係？」裴文宣抬眼看向裴禮文：「三叔若是不滿，直接找公主說就是了，諸位長輩今個兒擺這麼大的陣仗在這裡，」裴文宣回頭環顧眾人，「就是為了這事嗎？」

「文宣，」裴玄清再次開口了，「你是公主丈夫，她做事不顧及首尾，你也不顧忌嗎？如今其他幾家都問上門了，公主以前從來不理會政事，嫁給你之後就開始找事，你說和你沒有關係，就算家裡人信你，其他人誰信？」

「所以呢？」裴文宣瞧著他們，淡道，「你們今日是什麼意思？」

「什麼叫什麼意思？」裴禮文怒道，「這是你和長輩說話的態度嗎？」

裴文宣沒說話，抬眼看著坐在一邊一直不說話的裴禮賢，裴禮文見裴文宣不理會他，衝上前去就要動手，裴文宣察覺他意圖，扭過頭去，怒喝出聲：「你敢！」

他這一聲大喝驚住了裴禮文，裴禮文一時氣泄，揚著手道：「你……你一個小輩，我打你有什麼不敢！」

「三叔，你可想好了。」裴文宣冷聲道，「我乃當朝駙馬，你今日打我，打的可是平樂殿下的臉。」

裴禮文聽裴文宣的話，手舉在半空，一時有些尷尬。

裴禮賢嘆了口氣，抬眼看向坐在椅子上的溫氏，有些無奈道：「大嫂，我就說了，文宣娶了殿下，便失了分寸，他還年輕，不知道深淺，大嫂得拿出母親的尊嚴來，多多教導才是。妳瞧，這成親才多久，他就忘了自個兒裴家人了。」

裴文宣終於聽到裴禮賢說話，他抬眼看著裴禮賢，裴禮賢一眼都沒瞧他，只同溫氏道：「大嫂，文宣還年輕，別讓他毀在半路了。」

「二叔說得是。」溫氏聽著裴禮賢的話，似乎是定下心神來。

她抬起眼來，看向裴文宣，深吸了一口氣道：「文宣，你要多聽家裡人的勸。公主的事，你得多勸著，不能讓她和這麼多世家為敵，到時候牽扯到家裡來，公主是公主，咱們家可沒有免死金牌。」

「所以呢？」裴文宣聽著溫氏的話，氣得笑起來，「他們就是這麼和妳說的？妳打算讓我做什麼？」

「你回去，讓殿下歇了心思，秦氏案就算了。這事，你表舅也在裡面，你讓殿下別參合。」

「好啊。」裴文宣笑了，「就這事，你們早說就是了，還有其他嗎？」

「文宣！」溫氏聽出裴文宣話語裡的嘲諷，她被這麼多人盯著，怒急了去，大聲道，「你這是什麼態度？你眼裡還有我這個母親嗎？」

「我有。可妳眼裡，」裴文宣認真看著她，「還有我這個兒子嗎？」

溫氏被他問愣了，旁邊裴玄清輕咳了聲道：「兒媳啊，這孩子該管教了。」

溫氏聽到這話，才恍惚想起什麼來，她站起身，急道：「你反了你了，來人，家法伺候！」

裴文宣聽著溫氏的話，垂下眼眸，低低笑起來。

溫氏被裴文宣笑得發慌，結巴道：「你……你笑什麼？」

「母親，」裴文宣緩聲道，「他們是不是和妳說，要打了我，才能給其他世家交代，也算是給公主一個威懾。日後我慫恿公主一次，就找我一次麻煩，我總有消停的時候。」

溫氏愣了愣。

外面家丁衝進來，抬手去按裴文宣，裴文宣大喝一聲：「別碰我！我自己跪！」

裴文宣抬手解了外袍，從容放到旁邊小桌之上，而後便挺直了身板跪下去。

他盯著溫氏，平靜道：「母親，今日之事，我早已料到，只是我沒想過，竟然是妳。」

溫氏看著裴文宣的眼睛，她整個人都呆了。

片刻後，一聲藤條抽打在背上的聲音猛地響起，裴文宣神色不變，只是靜靜看著她。

溫氏哆嗦了一下，她想開口，就聽裴禮賢開口道：「大嫂慣來見不得這些場面，讓大嫂內堂避一下吧。」

溫氏茫然看了裴禮賢一眼，旋即就被丫鬟扶著，將她半拉半推拖了出去。

藤條狠狠抽打在裴文宣身上，溫氏一走，那些人便加重了力道，藤條抽到他身上，帶了鑽心的疼，逼得他瞬間白了臉色。

冷汗從他額頭涔涔而落，這時候李蓉也已經趕到了裴家。

荀川已經領著人到了裴家門口，李蓉一到，荀川就走上前去，恭敬道：「殿下。」

「人進去多久了？」

「聽說剛進去不足一刻鐘時間。」

荀川跟在李蓉身後，壓低了聲：「暗衛沒有回應，裡面應該是出事了。」

李蓉臉色微變，她親自上前敲開大門，門房剛一開門，荀川便用劍抵在門上，李蓉低喝了一聲：「撞。」

旁邊人用力把門猛地撞開，門房被撞到在地，驚道：「你們……」

「本宮駙馬方才進你裴府，」李蓉抬手從旁邊侍衛手上直接抽出劍來，指在門房面前，冷聲道，「人呢？」

「平……平樂殿下。」門房意識到來人，結巴道：「駙馬……駙馬在大堂。」

李蓉沒理會他，提著劍轉身，領著人就往大堂走去。

她心裡清楚裴文宣想做什麼。

以裴文宣的聰明，他怎麼不知道今日來裴府是做什麼的？如今各大世家對他們夫妻虎視眈眈，他們不敢朝她下手，自然要找裴文宣的麻煩。傷了裴文宣，也算是一種警告，裴文宣如今還來，圖的是什麼？

無非就是裴文宣心裡那點小算盤，想藉著自己受傷的事做藉口，從裴家咬下一塊肉來。

可她需要他從裴家咬這塊肉嗎？

李蓉心裡也說不清是因為什麼，只覺得帶了種說不出的憤怒，可能是覺得自己被人打臉，又可能是覺得裴文宣冒進。

她領著人走過長廊到了正堂院落，荀川令人上前，一腳踹開大門。

大門踹開瞬間，所有人驟然回頭，隨後就看到站在門口的女子，一襲紅色金線繡鳳宮裝，手提長劍，領著人立在門口。

裴文宣驟然睜大了眼，李蓉看見裡面的景象，頓時氣笑了。

她提著劍疾步走入大堂，她身後人也跟著進來，散在整個院落中，李蓉一路直行到裴文宣面前。

裴文宣愣愣看著她，李蓉居高臨下看著跪著的裴文宣，冷聲道：「還跪著做什麼，本宮都來了，還不站起來！」

裴文宣知道李蓉是氣急，他背上都是傷口，卻還是咬牙撐著自己，搖晃著站在李蓉面前。

「他們叫你過來，為何不通知我？」李蓉盯著他，本恨不得抬手抽他一巴掌，卻在看到這人蒼白的臉色時，又生生克制了這種欲望。

裴文宣苦笑起來，小聲道：「殿下，這本不是什麼大事，您今晚還有要事，不勞殿下費心。」

「不是什麼大事？那你怎麼不站穩一點？我去吃頓飯，你們就能把本宮的駙馬騙來教訓。」李蓉說著，轉過頭來，橫掃眾人：「他再是你們晚輩，如今也是本宮駙馬，上了皇家族譜，當了皇親國戚的人！你們竟然敢這樣羞辱他，是當本宮死了嗎！」

「今日誰動的手，誰下的令？」李蓉抬起劍，怒喝出聲，「統統給本宮滾出來！」

第五十六章　受傷

「殿下，」裴玄清皺起眉頭，他站起身來，皺眉道，「文宣雖然娶了您，是您的丈夫，您護夫心切，老臣明白，可是文宣也是裴家人，我大夏沒有當了駙馬，就離了宗族的道理。他一時是裴家人，就一世裴家人。還望殿下體諒。」

「體諒什麼？」李蓉冷笑，「體諒你們這些人忘恩負義、鼠目寸光？」

「殿下，」裴禮文急急開口，「您怎麼能……」

「閉嘴！」李蓉一巴掌抽在裴禮文臉上，怒喝出聲，裴禮文被她打懵了，捣著臉呆呆看著李蓉。

有了這麼一出，裴家一個人都不敢說話。

她轉過頭，盯向裴玄清，冷聲道：「你們今日為何讓裴文宣來，本宮清楚的很。你們是不是覺得，你們今日打了他，就算是給其他世家一個交代，給我一個警告，讓我不要建督查司多管閒事？」

「你們是不是覺得，」李蓉環顧四周，「你們裴家如今算朝中大族，裴禮賢門下省納言，位比宰相，裴禮文工部尚書，還有其他子弟若干，遍布朝堂，所以你們就和那些世家一樣了？他們要你們來找本宮麻煩，你們就迫不及待當刀？要不要我提醒一下諸位？」

李蓉嘲諷出聲：「你裴氏乃廬州寒族出身，此代之前，在朝中連個二流世家都不如，最高官位不過四品尚書。是裴文宣他父親裴禮之，帶著你們族人從廬州到朝堂，帶著你們從寒族到世家！」

「而如今呢？裴禮之才去了多久，你們就如此欺辱他們孤兒寡母。」

「殿下，」裴禮賢冷著聲，「您這話過了。」

「過了？」李蓉笑出聲來，「裴文宣三年新科狀元，世家出身，如他這樣的身分，早就該在實權位置上坐著，可如今呢？若不是娶了我，他還在當個獄卒都不如的芝麻小官！你也就拿什麼世家弟子都需歷練糊弄濕氏，你能糊弄本宮嗎？」

「他病了，你攔著不讓人看；他出門交際，你不給銀錢，處處為難；如今他在朝堂上，靠著自己，想為裴家爭一條活路，你們要眼瞎欺他至此！」

「你們說你們是他家人，」李蓉一一掃過眾人，嘲諷出聲，「你們在意過他一分，幫過他一分嗎？」

「建立督查司，是本宮的事，也是陛下的事，你們就算把他打死，陛下也好，本宮也罷，都不會收手。而你們也要記好了，你們裴家是怎麼上來的，別在高處坐久了，就忘了來路。」說著，李蓉轉頭看向裴文宣：「動手的是誰？」

裴文宣知道李蓉在氣頭上，不敢多說，只能老實抬手指了人。

李蓉直接吩咐旁邊人：「把手折了。」

李蓉說完，便拉起裴文宣，直接便往外走去。

大廳裡傳來兩個男聲的慘叫聲，李蓉領著裴文宣走到門口，突然想起什麼來，停下步子，轉過頭來，看向裴家眾人。

「今日本宮再最後說一遍，裴文宣是本宮的駙馬，本宮的人。你們裴家若不喜他，那就將他逐出族譜，本宮陪他自己另立門戶。若你們要還要留著他，你們如何敬我，就如何敬他。」

「至於溫氏，」李蓉猜想溫氏應該也在，她提高了聲音，「如果妳學不會如何在意妳的孩子，那妳回妳的佛堂，吃齋念佛祭奠妳丈夫一輩子。」

「裴文宣已經有了新家，他有人管也有人愛。如果妳擔不起做母親的責任，還請妳不要給他找麻煩。他容得，本宮容不得。」

「聽明白了嗎？」李蓉掃向眾人，沒有人敢說話，被折了手的侍從在地上打滾哀號，李蓉見所有人不應聲，她轉過頭去，拉著裴文宣往外走去。

她走得急，明顯是在克制著情緒，裴文宣被她拖著，一動傷口就疼。可不知道為什麼，被李蓉這麼拉著，一路穿過裴家熟悉的長廊小道，哪怕背上傷口還疼著，他也有種莫名的欣喜。

他覺得自己彷彿走在一條盛開了花的路上，李蓉拉著他，領著他走向一個全新、未知，卻格外美好的世界。

他看著李蓉的背影，忍不住就笑起來。他拉著李蓉的手，不由自主握緊，他很想很想一直拉著她，一直跟在她身後，看她為他展露所有的情緒。

他才知道，當李蓉為他失態的時候，他能感覺到這麼盛大的幸福。

李蓉拖著他一路出了裴府，到了門口之後，她終於才放開他，而後猝不及防猛地轉身，一巴掌抽到了裴文宣臉上：「你是傻的嗎？他們幹什麼你不知道？」

「我算著的，沒事。」

裴文宣看著李蓉生氣，笑容卻停不下來，李蓉聽這話更是怒極，她氣得笑起來，只道：「好好好，你什麼算著，你怎麼想過，如果今日你二叔鐵了心下手，讓下人藉著機會把你打殘、打廢了，你這輩子可就完了。」

「不會的。」裴文宣笑著，又道，「況且，妳不是來了嗎？」說著，裴文宣彷彿想起什麼：「妳沒去找蘇容卿吃飯嗎？我特意吩咐了不要打擾妳。」

李蓉不說話，她盯著裴文宣，她也說不出來是什麼情緒，她就看著這個人，像沒事人一樣面對著所有，她有種說不出的難受和酸澀在心裡彌漫。

憐憫、可悲、可憐，夾雜著說不出道不明的情緒，讓她冷著臉，緊盯著他。

「裴文宣，」李蓉終於開口，「你什麼時候，才能為自己多想想，才能覺得，你自己很重要，不要什麼事，都拿自己去拚？」

裴文宣沒說話，其實李蓉的表情和平日沒什麼不同，可那一瞬間，他卻彷彿從李蓉眼裡看出了水氣。

溫柔浸潤在他心裡，讓他驟然覺得，自己似乎有那麼幾分可貴。

她擔心他，在意他，為他不平，為他心酸。

裴文宣笑起來，他走上前去，抱住李蓉，他將這個人攬進懷裡，收緊了手臂。

「我以後努力。」裴文宣低聲開口：「努力厲害一點，不讓妳擔心了。」

「我沒有擔心，」李蓉僵著聲：「我只是覺得你丟了我的臉面。你是我的駙馬，只能我欺負。」

「好。」裴文宣笑著抱緊她，「以後我只給妳欺負。」

「裴文宣，」李蓉聽他服軟，語調也軟了下來，「你怎麼沒出息呀？」

「我錯了。」裴文宣溫柔道：「以後我再不讓人欺負了。」

李蓉覺得裴文宣敷衍她，可話都說到這裡，她也沒什麼好說的了。

荀川領著人出來，大庭廣眾這麼被抱著，李蓉也有些尷尬，低聲道：「上馬車吧。」

裴文宣應了聲，緩緩放開了李蓉，旁邊荀川走過來，看見兩個人，她朝裴文宣點了點，隨後朝李蓉彙報情況。

李蓉讓裴文宣上了馬車，和荀川大概聽了一圈方才她在裴家觀察的資訊，只道：「裴家這邊我明日再找他們麻煩，你先繼續找羅倦，他人找到了嗎？」

「沒有。」荀川皺眉道，「他不在他家，已經消失好幾天了，我還在追。」

「嗯。」李蓉點頭道，「你繼續追查吧，天色晚了，回去吧。」

李蓉說完之後，便上了馬車，進馬車之後，裴文宣已經坐在自己位置上，除了臉色蒼白了些，一切神色如常。

李蓉冷著臉進去，坐到他旁邊道：「讓我看看。」

「等一會兒到家，讓大夫看就行了。」裴文宣笑道：「妳看了也沒用。」

「轉過來。」

李蓉冷著聲，裴文宣面色僵了僵，但他看了一眼李蓉臉色，最終還是轉過身，笑道：

「嚇到別怪我。」

說著，李蓉就看到他被血色染得斑駁的衣衫。

方才在黑夜裡瞧得不夠真切，如今在燭光下便清楚許多，李蓉靜靜注視著，裴文宣見她不說話，玩笑道：「怎麼，要不要我脫個衣服給妳看看？」

「裴文宣，」李蓉啞聲開口，「你不疼嗎？」

裴文宣背對著他，過了一會兒後，他嘆息出聲：「殿下，我和您是不一樣的人。您出身高貴，許多時候，憑著身分和權勢就能壓人。可我不行。倫理、道義，總有壓著我的東西，我做不到殿下這樣。」

「同樣的話，今日殿下可以說，但我不能說。」裴文宣苦笑：「這日子微臣習慣了，也不覺得有什麼，只是讓殿下跟著受累，的確是微臣罪過。本來微臣不想驚動殿下，但沒想到殿下還是來了。但殿下別擔心，如今我受了傷，我娘是牆頭草，明日只要能說服我娘站在我們這邊，就可以找祖父談判，不說裴家要交到我手裡，但我父親那一份財產，必須要分到我這邊來。」

李蓉聽著裴文宣說話，她也沒多回應，她從背後解開裴文宣的腰帶，拉下裴文宣的衣服。

裴文宣背對著她，感覺到她的動作，他知道她是想看看他的傷口，幫他簡單處理一下，可是不知道為什麼，他卻有一種無端的緊張升騰起來。

李蓉看著燈光下裴文宣露出整個背部，他生得白淨，背影帶著讀書人特有的清瘦，血痕交錯在他的背上，看得有些可怖。

李蓉看著那些血痕，馬車裡的燈光有些晃眼，她湊上前去，觀察那些傷口。

呼吸噴塗在裴文宣的背上，裴文宣僵緊了身子。

他覺得她離他太近，又恨不得再近一些，一時天堂地獄交疊在一起，李蓉輕輕將手放在他的肩頭，額頭輕觸在他沒有傷口的背上。

「裴文宣，其實以前我嫌你沒錢，都是逗你玩的。」她低聲道：「以後別這樣了，看你這麼拚命，我不好受。」

第五十七章 決心

裴文宣僵著背，他感覺著李蓉的觸碰，整個人完全無法思考。

他不敢開口，怕自己說出什麼失態的話來，只能是僵著身子，一句話不說。

李蓉靠著他，過了一會兒後，她直起身來，嘆息出聲道：「算了，你也是這性子，我幫你把傷口上的碎渣先挑了。」

裴文宣不說話，他感受著李蓉靠近他，認真挑出他背上的倒刺，她的氣息噴在他的背上，帶著灼熱的溫度，在傷口上劃開，然後一路蔓延到他身上四肢。

李蓉一面幫他挑藤條打進傷口上的碎渣，一面漫聲道：「下次遇到這種事，你至少和我商量一聲，我心裡有個底。你平時總說我，說我不懂人心，說我不懂他人難處，可我就覺得，你是太顧及他人難處了。」

裴文宣靜靜聽著，李蓉鮮少和他這麼說話，彷彿是個婆婆媽媽的老太太，隨意念叨著生活瑣事。

「你以前總說你不想和你爹一樣，你爹把你娘寵得什麼都不懂，可你骨子裡和你爹還真沒兩樣。你娘活在世家大族裡，丈夫死了，留了那麼多東西，不想著給兒子守下來，反而在你去廬州的時候，讓人騙了個七七八八。」

「管家權交出去，丈夫的錢也送到族裡，什麼事都不管，把你爹留下的老人都讓你二叔遣走。就她做這些事，你打從廬州回來，就該直接罵她。」

「我說了，也沒什麼用。」裴文宣嘆息出聲，「她本就是軟弱性子……」

「軟弱不會學嗎？」李蓉說起來便來氣，怒道：「她若學不會護著你，她生你做什麼？她配當一個母親嗎？你那點想法我不清楚？你無非就是想著，她性子軟弱，她沒有辦法，所以你有苦也從來不同她說，凡事報喜不報憂，她整日躲在佛堂裡想你爹，什麼都不知道，你自己在外面硬熬，你這破爛脾氣，我瞧著就糟心。」

裴文宣聽著沒有說話，李蓉將他傷口處理乾淨，看裴文宣自己拉好自己的衣衫，李蓉打量了他神色片刻，有些小心翼翼道：「我是不是話說太重了？」

「殿下為何如此問？」

裴文宣頗有幾分疑惑，李蓉抿了抿唇，猶豫了片刻，她坐到他身邊來，輕嘆出聲：「我也不是個傻的，你同我說的話，我有認真想。你說我不知人心，說的也是實話，我凡事多從自己的角度想，許多事就顧及不到。你今日本也在家裡受了傷，我若是有什麼話讓你心裡難受，你便告知我。」

「殿下放心。」裴文宣聽到這些話，忍不住笑起來，「其實殿下那一日回頭來找我，從那一刻起，無論殿下說什麼，我都不會難過。」

李蓉聽裴文宣的話，狐疑回頭：「為什麼？」

「因為殿下願意為我回頭，我便知道，殿下是將文宣放在心上的。」

李蓉聽這話笑了：「你果然越來越看得起自己。」

裴文宣輕笑：「畢竟相處這麼多年的人，總算是個朋友吧？」

李蓉聽著裴文宣的話，看著裴文宣雲淡風輕的神色，她瞧了片刻，終於道：「算了，今夜的事就過去了，但是我的話，不管你覺得對不對，姑且聽一聽。」

「凡事別總是想著為別人著想，你想要什麼，得自己爭，自己取。對方接不接受，是對方的事，可你不能不要。溫氏是你的母親，她軟弱也好，無能也罷，終得為你爭一回，你不能為了她想，就讓自己陷入難處。」

「可是……」裴文宣認真看著李蓉，「她若不願意呢？」

「那她不會拒絕嗎？」李蓉頗為奇怪，「她願不願意，你終得給她一個選擇才是。是幫你還是自己回自己的佛堂，她都得自己做決定，你不能從一開始就把她的選擇斷了啊。」

「可我明知道那條路對她更好。」

裴文宣聲音有些沙啞，李蓉搖頭：「裴文宣，只有當事人自己，才知道哪條路更好。」

裴文宣沒說話，他靜靜看著李蓉。

面前的姑娘是十八歲的面容，漂亮得如同晨間露珠，瑩瑩欲墜，但她眼裡帶著的，是歷經歲月洗禮後才有的通透清明，她靜靜瞧著他，眼裡有上一世沒有的擔憂，也有著十八歲李蓉沒有的溫柔。

這是全新的李蓉。

他在重生最初，他想過娶十八歲的李蓉，因為他想，他們可以重新開始。

當他知道李蓉重生而來，他便覺得，他們塵緣已盡。

可如今他卻又意識到，其實人生任何時候，當他想要，都可以重新開局。

如今的他和過去不一樣，李蓉也和上一世不一樣。

他在變，李蓉在變，李蓉像一個孩子，摸索著往前，哪怕撞得頭破血流，至少她在改、在變，那麼他為什麼，不能在這一場新生裡，按照他過去不曾有的姿態，活一次呢？

上一世他已經眼睜睜看著李蓉和蘇容卿在一起二十年。

他不是爭不贏，不是搶不了，他把蘇容卿暗中殺了都可以。

只是他想，李蓉選了蘇容卿，於是哪怕他再嫉妒、再痛苦，他也會尊重李蓉的選擇。

可今生他們甚至沒有開始，他為什麼要退讓？

他該爭，他該搶，他該把選擇放到李蓉面前去，是去是留，至少該李蓉給他一個答覆。

無數瘋狂的念頭在他腦海裡翻湧，可他未曾表現半分，他和李蓉一樣，一旦涉及什麼重大的事，他們都會把所有情緒壓得死死的，讓人看不出來任何痕跡。

他瞧著李蓉，克制著自己所有情緒欲望，輕笑起來：「殿下的話，我會好好想。」

「你若能想開，那是最好不過。」李蓉慢慢道：「畢竟，我也護不了你一輩子。」

「我明白。」裴文宣放低了聲音，「我也不會總讓殿下為我出頭。」

「你知道就好。」

兩人說著，馬車便到了公主府，李蓉少有扶著裴文宣下了馬車，路上便已經有人來通報，於是剛到公主府，下人已經準備好了一切，侍奉著裴文宣回去。

大夫過來給裴文宣問診，然後替他上藥包紮，忙活了許久，囑咐了好生休養，終於退開。

等裴文宣包紮好後，李蓉也累癱了，她和裴文宣隨意吃了些東西，便洗漱躺到床上休息。

裴文宣背上受傷，便趴在床上瞧李蓉。

李蓉在淨室洗過澡，穿了單衣回來，而後吹了燈，爬上床來。

裴文宣就眼睛一眨不眨瞧著，李蓉察覺他的目光，掀開被子躺上去時，不由得笑道：「你一直瞧我，是瞧什麼？」

「殿下好看。」

裴文宣如實回答，李蓉當他又奉承，白了他一眼：「油腔滑調。」

裴文宣側著頭瞧她，李蓉平躺著，閉上眼睛，過了一會兒後，她覺得裴文宣還在看她，她有些忍不了了，睜開眼睛，笑道：「你到底在看什麼，你這樣我都沒法睡了。」

說著，李蓉背對著裴文宣，埋怨他：「快睡吧，明日你不上朝，我還要上朝呢。」

裴文宣看著李蓉的背影，他瞧了一會兒，才道：「殿下，妳覺得我這個人怎麼樣？」

「嗯？」

李蓉不明白裴文宣為什麼突然問這個問題，隨後就聽裴文宣道：「我爹是很好的人，小的時候，我一直希望，自己能活得像我爹一樣，可我爹像一座高山，無論我做什麼，都攀不過去。」

「小時候娘總說，我不如我爹。其他孩子隨便有點成績，爹娘都高興得不得了，可我不管做什麼，我爹都只會說我很好，我娘只會說我不好。所以我從來不知道，我到底是怎樣的人，我想聽一下殿下的評價。」

裴文宣聲音很淡，但李蓉聽著，心裡卻有些酸澀起來。

其實裴文宣的話，她明白。

裴文宣這個人，他自己不自知，但她卻清楚，他骨子裡，總覺得自己不夠好。

所以她只要隨便給他一點點好，都能看到這個人十倍的感動和欣喜。

他少年時便是如此，時過幾十年，她以為這個人該長進了，卻在他出口問出聲時，才知傷口不去管理，它只會腐爛、生根，在陰暗處長長久久生長。

她不說話，裴文宣一時有些心慌：「殿下？」說著，裴文宣便尷尬起來：「殿下應當是累了，就不閒聊了。是我打擾了，殿下睡……」

「我覺得你很好啊。」

李蓉突然開口，裴文宣便愣了，李蓉背對著他，輕聲道：「我眼又不瞎，你以為上輩子我隨便嫁給誰，都會心動的嗎？」

「我覺得很優秀，你長得好，脾氣好，處處為人著想，溫柔體貼。」

「你有情趣，懂得多，君子六藝，年年都能拿第一，貴族中所有流行的東西，沒有你不擅長。」

「你學什麼都快，第一次給我畫眉歪歪扭扭，一個月不到，連妝都會給我畫了。第一次給我挽髮，扯得我頭皮疼，後來也沒你不會的髮髻。」

「你雖然多愁善感，優柔寡斷一些，可那也是因為你重視感情。一個丈夫，一個朋友，一個家人，若都像我一樣，凡事看得淡，放得下，這份感情，便總少了些什麼滋味。」

「裴文宣，」李蓉看著月光落在房間，她說著，自己也忍不住笑起來，「其實你特別好。」

裴文宣不說話，他聽著李蓉的話，那一瞬間，他滋生出無限勇氣，他終於覺得。

他放不了手了。

「抱歉，殿下。」

他輕聲開口，李蓉有些奇怪：「你怎麼……」

話沒說完，身後人突然伸出手來，一把將她攬入懷裡。

他們緊貼在一起，李蓉整個人僵直了身子，裴文宣抱她抱得很緊，彷彿要將她揉進骨血。

李蓉感覺她整個人被他環繞，所有感官在夜色裡被無限放大。

他的氣息，他的觸碰，他鎖在她腰間的手，他的一切，都成倍的在她的世界被感知。

她心跳得飛快，不知道怎麼，就想起了當年他們成親那夜。

紅帳翻浪，錦被成波。

裴文宣感覺到她情緒轉變，知道她身體的變化，他的手輕輕放鬆，半撐起身子，覆在她耳邊，低啞的聲音劃過她的耳垂，落入她的耳道，鑽入腦海之中，不知道怎麼的，就激起一片酥麻。

「蓉蓉，」他叫她的名字，一貫清朗的聲音帶了幾分說不出的啞，李蓉腦中嗡得就是一下，有幾分難以思考，而後她聽他帶了幾分低落道，「我心裡難過，我抱抱妳，好不好？」

李蓉難以思考，她沒應，卻也沒抗拒，裴文宣便收緊了手臂，將頭埋在她脖頸之間。

「蓉蓉，」他輕聲開口，「我不想放手了，我不放開了，好不好？」

第五十八章　撐傘

「你……你不放什麼？」

李蓉整個感官都在裴文宣的動作上，對於他的話都有些難以理解起來，明明每個字都能聽明白，卻又總覺得自己彷彿是會錯了意。

裴文宣靜靜抱著她，李蓉艱難道：「你想一直抱著我？」說著，她笑起來：「我知道你今晚心裡難受，你想抱就抱吧。好了不說了，我得睡了，明天早朝你們家裡人肯定得參我，不說了。」

李蓉把這些話說完，便背對著裴文宣，假作睡過去。

裴文宣抱了她一會兒，見她僵著身子，一動不動，他便放鬆了手，就睡在她身後，靜靜瞧著她。

夜裡他不能平躺，只能趴著或者側著身子，傷口疼得睡不著，反正明兒個早朝上不了，他乾脆就瞧著李蓉，手有一搭、沒一搭梳理著她的頭髮。

他向來是個穩妥的人，沒底的事不出手，他知道如今的李蓉對他肯定是沒什麼想法，如果他貿貿然開口，可能連朋友都沒得做，倒不如就這麼待在她身邊，一點一點的磨。

滴水穿石，鐵杵成針，他有目標，也有足夠的耐心。

確定了想法，裴文宣內心彷彿有什麼塵埃落定，他伸出手去，掬了李蓉一縷秀髮，輕輕放在鼻尖輕嗅。

李蓉髮間用的香味浸入他心脾，他靠近過去，將已經睡下的人輕輕抱在懷裡，將頭靠在她的頭上。

李蓉一覺睡醒，就發現自己在裴文宣懷裡，她瞬間被嚇得清醒，而後又暗罵自己大驚小怪。裴文宣昨晚遇到家裡這些糟心事，想要人陪陪也是正常，別說就裴文宣那貞潔烈夫的性子，就算裴文宣真有什麼想法，她也不怕他。

李蓉緩了心情，便起身來，侍從服侍著她穿了衣服，裴文宣察覺光亮，掀了床帳，探出半個腦袋來，似是還沒睡醒一般，瞇著眼道：「殿下，今日去，怕不是容易的事。」

「放心。」李蓉安撫他道，「等一會兒我讓人通知你母親，讓人送她從裴府過來，宮裡我先周旋，你若解決了你母親的事，你便讓她進宮來。」

李蓉說得不多，裴文宣心裡卻清明得很，知道李蓉要自己說些什麼，他半隻手撐在身下，撐著上半身的身子，鄭重道：「殿下放心，我會辦妥。」

他說這些話時，神色雖然正經，但頭髮散在周邊，胸前衣衫被扯拉開來，露出他精瘦白皙的胸膛，於是一貫清俊的面容，顯出幾分說不出的媚色。

這種媚色不同於陰柔之媚，像是哪家風流倜儻的公子哥兒刻意招搖著來哄騙姑娘，是一種男子之於女人的誘惑。

李蓉匆匆掃過他的面容，移開目光，只道：「躺下好好睡吧，我先走了。」

說著，李蓉便領著人出了房門。

李蓉一出門，就吩咐人去通知裴府的暗線，想辦法告知裴文宣重傷的消息，把溫氏哄到公主府來，等做完這些後，她才上朝。

裴家做這些事，必然是受了其他世家的壓力，她重生而來，性子轉得太急，剛好又和成婚撞在一起，所有人大概都以為是裴文宣教唆的她，世家找裴家麻煩，裴家就找裴文宣麻煩，想著給裴文宣施壓，來轉變她的態度。

裴家心裡或許就想著打裴文宣一頓，一來讓裴文宣知道厲害，也算是給她的一個警示；二來是給世家看一下他們裴家的態度，彰顯此事是裴文宣自己的主意，也算是給世家一個安撫。但以上官旭這些人的心思，怕是不止那麼簡單。恐怕是算著她要去救裴文宣……

李蓉想到這裡，就覺得自己有些衝動了。

昨夜不硬闖去救裴文宣，裴家也不可能把裴文宣真的打死，裴文宣受傷回來，他們去找人說理，她不犯事，道理就都站在他們這邊，事後報復是事後的事，但她昨晚還是想茬了，一時沒想到螳螂捕蟬、黃雀在後，等把人劫了，才想起世家或許在等著她。

如今秦氏案的關鍵點早就集中在她的督查司上，想盡一切辦法找她的麻煩，把這個督查司給廢了，才是如今朝堂上最想做的事。

她帶人硬闖裴家，怕就是今天他們的理由。

李蓉已經想像到摺子像雪花般飛到李明桌上的場景，李蓉輕敲著小扇，思索著說法。

想了一會兒後，她嘆了口氣，旁邊靜蘭給她放著糕點在盤子裡，笑道：「殿下大清早就嘆氣，是在憂慮什麼？」

「我……」

李蓉正想說自己對今個兒早朝的事起是沒什麼信心，但話沒出口，靜蘭便道，「可是在想今日見了蘇大人怎麼解釋昨日的事？」

李蓉僵住，片刻後，她又嘆了口氣：「提這個幹嘛呢？」

更不想上朝了。

只是該面對的還是得面對，李蓉給自己心裡做足了鋪墊，也終於到了宮門前，她下了馬車後，步入廣場。

廣場上三三兩兩站著大臣，李蓉走了沒幾步，就看見剛剛到的蘇容卿。

她猶豫了一會兒後，還是上前去，叫了蘇容卿道：「蘇大人。」

蘇容卿朝李蓉行禮，李蓉尷尬笑起來：「昨日……」

「微臣與兄長吃了飯，便先離開了，」蘇容卿恭敬道，「並未耽擱什麼，殿下不必憂心。」

「不好意思，」李蓉見蘇容卿神色平和，沒有半分不滿，自己更不好意思幾分，只能道，「昨日的確出了事，改日我再做東。」

「其實不必，」蘇容卿平靜道，「殿下如今身分敏感，與微臣本不該過多接觸，以免引起朝臣非議。昨日我應下兄長時並不知道殿下要來，若知道也不會應下。」

蘇容卿拒絕得乾脆，就差說一句「妳不來正好」。

李蓉覺得臉被打得啪啪響，但她臉皮早已在裴文宣那裡鍛鍊得似如銅牆鐵壁，她假作什麼都沒聽見，笑道：「好，那下次再約。蘇大人先忙，本宮先走了。」說著，李蓉不給蘇容卿回絕的機會，直接轉身回了自己的位置。

沒一會兒後，李明便由著侍從擁簇入朝，李明同平日一般坐下，慣例詢問：「今日可有要事？」

話音剛落，李蓉就瞧見裴禮賢挪了步子，裴禮賢動作快，她動作更快，急急往地上一跪，便大聲道：「父皇，您要為兒臣做主啊！」

李蓉聲含哀切，嚇得裴禮賢一個哆嗦，他抬眼看向李蓉，又看了一眼李明。

李明從容端茶，淡道：「妳被欺負了？」

「不是兒臣，是駙馬。」李蓉說著，音帶哭腔，「昨晚裴納言讓人將駙馬召回裴家，說是婆婆病重，駙馬心急回去，結果回去之後，便被裴納言使喚人打了。如今傷痕累累在家裡躺著，根本沒法上朝。駙馬性子您知道，他一貫純孝，又敬重長輩，只是因為我的緣故受了牽連，就遭此毒打。就算對方是長輩，可駙馬也是皇家的女婿，如今裴家打的雖然是駙馬，但損的兒臣的顏面，是天家的尊嚴啊！」

李蓉一通哭訴，裴禮文忍不住了，慌忙出列道：「陛下，事實絕非殿下所說。駙馬與殿下成親以來，從未歸家探望過母親，近來大嫂身體不適，多次傳召於駙馬，駙馬都置之不理，大嫂心灰意冷之下，才傳了家中長輩，將文宣召回族中。」

「我等本是希望能透過勸解，讓文宣能迷途知返，孝順母親，誰知他卻出言不遜，不僅不聽勸阻，還辱罵長輩。大嫂見兒子這般放肆，才讓下人按照家規動手，可文宣仗著駙馬身分不服管教，與家中下人起了衝突，打傷了不少僕人不算，還揚言有公主撐腰，誰都管不了他。後來公主帶兵強闖裴府，帶走駙馬，臨走之時還折斷了兩個傭人的手，驕縱蠻橫，目無禮法，如今還要含血噴人，汙蔑裴家，陛下！」裴禮文叩首下去，大聲道：「殿下此行，若陛下不加懲處，怕寒了朝臣之心啊。」

李明不說話，他抬眼看向李蓉，只道：「平樂，妳怎麼說？」

「父皇，他說他們多次傳召駙馬，駙馬拒絕，那不如讓他們將證人叫上來，什麼時候，什麼地點，誰來傳的話，一一核對。他們說駙馬打了人，昨夜駙馬是聽聞母親生病，便立刻趕了過去，根本沒帶多少人，他們一家子圍著駙馬一個，駙馬一介文臣，是吃了什麼熊心豹子膽敢動手，還在主動動手後被他們打得臥床不起？裴大人與兒臣各執一詞，那不妨就將事情一一查清，看是誰說謊！」

「叫就叫，」裴禮文聽李蓉這麼說，氣憤道，「殿下休要顛倒黑白，太過囂張！」

「行了。」李明聽著兩邊吵來吵去，露出幾分不耐，「說來說去都是你們自家的事，這麼點事，在朝堂上扯皮，你們不要臉，朕還要。駙馬也被你們打了，平樂昨夜也把人救了，還有什麼好吵嚷的？算了吧，聽說今年三州久未降雨，恐有大旱，當下就別提這些雞毛蒜皮小事。」

李明把國家大事搬出來，裴禮文一時被懟住，一口氣憋在胸口，把自己的臉漲了個通紅。

李蓉平靜起身，隨後就聽一個臣子出列道：「陛下，殿下初建督查司，就……」

「有完沒完！」李明一聽對方提督查司，就知道來意，怒道，「非要朕治個大不敬的罪才是？裴文宣再怎麼樣也是朕的女婿，皇親國戚！給人家打了，朕不計較已經是大方得很！閉嘴你們！」

李明一番罵，終於把所有人壓了下去，李蓉小扇輕敲著手心，低頭一言不發。

李明罵完人，強行將話題轉開。

朝臣忍了怒氣，跟著李明開始談降雨之事。

李蓉垂著眼眸，算著時間。

此刻天將將有了亮色，但也是烏雲密布，似乎是隨時都要下雨的模樣。

溫氏坐在鏡前梳妝，她看著鏡子裡的婦人，輕輕嘆了口氣。

她一夜沒睡，整個人精神不太好，侍女在她身後，不由得道：「婦人為何憂愁。」

「昨兒個……」她緩慢出聲，「殿下說那番話，我也不知真假，我昨夜一直在想，若她說的話是真的，二叔當真想著害文宣……」

「夫人多想了。」侍女打斷了溫氏的話，低聲道，「二爺與大爺一同長大，大公子是大爺唯一的兒子，二爺是當親生孩子來養。您看二爺家的大公子，也是個八品小官，大公子性情浮躁，多多磨練也是應該的。殿下不解二爺的深意，有了誤會。」

溫氏沒說話，她握著手中小梳，垂眸不言。

她以前一貫是不管這些事的，裴禮之在的時候，什麼都會幫她安排好，她從來沒想過自己身邊人會有二心，也沒有想過自己需要爭什麼。

裴禮之離世這四年，她每日做得最多的，就是吃齋念佛，想裴禮之在陰間能過得好些。昨晚被李蓉這一番罵，她終於有了些想法，她打量了周邊一眼，才意識到自個兒身邊這些人，許多都不是老人了。譬如幫她梳妝這一位，便是管家安排過來的。可管家權她交在弟媳手裡很久了，她不喜歡管這些雜事，也覺得裴禮賢的夫人秦氏管得更好，如今仔細一想，她便察覺出幾分害怕了，自個兒身邊，竟然是沒幾個不是秦氏送來的人。

她心裡害怕，又不敢多言，梳好妝之後，下人照例送著燕窩上來，溫氏剛端了燕窩，翻開碗蓋，就看見上面寫著一行小字：「大公子求見夫人，公主府見」。

溫氏見得這一行字，便慌了神，她忙打量四下，就見到那奉燕窩的人正瞧著她。

溫氏心跳得飛快，她手上一抖，燕窩碗就掉在了地上，奉燕窩的侍從慌忙跪下，急道：「奴婢該死。」

「妳先收拾了吧。」溫氏穩住聲音，隨後讓旁邊侍女下去再拿一碗燕窩。

等那侍女出門，溫氏立刻道：「我兒怎的了？」

「大夫人，大公子重傷，您先偷偷睡下，從後窗出來，我領您出去。」

溫氏聽了，她壓著飛快的心跳，也不敢再問。

等人回來之後，她吃了幾口燕窩，便說自己要再睡一會兒，將所有人遣了出去。

她按著要求開了後窗，一開後窗，就見到那個侍從在門口等她，給她塞了一個衣包，小聲道：「您換上，快些。」

溫氏點頭，急忙換了衣服，而後便由那個侍從領著偽裝成買菜的下人，從後門走了出去。

等出門上了馬車，溫氏忙道：「我兒是怎麼了？」

「大公子需要您幫忙，所以讓您過去看看。」侍從安撫道，「您稍安勿躁，很快就見到大公子了。」

溫氏見問不出什麼來，也就不再說話，絞著手帕乾著急。

而朝堂之上，把降雨等事都梳理了一遍之後，李明終於宣布下朝。

李蓉笑著旋身，準備離開大殿，還未出門，就聽裴禮文叫住她，大聲道：「殿下，您今日如此撒謊，不覺得心虛嗎？」

李蓉聽到他的話，轉過頭去，瞧向裴禮文，不由得笑了起來：「本宮都沒找你麻煩，你還敢主動找本宮麻煩？這話當本宮問你才是，你今日撒謊，不心虛嗎？」

「不管是不是撒謊，」一個臣子圍上來，冷著神色道，「母親教訓兒子，天經地義，殿下擅闖臣子家中，那便不妥。」

「你這話怎麼不對我父皇說呢？」李蓉轉頭瞧說話的人，似笑非笑，「方才朝堂上一個字兒不敢吭，現在就來找我麻煩了？你覺得你這麼有道理，說去啊。」

「殿下，」有一個臣子皺起眉頭，「您太過驕橫了。」

「那你參我啊。」李蓉又看過去，「要實在看不慣，您要不打我兩下？」

「你！」說話臣子上前一步，忙被旁邊人攔住，李蓉見那發怒的臣子，她轉著扇子笑起來，「本宮真是愛極了你們這副看不慣我，又拿我沒什麼辦法的樣子。這事吧，你們瞎了眼，本宮不同你們計較，早晚，」李蓉一一點過圍著她的臣子，「你們得同本宮說一聲對不起。」說著，李蓉摺扇一張，便笑著往外走去：「行了，諸位大人散了吧，本宮還得去辦案呢。」

「平樂殿下！」裴禮文對著李蓉的背影大吼出聲來，「這天下不會縱妳這樣放肆不給份公道，我這就去御書房求陛下，今日若不罰妳，我就一頭撞死在御書房守龍柱前，以死勸君！」

「我去！」

「我也去！」

說著，朝臣群情激憤，彷彿馬上要相約一起撞在守龍柱上一般。

李蓉點頭道：「好得很。本都不想和你計較了，你們還要往刀劍上撞，本宮陪你們，御書房前，」李蓉抬手指向裴禮文，「今日不是你被人抬出去，就是我被人抬出去。走！」李蓉大喝出聲，轉身就往御書房提步行去。

她出門時，狂風夾雜秋葉捲席而來，雷聲轟隆作響，群臣被她喝後愣了半分，隨後便罵罵咧咧追了出去。

兩隊人馬前後到了御書房前，各自跪在一邊，只是李蓉這邊只有李蓉一個人孤零零的跪著，裴禮文則帶了一大批朝臣跪在另一邊。

「陛下！」

「父皇！」

兩邊人都叫嚷起來，聲音混雜成一片。

「求陛下嚴懲平樂公主無辜擅闖臣府，如此驕縱蠻橫、目無法紀之公主，決不可掌督查司此要職！」

「求父皇嚴懲裴禮賢、裴禮文兄弟，矇騙兄嫂，薄待兄長遺孤，霸占亡兄家業，毆打駙馬犯君，如此寡廉鮮恥，亂倫理綱常，凶狠狡詐之輩，決不可放縱！」

「陛下！」

「父皇！」

兩邊人叫嚷了許久，福來終於從裡面出來，他面上帶著歉意：「殿下、各位大人，」福來苦笑道，「陛下說了，這是家事，他不管，諸位請回吧。」

「陛下，公主乃督查司司主，怎能只是家事？今日陛下若不給微臣一個公道，微臣就跪在這裡，跪到死為止！」

「跪死？」李蓉笑起來，「不是說好撞柱的嗎？守龍柱在那兒，撞啊。」

「妳！」

裴禮文瞪大了眼，李蓉笑咪咪道，「裴尚書，說話要守信用啊。」

「女子與小人難養，」裴禮文咬牙出聲，「我不同女子計較。」

「連女人都說不贏，」李蓉搖著扇子，悠然道，「看來裴大人的確沒什麼道理，還是一頭撞死，留個好名聲吧。」

裴禮文不打理李蓉，他喘著粗氣，似乎是隨時隨地要炸開一般，只同福來道：「勞煩福公公轉達，今日若不懲公主，我等絕不離開。」

「也勞煩福公公轉達，」李蓉緩聲道，「今日若不給駙馬一個公道，我也在這裡，跪到死為止。」

福來聽著話，苦了臉：「殿下，您鬧什麼呀？」

「是他們在鬧。」李蓉冷笑，「公公傳話就是了。」

李蓉和裴禮文在御書房門口一跪，消息很快就傳了出去。

而這時候，裴文宣也換好衣服，坐在大堂裡，看著溫氏由人扶著進來。

溫氏一見裴文宣便紅了眼眶，上前來急道：「文宣，你怎麼樣了？」

「母親請坐。」裴文宣笑了笑，讓溫氏坐下，溫氏著急看著裴文宣，「昨晚的事……」

裴文宣沒說話，他靜靜瞧著溫氏，溫氏看著裴文宣的眼神，她心中不由得一涼，她呆呆看著裴文宣，顫抖了聲：「你怪我是不是？」

裴文宣含笑不言，平和中帶了幾分疏離的目光，讓溫氏整個人都顫抖起來：「你也覺得你二叔對你不好，要害你，是嗎？」

「母親，」裴文宣苦笑，「我不是覺得，而是事實上，就是如此。」

「這可能有誤會……」溫氏一面心裡發沉墜落下去，一面又忍不住解釋，「你二叔同我說過……」

「他說過什麼不要緊，」裴文宣打斷她，認真道，「重點是，他做了什麼。」

「母親，父親的老人，您身邊還有多少呢？」裴文宣開口，便將溫氏問愣了。

裴文宣緩聲道：「我從廬州回來的路上，就遇到了刺殺。我僥倖回府，便聽聞說，二叔打算歷練我，給我安排在一個小官位置上。」

「刺殺？」溫氏滿臉震驚，「你為什麼……為什麼沒有同我說過？」

「因為沒用。」裴文宣笑了笑，「您是什麼性子，我心裡清楚。我回來的時候，妳身邊已經沒有什麼人了，我怕妳知道後，想著去做什麼，反而被人謀害。那倒不如像現在一樣什麼都不知道，好好過一輩子。」

溫氏愣愣看著他，裴文宣繼續道：「以前父親活著，便常常叮囑我，說我們男人一輩子就是要肩負責任，要努力讓身邊人過得好。若是對方過得不好，那是我們有問題。父親一生都在照顧您、關照您，您什麼都不用想。」

裴文宣說著，不知道為什麼，腦海裡劃過了李蓉的模樣，他突然有幾分心酸，幾分心疼，還有幾分說不出的愧疚。

「父親讓我要繼續承擔他的責任，繼續照顧您，我以前一直想，這是我的鬥爭，我過得好，過得不好，都不該驚擾您。您好好活著，我若輸了，是我無能。」

溫氏看著裴文宣，眼淚如珠而落：「那如今……又為何說了呢？是我害了你，讓你走投無路了嗎？」

「倒也不是，」裴文宣笑起來，「是有一個人，她同我說，該給您選擇。」

「父親沒有給您成為一個大夫人、一個妻子的選擇，他把您當成金絲雀，寵了一輩子。他把所有的責任都攬在自己身上，您的、家族的、我的。」

「我曾經也以為，我應該成為這樣一個人，我努力了，可是我慢慢卻知道，我不是父親，而父親的做法，也未必對。」

「人是人，力有盡時，我若想對身邊每一個人去負責，去囊括他們身上該負的責任，我過不好這輩子。所以，我想給母親一個選擇。」裴文宣看著溫氏，他上前一步，單膝跪在溫氏面前，仰頭瞧她，認真道：「幫兒子一把，行不行？」

溫氏聽著裴文宣的話，她哭得看不清前方。

「你當早同我說的……」溫氏沙啞出聲，「我等這句話，等了你父親一輩子。可他從沒同我說過，我都忘了。」

「文宣……對不起……」溫氏哭著跪到地上，「對不起，是母親不好，對不起……」

裴文宣沒說話，他靜靜看著面前哭得不成樣子的溫氏。

外面淅淅瀝瀝下起雨來，雨聲和溫氏的哭聲混雜在一起，裴文宣看著溫氏痛哭的模樣，他低聲道：「母親，莫哭了，起身吧。」

他剛說完，便有人急急衝了進來。

「駙馬，」童業喘著粗氣道，「宮裡傳了消息來。」童業急道，「三爺帶了好多朝臣跪在御書房門口要求處置殿下，殿下也跪在御書房門口要求處置二爺、三爺，現在僵持著，跪了許久了。」

裴文宣得了這話，瞬間起身，他這麼激烈一動，傷口猛地掙脫，鮮血從白衣上映出來。

裴文宣冷著聲道：「備上馬車，入宮。」說著，裴文宣轉身，朝著溫氏恭敬道：「母親，還請與我一道入宮。」

「聽你的。」溫氏吸了吸鼻子，「都聽你的。」

裴文宣應聲，溫氏站起來，看到裴文宣背上的血痕，她想問，又不敢再問，便忍著聲，只知道哭。

沒了一會兒，一切安排妥當啊，裴文宣取了傘，便同溫氏一同上了馬車。

他看著庭院裡下得劈裡啪啦的大雨，腦海裡閃過上一世蘇容卿給李蓉撐傘的場景。

他心中驟然一緊。

不會再有這種事情發生了。

他告訴自己，這一輩子，他不允許這種事情再發生。

第五十九章　進政

裴文宣穩住心緒，如今的確也不是想這些的時候，他攙扶著溫氏，同溫氏一起上了馬車。行在路上，他便將準備好的說辭同溫氏來來回回對了幾遍。

「如果陛下宣妳入殿，妳就說此事妳都不知道，是二叔讓妳將我叫回來，說讓妳處置我，否則就要害妳。」

裴文宣說完讓溫氏重複了一邊，溫氏再三重複確認之後，裴文宣才放下心來。

他有些疲憊，溫氏悄悄打量著他的神色，小心翼翼道：「你的傷……」

「無妨。」裴文宣平和道：「母親不用擔心。」

「文宣……」

溫氏一說，似乎又要哭了，裴文宣立刻道，「母親，妳控制一下自己的眼淚，我已經沒有力氣再安慰妳了。」

溫氏聽著裴文宣的話，慌忙又將眼淚收起來。

裴文宣看著面前的女人，心裡倒也沒什麼感覺，畢竟他已經習慣溫氏離開的人生，已經有幾十年了。

這樣的母親，年少時他也曾疲憊、埋怨，後來在她晚年，他更是感覺到了厭煩、不耐。

然而等溫氏真的走了，他坐在靈堂裡，看著風捲白布，靈堂燈火在風中飄搖，他感覺自己孤家寡人，似如這一盞浮燈，再無人可惦念的時候，他又才想起來，年少時候，溫氏和他父親陪著他認字、帶著他放風箏的時光。

父母之於子女，大約就是最大的無奈。

愛中夾雜著不滿，怨中兼藏著憐惜。

好在經歷過生死，漫長的時光消磨他的稜角，讓他變得越發包容，如今看著低低哭泣著的溫氏，裴文宣竟也不覺得煩躁，他只是會想起李蓉來，他想李蓉這樣的姑娘，大約一生都有不了這副樣子。

他瞧著外面逐漸變大的雨勢，不由自主笑起來，溫氏哭了一會兒，見裴文宣的樣子，不由得道：「你近來……過得可好？殿下欺負你了嗎？」

「嗯？」裴文宣轉過頭來，聽到溫氏的話，他忍不住笑了：「母親說笑了，您看殿下會欺負我嗎？」

「人都說公主驕縱，」溫氏說著，嘆了口氣，「你脾氣又好，被人欺負了，怕也不知道，或者也不同我說。」

「放心吧。」裴文宣提到李蓉，聲音就溫和許多，「殿下待我很好，我也很喜歡殿下的。」

溫氏沒有說話，過了一會兒之後，她低啞道：「你和你父親很像，他以往也是這麼護著我……」

溫氏說著，又忍不住提到裴禮之，裴文宣就靜靜聽著，等臨到宮裡，他打斷溫氏：「方才的話，您還記得嗎？再重複一遍吧。」

溫氏愣了愣，她似乎是沒想到裴文宣會這麼果斷打斷自己，她神色有片刻黯然，過了一會兒後，她將所有話重複了一遍，裴文宣點了點頭，到了宮門口，同侍衛交涉之後，帶著溫氏一同進了宮中。

兩人在宮門口從馬車換了轎輦，行到御書房，此時大雨已經看不清周邊，裴文宣捲著轎簾瞧著周邊，眼看著快到御書房，他突然看見有一個人撐著傘往御書房走去。

那人應該是已經回了官署，聽說了御書房的事情，特意趕過去的。

趕去做什麼不可知，但是裴文宣卻清晰的認出那一身衣衫來。

是蘇容卿。

哪怕過了一世，不同的時間，不同的事情，可是李蓉跪在御書房的這場大雨裡，蘇容卿依舊穿著這一身衣服，提著傘過去。

裴文宣瞳孔緊縮，他大喝了一聲：「停下！」

抬轎之人有些茫然，裴文宣匆忙出了轎子，同旁邊人吩咐道：「我有要事先過去，你們抬著夫人隨後跟上來。」

說完之後，裴文宣便撐著傘衝進了雨裡。

溫氏慌忙捲起簾子，急道：「文宣，你去哪兒？」

裴文宣沒有回話，他撐著傘，踩在漫過鞋底的雨水裡，朝著御書房一路狂奔而去。

李蓉跪在御書房門口，她垂著眼眸，雨水已經徹底打濕了她的衣衫，濕潤了她的頭髮、睫毛。

寒意從她膝蓋骨一路透上來，她開始感覺雙腿像針紮一般，又刺又疼。

這是年少觸怒了李明，被罰跪在雪裡落下的病根，一到天冷的時候就會犯，疼起來就能要人半條命。

只是她現在要和裴禮文扛到底，於是她咬緊了牙關，跪在雨水裡，疼得視線一片模糊。

雨水撲頭蓋臉砸在她頭上，跪著的群臣裡早已經倒了幾個送下去了，裴禮文也跪得身子打顫，但依舊是咬著一口氣跪在這兒。

李蓉都不知道熬了多久，也不知道是什麼時候，就突然感覺頭上的雨一瞬間停了。

有人站在她身後，輕輕喘著粗氣。

李蓉起初是雨停了，但等她視線稍微清晰，看見前方不遠處還在下著的大雨，聽著身後人的喘息，她便知道，是有人給她撐起了一方天地。

這種感覺她記得，在她一生的記憶裡，是少有幾次、刻骨銘心的溫柔。

她心跳有些快，又有些疼，她慢慢回眸，入眼的先是白衣，這不出她意料。

而後她一點一點抬眼，最後停在那人面容上。

青年白衣玉冠，五官清俊中帶了幾分驚豔，本該是天上仙人，卻就在輕輕喘息剎那，被拖入凡塵。

裴文宣看著李蓉表情一點點變換，從最初的複雜化作詫異，在看見是他那一瞬，似乎所有情緒都煙消雲散。

裴文宣心裡說不出的難受，可他卻還要假作一切都不知道，他只看向李蓉，輕笑起來：「殿下，我都來了，您還不起來？」

他這話是學李蓉去裴家接她說的話，本想調笑，只是說出口之後，他便察覺李蓉臉色有幾分不對。

「不行。」李蓉一開口，就打了個顫，她挑起眉頭，蒼白的臉沒有半分退讓，「裴尚書……」

話沒說完，裴文宣便意識到發生了什麼，他蹲下身抬手一握李蓉的手，觸手一片冰涼之後，他立刻低喝出聲：「瞎胡鬧！」

李蓉被他吼懵了，裴文宣抬手將傘遞給旁邊侍從，直接就去抱李蓉。

李蓉慌忙道：「你做什麼你……」

「消停些。」裴文宣輕叱了一聲，將人打橫抱了起來。

他這動作幅度太大，一動傷口便又裂開來。李蓉想著他傷口，不敢掙扎太過，也怕失了顏面，只能配合著攬住裴文宣脖子，想叫他省力些。

裴文宣抱起他，由宮人打著傘，冷眼看向還跪著的裴禮文：「我已經將我母親帶來了，三叔，如果你真打算在陛下面前對峙，你就繼續跪著。若還想給自己留點顏面，明晚祠堂見，讓宗親一起來商討個說法，別在這裡丟人現眼。」

說完裴文宣便再也不管其他，抱著李蓉就往門口轎輦疾步行去，一面吩咐人將溫氏又帶回公主府去。

如今他來不及著這些人爭，李蓉的事比什麼事都大。

裴禮文聽裴文宣的話愣了愣，沒了片刻，他就反應過來，就溫氏那個軟耳根子，裴文宣既然將她帶來了，必然是和她串通好，如今在李明面前對峙，他能討什麼好果子？

裴禮文一咬牙，雙眼一閉，乾脆就暈了過去。

李蓉和裴文宣聽身後混亂起來，李蓉忍不住輕笑出聲。

裴文宣冷眼看她，李蓉不知道為什麼，便覺得有幾分心虛，她輕咳了一聲道：「你這是生什麼氣，這麼大脾氣？」

裴文宣沒說話，抱著她剛到門口，便看見蘇容卿剛好轉進來。

他手裡的傘仍舊是當年那一把，他看見兩人的瞬間，眼中帶了幾分詫異，裴文宣與他對視，李蓉覺得有幾分尷尬，不好意思道：「蘇大人。」

蘇容卿聽到李蓉的問候，轉頭看向李蓉，他看了李蓉片刻，似是欲言又止，最後終於只是輕輕點了點頭，行了個禮道：「見過殿下。」

說著，他便讓開了路，恭敬候在一邊，讓李蓉和裴文宣離開。

裴文宣抱著李蓉離開，李蓉忍不住抬眼越過裴文宣的肩頭看蘇容卿。

裴文宣看著前方，平靜道：「殿下在看什麼？」

「我就是想起來，」李蓉頗有幾分感慨，「當年他給我打的那把傘，似乎就是這一把。」

李蓉說著，也看不清人了，裴文宣將她放進轎輦裡，讓她坐下，而後他放下簾子，半跪在她身前，將她的裙子掀起來。

轎子的空間很小，兩個人擠在一起，便十分侷促，裴文宣一掀她裙子，她就忍不住按住他的手，急道：「你做什麼？」

「妳裙子濕著，」裴文宣低聲道，「捂著更疼。」

裴文宣便不容分說拉開她的手，將她裙子拉上去，扭乾打結，然後用自己袖子擦乾她的小腿，再用轎子裡放著的毯子包裹住她的小腿。

溫暖從小腿瞬間襲來，和她身上的寒冷對比分明，裴文宣摸了摸自己的外衫，又將外衫解了下來，蓋在她身上，低聲道：「有些潮，但總比沒有好，妳忍一忍，很快就回去了。」

裴文宣說完，便從轎子退了出去，隨後讓人趕緊起轎，送著李蓉出宮。

李蓉在轎子裡緩了一會兒，終於覺得好了一些，這時候她才意識到，自己披著裴文宣的衣服。他衣服上有他特有的熏香，那是一股極其淺淡的味道，只有極近的距離才能聞到，而此刻這些味道將她整個人都包裹住，李蓉也說不出為什麼，就覺得心跳快了幾分。

她想這一定是因為轎中悶熱，才讓她有了幻覺，她便用小扇抬起了轎簾想要通風，結果抬起轎簾之後，就看見轎簾外是裴文宣。

公子執傘行於風雨，身似修竹，面如冠玉，李蓉瞧著這個人，一時竟就忘了放下簾子。

裴文宣察覺李蓉的目光，抬眼看過來，隨後皺起眉頭：「把簾子放下，風吹了受寒。」

李蓉聽到這話，卻是忍不住笑了，她不僅沒有放下，還將雙手放在窗邊，將頭靠了過去，瞧著裴文宣道：「裴文宣，我突然發現，你可真好看。」

裴文宣不作聲將傘朝著她的方向偏過去，只道：「到了這種時候還不忘看臉，妳也真夠可以的。」

「裴文宣，你生氣啦？」李蓉說話裡帶著顫音，也不知是冷的還是疼的。

裴文宣皺著眉頭，只道，「還疼得厲害嗎？」

「不怎麼疼了，」李蓉低聲道，「你方才幫我蓋了毯子，就好多了。」

「我已經吩咐人提前回府煮了藥湯，等一會兒回去就立刻換衣服泡湯。」裴文宣細細說著之後的安排：「藥湯是以前妳常用那副，這輩子妳還年輕，要好好養。」

裴文宣說的「以前」，自然說的是上一世。

上一世她後來遇到一個名醫，給她重新開了一個方子，止疼效果不錯，但是她這病根治不了，說是年輕時候損得太過。

李蓉得了裴文宣的話，關注點卻放在了另一點上：「你竟然連我藥方都知道，你在我身邊安排了不少人啊。」

裴文宣沒想到李蓉居然會提這個，他噎了一下，隨後才道：「都以前的事了，說好不計較的。而且妳也沒少安排人，我們算扯平了。」

李蓉聽裴文宣這麼說，就忍不住笑。

裴文宣帶著李蓉上了馬車，上馬車之後，馬車裡有他們常用替換的衣服。

裴文宣低聲道：「殿下妳自己先換個衣服吧。」說著，裴文宣便背對著李蓉坐下。

李蓉也沒多想，她哆嗦著給自己換了衣服，裴文宣聽著身後窸窣了一會兒後，隨後就聽李蓉道：「好了。」

裴文宣轉過身來，就看李蓉縮在角落裡，身上蓋了個毯子。

李蓉見裴文宣瞧著自己，忙笑起來解釋道：「這樣暖和。」

裴文宣沒說話，過了一會兒後，他便湊上前去，李蓉有些緊張，忍不住往後一靠，就靠到了馬車車壁上，警惕道：「你又要做什麼？」

裴文宣伸出手，將李蓉一把抱在懷裡。

剛換過的外衫廣袖貼在李蓉背上，他抱著她的動作不帶半分旖旎，平靜道：「這樣暖和。」

李蓉不敢說話，她就給裴文宣這麼靜靜抱著，好久後，她艱難笑起來：「你……你最近怎麼老愛抱我啊？」

「感情好啊。」裴文宣回答得十分流暢，「咱們一張床都睡了，妳還同我計較這些麼？妳現在冷成什麼樣了自個兒不知道？何必受這個罪呢？」

「那上次……」

「我心裡難過，」裴文宣立刻接上，「冒犯了公主，但也是妳答應的，不是嗎？」

李蓉說不出話了，她總覺得有種說不出的怪異感。

裴文宣見李蓉不說話了，他忍不住笑起來，繼續添油加醋道：「妳說的，咱們是好姐妹，妳不會對我有什麼想法吧？」

「這你可別冤枉我。」李蓉趕緊道，「咱們倆這麼熟，我不是這種人。」

裴文宣低笑出聲，李蓉有些緊張：「你笑什麼？」

「沒什麼，」裴文宣坐到墊子上，換了個姿勢，讓李蓉靠在自己胸口，抬手環著李蓉的肩，「就是想殿下和我真是心有靈犀一點通，剛好，我也這麼想呢。」

「那就好。」李蓉點頭，但說不出怎麼的，就總覺得有些心虛。

兩人靜靜坐了一會兒，裴文宣似乎是累了，便靠著車壁閉上睡過去。

李蓉靠在他懷裡，溫暖熏騰上來，有著說不出的安穩從這個人身上傳遞過來，她竟也忍不住有了幾分睏意，靠著裴文宣，迷迷糊糊睡了過去。

兩人瞇眼一會兒後就到了公主府，裴文宣將李蓉從馬車裡抱出來，李蓉也習慣他的動作，從善如流環住裴文宣脖子。

裴文宣見她動作，忍不住笑了：「妳倒是會順著杆子往上爬。」

「怎麼，」李蓉挑眉看他，「裴大人是杆子？」

裴文宣見李蓉有心情打趣，便反問道：「那殿下是猴子？」

「你這嘴，一刻都吃不得虧。」

李蓉嘆了口氣，裴文宣輕笑：「還是有吃虧的時候的。」

「哦？」

「唔……」裴文宣想了想，似是認真道，「殿下與我當著夫妻那時候，我吃的虧還少嗎？」

李蓉得了這話，忍不住笑出聲來：「你那時候那是吃虧？明明是和我不熟。」

「這話您可說茬了。」裴文宣滿臉認真，「我對我妻子，向來忍得。殿下若是想讓我吃虧，就只有這個法子了。」

李蓉愣了一秒，她總覺得裴文宣話裡有話，又覺得是自己多想。畢竟裴文宣這個人向來沒個分寸，一個不小心，便容易誤會。

只是她還沒來得及說話去救場，裴文宣便自己給自己圓了場子：「可惜啊，殿下是沒這個機會了。」

「你這人……」李蓉有些無奈，她嘆了口氣，轉頭問了另一個問題：「裴家人你現在不去處理嗎？」

「裴禮文裝暈跑了，我也不想拿這點小事去驚動陛下。」裴文宣將李蓉送到浴池，浴池裡已經放好了藥湯，裴文宣將李蓉放在小榻上，平靜道，「裴家還是能用的，明日我去談，殿下放心就是。」

裴文宣招呼了靜蘭過來，一一講清楚了藥浴的要點之後，隨後同李蓉道：「殿下，您先泡浴，我下去了。」

李蓉懶懶應了一聲，裴文宣便退了下去。

等出了門，裴文宣站在門口，他雙手攏在袖中，聽著裡面姑娘的笑聲，聽見水聲，他腦海中忍不住有了相應的畫面。

李蓉的浴池，他這一世幾乎沒來過，更不曾和李蓉一起在這裡待過。如今稍作停留，便激起千層浪花，在他腦海中翻滾不停。

若是過去他或許還不會多想，可如今回憶起來，便有些停不下來，像是被突然開了閥門的洪水，瞬間奔流而出。

這讓他清晰知道，原來他對過去的點點滴滴，哪怕是一個細節，都記得這樣清楚。天堂地獄交織在一塊兒，他靜靜站在門口，旁邊侍女忍不住上前道：「駙馬，您需要準備沐浴嗎？」

「嗯。」裴文宣應了一聲，淡道：「多加冷水。」

說完他便轉過身，往房間裡去。

李蓉泡完藥浴之後，整個人都舒暢了。但她還是謹慎，裹了厚厚的風衣，才回了房間。她回房間的時候，就發現屋裡炭火都點好了，整個房間不僅僅是「暖和」，甚至有些熱。

裴文宣穿了單衫，跪坐在案牘邊上辦公。李蓉一進來，他便低聲道：「把門窗關上，別受寒。」

李蓉披了風衣進來，半蹲在他面前，裴文宣握筆的動作頓了頓，他抬起頭來，看見蹲在面前的李蓉。

她的風衣邊上是一圈白色絨毛，這樣毛茸茸的打扮，便顯得她整個人有幾分可愛起來。

這樣的李蓉鮮少見到，和外面的形象大不一樣，裴文宣靜靜瞧了她一會兒，便忍不住笑了。

「不疼了？」

「薛神醫的藥，我後來比這個厲害都能治，今個兒當然是小事。」

「先去躺著吧。」裴文宣溫和道，「妳要看的摺子我都給妳放在床邊了，進被子裡看，我把這些文書都批復完，等晚上我給妳按穴位。」

「要不你教教其他人，」李蓉聽裴文宣說話，她立刻道，「免得你麻煩。」

「教人更費力，您可別折騰我了。」裴文宣低頭看著文書，淡道，「我當年學得可不容易。」

李蓉聽到這話愣了愣，裴文宣見她不說話，抬眼看她：「怎的了？」

「沒什麼。」李蓉笑起來，「我就是突然覺得，其實……你當年對我也挺好的。」

裴文宣頓了頓筆，片刻後，他才道：「殿下，別太容易感動，這算不得什麼，妳可別隨便遇到一個人對妳好，就把真心交出去。」

裴文宣意有所指，李蓉卻是全然沒有聽出來，點頭道：「你說得是，你當年對我那麼好，不也心裡有其他想法嗎？」

裴文宣心裡一塞，隨後抬起頭來，頗有幾分生氣道：「殿下，事情不是妳說這樣……」

「休息了、休息了，」李蓉見裴文宣又要解釋，趕緊道，「我口滑，別計較，走了。」說著，李蓉便跑開了去。

裴文宣捏著筆，過了一會兒後，他也不知道該氣該笑，無奈低頭，繼續批摺子。

李蓉把近來所有消息看過，荀川一路在追證人，但羅倦這些證人幾經轉移，早已不知去向，荀川如今已經追出了華京。

除了找證據不利以外，最大的問題還源於朝臣。今日有近一百五十封摺子送給李明，全是關於撤督查司的事，理由雜七雜八，但目標極為一致，如果李蓉再查不到有力證據，李明怕是要扛不住壓力了。

李蓉看完這些，差不多也到了夜裡，裴文宣到她邊上來，見她愁眉苦臉，直接抽走了她手裡的摺子，李蓉愣了片刻，隨後叫嚷道：「你做什麼呀？」

「妳今天問了好多遍這個問題。」裴文宣將摺子扔在一邊，直接抬著放著摺子的小桌搬到了遠處，隨後熄燈回到床上：「躺下吧，我給妳按。」

「不用了。」李蓉在黑夜裡有些無名緊張，「今天都不疼了，改天吧。而且你不還受著傷嗎？你好好養，別用力了。」

「當真好了？」裴文宣皺眉，有幾分不信。

李蓉趕忙道，「好了、好了，話說你傷口上藥沒？」

裴文宣頓了片刻，隨後道：「該換了。」

「嗯？那我幫你啊。」李蓉坐起來，拍了拍床邊：「來，把燈點了，藥和繃帶給我。」

裴文宣聽她的話，點了旁側的燈，又取了藥和繃帶，然後抬手脫了上衣，趴在了床上。

他的動作行雲流水，十分從容，李蓉幾番告誡自己不要多想，她將目光都落在裴文宣上的傷口上，皺起眉頭道：「這些人還真下的去手。」

「家法嘛。」裴文宣淡道，「宗族子弟都挨過，沒什麼的。」

「話說，」李蓉垂下眼眸，「上一世你挨過沒啊？」

「怎麼可能沒挨過，」裴文宣苦笑，「妳不知道罷了。」

「哦。」李蓉低低出聲：「那你恨他們嗎？」

裴文宣沒說話，過了一會兒後，他緩聲道：「在意才會恨。年少時候恨，後來也忘了，不是什麼大事。而且該去的都去了，我該有的也都有了，不想記掛他們。」

「裴禮賢，」李蓉回憶著，「上一世是你殺的吧？」

裴文宣沉默著，過了一會兒後，他突然道：「妳方才在憂愁些什麼？」

李蓉聽裴文宣這麼生硬轉了話題，就知道他不想聊，於是她也不糾纏，順著話題道：「荀川去找證人，已經過去了許久，都沒找到，我怕這些人已經出了事。如果他們出事，我們現在更多的證據就只能是找到當初封府的人，搞清楚黃金哪裡來的。」

說著，李蓉將藥粉灑在裴文宣傷口上，裴文宣輕輕一顫，李蓉抬眼：「疼了？」

「沒。」裴文宣忙道，「妳要找出黃金是他們栽贓的證據，只能去找經手的人，妳是擔心沒有名單？」

「是。」李蓉思索著道，「看來我還是得找蘇容卿一次。」

「他不會給。」裴文宣果斷道，「妳不如換一個思路。」

李蓉抬眼看向裴文宣，裴文宣繼續道：「裴家裡有一個人在刑部，位置雖然不高，但是主要管所有人的日誌。明日我若是能和裴家達成合意，讓他們聽妳的安排，我們找到查封府邸那日的官兵出勤日誌，就能找到人。」

「也是個法子。」

李蓉點頭，裴文宣撐起身子，讓李蓉用紗布環繞過自己，繼續道：「比找蘇容卿可靠。上官雅就是想看熱鬧，出的餿主意？」

「她也是好心，」李蓉笑道，「想一箭雙雕。」

「感情這事，」裴文宣說得認真，「不能一箭雙雕，不然到時候，怕就是誤會重重。」

「你以前可不是同我這麼說的。」

李蓉給他綁帶打了結，裴文宣沉吟片刻後，緩聲道：「那時候，我不懂很多道理。」

「現在就懂了？」李蓉想了想：「我沒覺得咱倆最近遇到什麼事能讓你想到這些呀？」

裴文宣沒說話，過了一會兒後，他才道：「殿下，妳聽我一句勸，如果妳不確定一份感情，就不要想著和對方發生感情。之前是我不好，我總想著妳和蘇容卿在一起，是再續前緣，所以想撮合你們。可如今我想明白了，感情事是緣分，緣分這事，是不強求的。」

「殿下什麼都不必做，只需要靜靜等候就是了。」

「等什麼？」

「等合適的緣分。」

裴文宣說著，他站起身來，去熄了燈，李蓉坐在床上，思索著他說的話。

裴文宣回到床邊，彎下腰來，半撐著身子在李蓉面前，傾身靠近她。

他離她很近，她可以清晰看到月光下他白皙光潔的肌膚，他瞧著她的目光似是帶了酒意，一下就醉了人心。

他似笑非笑：「反正殿下身邊有我陪著，大可不必著急。」

「殿下若是寂寞了，我可以陪殿下說話。殿下若是缺人關懷，我也可以事無巨細，包殿下滿意。殿下還是一心一意放在朝事上，把督查司建好，隨緣才好。」

李蓉聽著裴文宣的話，忍不住挑眉：「你事事都能做？」

「殿下覺得有什麼事是我做不了的呢？」

「有一件事你做不了。」李蓉高興起來。

「比如說？」

裴文宣輕輕側了側頭，一副洗耳恭聽的模樣，李蓉笑著往自己床邊倒去，大聲道：「親我！」

話音剛落，她便感覺一股巨力從身後襲來，一把將她拉入懷裡，一手環著她的腰，一手捏著她的下巴就迫她抬頭。

李蓉察覺他要做什麼，心跳驟然加快，慌忙抬手，一把將他臉按過去，急道：「我錯了、我錯了！」

裴文宣被她把臉推開，久久沒有回頭，李蓉小心翼翼探過去：「你生氣啦？」

片刻後，裴文宣低笑起來，李蓉有些奇怪：「你笑什麼？」

裴文宣坐著抱著她笑，隨後抬起明亮如星的眼，高興道：「殿下，您真是太可愛了。」

李蓉知道裴文宣是取笑她，她懶得理他，躺下身來，背對著他道：「睡了。」

裴文宣沒說話，他笑咪咪瞧著她。

他白日裡比她睡得多，等李蓉睡著了，他還沒睡著。

李蓉背對著他睡了一會兒，便翻過身來，裴文宣撐著頭，瞧著她睡得香甜，月光落在她的面容上，她應當是做了美夢，嘴邊帶著笑容。

裴文宣瞧了一會兒，俯過身去，將吻輕輕落在李蓉唇邊。

那吻很輕，蜻蜓點水而過，又折回往返，數次之後，李蓉似覺騷擾，抬手驅趕，而後翻過身去。

裴文宣深吸了一口氣，猶豫再三，終於還是將人攬在了懷裡。

李蓉輕輕「唔」了一聲以示抗議，裴文宣輕笑開來，他低啞了聲，小聲開口：「同我說這些，當我吃素的麼？」

這些話他知道對方是聽不見的，說完之後，他嘆了口氣。

抱著人狠狠掠了一口香氣，閉眼睡了。

兩人一覺睡到平日上朝的時間，李蓉恍惚醒過來，醒來的時候，她還被裴文宣整個人抱在懷裡。

李蓉睡暈了，沒意識到，迷迷糊糊要起身：「上朝了……」

裴文宣攬著人的腰直接回了懷裡，按住她道：「讓人幫妳請了假，睡吧。」

李蓉聽到「請假」兩個字，所有意志力全部崩潰，瞬間就睡了。

等再度睡醒，她終於發現了不對勁。她瞬間清醒，盯著旁邊的裴文宣。

裴文宣察覺她醒了，打著哈欠緩緩起身，而後抬眼看向李蓉，有些茫然道：「殿下？」

說著，他往後縮了縮，拉進了自己的衣服道：「妳……妳這麼看著我做什麼？」

「你……」李蓉見他的樣子，一時都不知道該怎麼說方才的事，她甚至不確定裴文宣知不知道。

可以前都好好的，兩個人都睡姿很標準，怎麼昨晚就抱在一起了呢？

李蓉一時不知道怎麼說，裴文宣卻先提前開口了，他滿臉警告道：「妳昨晚已經抱了我一晚上了，妳別太過分啊。」

李蓉：「？？？」

「妳不知道？」裴文宣看她的神情，有些不確定，「昨晚上妳一直喊冷，忘了？」

李蓉：「……」

毫無印象。

「我覺得你在誆我。」好半天，李蓉終於憋出一句反駁之言。

裴文宣用目光從上往下把李蓉掃了一遍，又從下往上把李蓉掃了一邊，而後他突然伸出手放在李蓉腿上，認真道：「殿下，這是什麼？」

「腿。」李蓉有些茫然，隨後便抬手去打他，「你做什麼你。」

但李蓉動手快，裴文宣縮手更快，他立刻將手放到了自己的腿上：「這又是什麼？」

「你……你的腿？」李蓉有些不確定。

裴文宣笑了：「是了，都是腿，這就是我眼裡您與我之間的關係。說句實話，我摸您的腿都感覺不出來這不是我的，還勞煩您別幻想太多。把這種豐富的想像留在您看的話本就好。」說著，裴文宣起身下床，優雅道：「殿下，微臣還有其他事，先起了，您再睡睡？」

「不必了。」李蓉調整了一下心態，覺得是很可能是自己誤會了，想得太多。

畢竟按照裴文宣的性子，如果他喜歡她，肯定要搞什麼「為她好」的事情來，絕對不可能主動在夜裡抱她。

她緩了片刻情緒，將這事定為一場意外，於是點頭道：「我今日先去見一下其他大人，夜裡回來陪你去裴家。」

「為什麼陪我？」裴文宣揉著帕子，似笑非笑抬眼，「不放心我啊？」

「對對對。」李蓉懶得同他打嘴仗，「就您這去一趟裴家養這麼久傷的本事，我可佩服了。」

「放心吧。」裴文宣見李蓉認真，他也不再玩笑，收了笑容，認真道，「都是我算著的，這次不會有事。」

李蓉應了一聲，她倒也不懷疑裴文宣的能力。

兩人起床洗漱之後，各自去處理自己的事，李蓉開始去聯繫各個地方的官員，目前督查司名聲不好，大家都還在觀望，她能聯繫上的，都是一些沒有多大用、不在實權的官，以及一些小官。

但李蓉也不以為意，她將上一世後來人的表現都列了一份清單，一一接觸過去。

裴文宣雖然回了家裡養傷，事情卻是一點沒落下，他的情報網遍布四處，留在家裡一點不妨礙他寫參人的奏摺。

兩人都忙到晚上，夜幕剛剛降臨，裴文宣便換好了衣服，一走出門，就看見李蓉的馬車在門口等他。

李蓉似乎是聽到他出府的聲音，用小金扇抬起了窗簾，在馬車裡笑著瞧向他，一雙漂亮的鳳眼裡全是調笑：「裴大人去哪兒，本宮恰巧路過，送您一程？」

裴文宣低笑，走上前去，隨後坐到李蓉身邊道：「這麼多年了，殿下還是愛開這種玩笑。」

「不有趣嗎？」李蓉說著，小扇敲打著手心：「每次見面都當成第一次相見，明明都清楚對方是個什麼人，卻還是故意問好，我覺得可有意思了？」

「那這輩子，殿下一定覺得很有意思。」裴文宣笑著接聲。

李蓉緩了片刻，低笑出聲來：「的確。」

「我母親呢？」

裴文宣不開玩笑，便直接問了關鍵人物，李蓉抬手往後面一指：「後面馬車裡，要說什麼都對好了嗎？」

「好了。」裴文宣吩咐道：「等一會兒到了，您坐一邊，一句話都不用說。」

「知道，你吵架厲害。」

「這不叫吵架，」裴文宣趕緊解釋，「是講道理。」

李蓉笑而不言，兩個人又商量了一下今晚如何配合，一個唱紅臉、一個唱白臉，隨後便開始說些趣事，沒一會兒就到了裴家。

馬車停在裴家，裴文宣先下了馬車，隨後伸出一隻手來，扶著李蓉下了馬車。

到了裴家門口，李蓉抬眼一看，就看見裴家這次從門口就是侍衛，可見上次被李蓉鬧怕了。

李蓉張開小扇，輕聲說了句：「真慫。」

裴文宣握著她的手，笑笑不言。

兩人領著侍衛，一路從容步入裴家大門，穿過長廊，來到祠堂。

祠堂前方是裴家列祖列宗的牌位，宗族長老都坐在最靠近牌位裡面，其他根據身分高低一路往外站去。

裴文宣扶著李蓉進去，所有人盯著他，裴文宣笑著朝眾人行禮，所有人都不說話。

李蓉挑起眉頭：「怎麼，駙馬和你們行禮，你們不同本宮行禮的嗎？」

裴文宣雙手放在身前，笑著低頭，看著李蓉撒潑。

雙方互相想給對方下馬威，裴家不動，李蓉就抬眼看向被人扶著歪在椅子上的裴禮文，他臉上泛著不正常的紅暈，彷彿是發著高燒，李蓉盯著裴禮文：「裴尚書，還不過來行禮？」

「殿下，」裴禮賢平淡開口，「三弟昨日受了風寒，還請殿下不要為難。」

「他受了風寒不行禮是他的理由，那你呢？」李蓉立刻看向裴禮賢，「你也病了？」

裴禮賢臉色一變，正想說話，裴文宣就出口了：「殿下先坐下吧，今日我們也是來解決問題的，並非爭執。」說著，他讓人給李蓉端了凳子，服侍著李蓉坐下來。

等李蓉坐下以後，裴文宣轉頭看向眾人：「今兒個我把諸位長輩都叫過來，其實就是為了解決族內人擔憂的問題，我把話挑明瞭吧。」

裴文宣掃向眾人，笑道：「今個兒三叔在宮門口跪這麼久，應該也看出陛下態度了，這事鬧到陛下面前，二叔、三叔占不了便宜。我今日不鬧，就是想給裴家留一份顏面。只是我給裴家留路，還請諸位長輩，給我一條路走。不說同族之人要多多照顧，至少不能互相坑害，是不是？」

「文宣啊，你說這麼多，到底是什麼意思？」裴玄清端起茶杯，淡道，「覺得我們打你打錯了？」

「是錯了。」裴文宣直接道，「我的意思也很簡單。如今我早已年滿二十，按照道理，我父親留下的財產也早該由我處置。二叔、三叔這麼一直代管著，也不是個事，各位長老們，對吧？」

第六十章　爭財

裴文宣這麼開口，眾人面面相覷，李蓉搖著扇子，在坐在一旁瞧著熱鬧。

過了一會兒後，裴玄清緩聲道：「你父親留下的財產，數額巨大，你雖然已經成年，但終究還是個孩子，過往也沒有打理這些財物的經驗，還是留給你二嬸來處理吧。」

「祖父這話說笑了。」裴文宣笑起來，「文宣如今在朝中已入御史臺為官，也已成家立業，再如何也是成人，斷沒有還讓長輩為自己操心的道理。退一步講，文宣母親尚在，父親留給文宣的財物，就算文宣不能掌管，也當由母親打理，不敢再勞煩其他長輩操心。」

「那就問問你母親吧。」裴玄清聽著裴文宣的話，也不好再多說，轉頭看向溫氏道，「溫氏，之前是妳拜託家裡人幫忙照看產業，族裡請了禮賢幫忙，話妳得和文宣說清楚，免得他誤會。」

溫氏被點名，裴文宣便看向她，溫氏強撐著站起來，恭敬道：「公公說的是，兒媳已經告知過文宣，文宣心裡是清楚的。只是文宣也長大了，按道理也到了管事的年紀，二叔若是再管，怕生間隙。」

溫氏出門之前，李蓉便已經讓人教過她說話，所有人盯著她，她不敢抬眼，雖然是磕磕絆絆，但終究還是把話說清楚來。

她話出口，所有人臉色就有些變了。

裴禮文冷笑出聲：「大嫂在公主府這幾日還真沒白住，這麼快就疑心起家裡人來。二哥，你也別管了，好心當驢肝肺，就當餵了兩隻白眼狼吧。」

「三叔……」溫氏聽裴禮文的話，急急開口想要解釋，「我們也……」

「我母親心裡也同我是一個想法。」裴文宣見溫氏要解釋，直接打斷了她，看著裴玄清道，「不如明個兒我就過來，清點了我名下產業，祖父覺得呢？」

裴玄清不說話，旁邊一個族老咳嗽了一聲，他緩聲道：「禮之是咱們裴家最有出息的孩子，他年少時也是我們全族看著長大，官場路上，也是家裡一路幫扶。他留下的東西，雖然的確也是文宣的，但家裡人也不能眼睜睜看著它沒了。文宣如今做事，太過冒進，你瞧瞧最近的事，多少世家對他不滿，我看呀，孩子還是再打磨一下才是。」

這個族老一開口，所有人都應和起來。

李蓉坐在一邊喝茶，含笑看了一眼裴文宣，只見裴文宣從容立在堂中，面上笑若三月春風，沒有絲毫惡意，隨後就聽他緩慢出聲道：「當年我父親初入華京，也差不多是我的年紀。彼時聖上還是太子，科舉尚未開建，父親在華京左右活動，最後成為太子心腹，才帶著裴家雞犬升天。可是，父親一個寒族，為何會成為太子心腹呢？」

裴文宣笑著詢問，所有人都沒出聲，裴文宣撣了撣衣袖，低下頭來，緩聲道：「許多事，大家心知肚明，裴家起於何處，相比各位長輩心裡也明白。陛下建督查司為的是什麼？諸位長輩說文宣冒進，說文宣在世家之中風評不好，為了同世家交好打了文宣，」裴文宣笑了一聲，掃向周邊，「那不如進宮去，讓陛下評個理？」

「這麼多朝臣跪在御書房跪了這麼久，陛下都不接見，為的就是留個顏面，諸位長輩，還望不要辜負陛下一片苦心啊。」

眾人沒有說話，裴文宣的話他們不是沒有想過，上一次李蓉罵過，他們便已經清楚認知到了。但一來裴禮之留下的錢財的確豐厚，二來裴禮賢如今位高權重，也不好得罪，眾人只能幫著裴禮賢說話。

可如今裴文宣這話裡處處是威脅，皇帝的態度已經很清楚了，怕是對裴氏已經有了不滿，但裴禮賢畢竟身居高位，還是要給個面子。如果溫氏咬死還好，至少是裴家內部家事，皇帝也管不到這裡來，可如今溫氏已經被裴文宣策反，真鬧到皇帝那裡去，他們怕是有不了好果子吃。

裴文宣見眾人開始動搖，語調便軟化下來：「昨日文宣本來可以在御書房前和三叔對峙，只是文宣想著，自己終究是裴家人，一族人應當互幫互助，內裡小事鬧歸鬧，能內部協商清楚就不要讓外人看了笑話。」

「如今文宣雖然算不上有大出息，比不得先父，但也在御史臺有點小權，日後官場上，還需各位族人多多幫扶。今日我和殿下過來，也不是真想和家裡鬧點什麼矛盾。諸位長輩都在，我也就把話說清楚些，我是裴家人，過去是，日後也是，如今我與平樂殿下成婚，裴家無論如何都與殿下脫不了干係了。長輩們如今討好世家，世家也未必看得起咱們，倒不如一心一意跟著陛下和公主。日後大家齊心合力，又何懼其他世家的威脅呢？」

裴文宣話裡話外一番安撫，意思無非是他如今有了靠山，也有能力，未來很有前途，號召著大夥兒跟著他看。

先有大棒後有甜棗，所有人便都思量起來，裴玄清猶豫了一會兒後，終於道：「你是個好孩子，以前是我們多誤會了你。你有這樣的見識，祖父很是欣慰。禮賢啊，」裴玄清看向裴禮賢，試探著道，「孩子年紀不小了，要不，就按著他說的做吧？」

所有人看向裴禮賢，大家雖然沒說話，眼神裡卻是多少期盼著裴禮賢應下來。

裴禮賢嘆了口氣，只道：「當初接手這事，我便同大嫂說過，日後怕還是吃間隙，大嫂不信，總和我說文宣不是這樣的孩子，如今看來……」裴禮賢搖了搖頭，苦笑道：「算了。」

這一番話指桑罵槐，倒顯得裴文宣母子忘恩負義，裴文宣不甚在意，他這些個叔叔沒有一個省油的燈，也習慣了。

只是他還沒開口，就聽見旁邊傳來一個顫抖的聲音：「你……你怎麼能這樣說呢？」

所有人詫異看過去，卻見是溫氏站了起來，她看著裴禮賢，也不知慣來溫順的性子哪兒來的勇氣，努力叱責道：「當初是你勸我，說文宣還小，又要回老家守孝，我身體不好，怕被人騙，才讓我把財產轉交給你夫人掌管，日後文宣若是回來了，你便帶著他學著管錢，把錢給他。他如今回來了，我不好同你要錢，如今好不容易丟盡臉面開了這個口，你竟然還不還錢？你……你怎麼這麼不要臉呢？」

溫氏一番話說得結結巴巴，格外樸實，李蓉聽到溫氏這麼直接罵出來，忍不住直接「噗哧」一下直接笑出聲來。

旁人都看過來，李蓉趕緊道：「抱歉，走神了。你們別管我，繼續啊。」

裴文宣何嘗不知道她笑什麼，無奈瞧她一眼，輕咳了聲道：「二叔，我知你是好心，我也並無懷疑，只是如今我手裡的確缺錢辦事，您若這麼一直拿著，也不好，是不是？」

裴禮賢被溫氏罵得臉青一陣、白一陣，他還沒開口，就聽溫氏道：「好啊，原來你一直騙我。我這麼信任你，你竟然如此騙我？你說，你對我兒子到底做了多少虧心事？我可是把你當親弟弟看，你怎麼能這麼狠毒呢？」

溫氏說得情真意切，梨花帶雨，裴禮賢連忙道：「大嫂，不是妳想的這樣，妳聽我解釋……」

「你把錢還回來。」溫氏情緒上來，像一個市井潑婦一般鬧起來，大聲道，「那是我兒子的錢！我受你矇騙，我對不住文宣，你今天不把錢還回來，我……我……我就一頭撞死你！」

李蓉聽著溫氏的話，她有些分不清溫氏是口誤想說一頭撞死，還是真想用自己撞死裴禮賢。她慣來覺得溫氏軟弱煩人，今兒瞧著，竟然也瞧出了幾分可愛來。

裴文宣見溫氏胡攪蠻纏竟然有了奇效，乾脆不說話，就看溫氏和裴禮賢鬧。

溫氏這人是講不清道理的，如今又哭又鬧，裴禮賢竟然也拿她沒了法子，溫氏細數著過去裴禮賢給她各種保證承諾，說起裴禮之當年對裴禮賢幫扶照顧，情到激動之處，竟就忍不住撲了上去。

場面一時混亂起來，所有人趕緊上前，拉的拉、勸的勸，可謂熱鬧非凡。好不容易把溫氏和裴禮賢拉開，裴禮賢髮冠被溫氏抓掉，臉也被抓花了去。

他被人攔著，看著被裴文宣扶著哭得死去活來的溫氏，怒道：「凡事也講個循序漸進，大嫂妳也太不講道理。這錢我不是不給，只是文宣如今忙著朝政之事，貿然給他他管得過來嗎？給妳妳也管不了啊！我讓我夫人繼續打理，文宣查帳管事，等以後文宣不忙了，他慢慢接管過去，妳怎麼就這麼不識好人心呢？」

「我不管！」溫氏大哭，「你就是欺負我們孤兒寡母，要害死文宣，我不管，你還錢，你還錢來！」

溫氏口口聲聲喊著錢，所有人都又尷尬又鄙夷，裴文宣扶著溫氏，勸著母親，李蓉聽到這裡，將茶放下，緩聲道：「不就是管錢嗎？」

李蓉一開口，所有人便都安靜了，李蓉站起身來，笑咪咪道：「我管就是了。」

「公主身分尊貴。」裴禮賢聽李蓉說話，趕緊道：「這種雜事，怎麼能勞煩公主？」

「身分再尊貴，我也是文宣的妻子。」李蓉走到裴文宣身邊，伸手挽住裴文宣的手，笑著瞧向裴禮賢：「管帳這種事，本來就該妻子做，文宣朝政繁忙，我當然得幫幫他啊。」

「殿下如今建立督查司，事也不少，怕是……」

「沒關係的。」李蓉立刻打斷裴禮賢，滿臉認真道，「為了文宣，我辛苦也值得。而且督查司也沒什麼事，就掛個名頭，二叔放心吧。至於錢財，」李蓉說著，似是忍著不笑，只道，「本宮本有封地，這些錢也算不得什麼太大的數額，一併管理，也沒多大事。二叔，」李蓉放低聲音，似是提醒，「收收您的心吧，嗯？」

裴禮賢臉色極為難看，裴文宣低頭輕笑。

他倒也不在意裴禮賢後面的答案是什麼了，只是還忍不住強調了一邊：「我夫人說得對，二叔，您放心吧，她可厲害呢。」

——長公主（二）完

高寶書版集團
gobooks.com.tw

YE 006
長公主（二）

作　者　墨書白
責任編輯　高如玫
封面設計　張新御
內頁排版　賴姵均
企　劃　鍾惠鈞

發行人　朱凱蕾
出　版　英屬維京群島商高寶國際有限公司台灣分公司
Global Group Holdings, Ltd.
地　址　台北市內湖區洲子街88號3樓
網　址　gobooks.com.tw
電　話　(02) 27992788
電　郵　readers@gobooks.com.tw（讀者服務部）
傳　真　出版部　(02) 27990909　行銷部 (02) 27993088
郵政劃撥　19394552
戶　名　英屬維京群島商高寶國際有限公司台灣分公司
發　行　英屬維京群島商高寶國際有限公司台灣分公司
初版日期　2022年3月

本著作物《長公主》，作者：墨書白
由北京晉江原創網絡科技有限公司授權出版。

晉江文學城
WWW.JJWXC.NET

國家圖書館出版品預行編目(CIP)資料

長公主（二）/墨書白著. -- 初版. -- 臺北市：英屬維京群島商高寶國際有限公司臺灣分公司, 2022.03
冊；　公分. --

ISBN 978-986-506-342-9（第1冊：平裝）. --
ISBN 978-986-506-343-6（第2冊：平裝）

857.7　　111000191